福星小財迷 2

文創風 301

雙子座堯堯 著

目錄

第二十七章 聚

後日就是年三十了，安然這幾天一直忙著在正和院外祖母的小廚房裡做點心，今年大將軍王府送到各親朋好友家的年禮中都多了一盒點心，一盒三種共十塊，取十全十美之意。三種點心分別是蛋撻、蜂蜜蛋糕和紅豆年糕。新奇好看又好吃，讓大將軍王和兩位爺在外面狠狠出了一回風頭。

尤其是大將軍王，因為夏府世代武將、性格粗獷，府裡平常並不是很講究吃食的精緻，只要好吃、能吃飽就行，那些老傢伙就老笑他是蠻夫、牛嚼牡丹。

今年他們府裡送出的點心可是誰也沒見過的精緻，賣相精緻、味道更精緻，老傢伙們一個個都想找他多要幾塊——府裡人多，十塊不夠分啊！有的還上門求教做法，可不把他老人家得意得神氣揚揚的？不過做法是不能透露的，他可沒忘記他的親親外孫女還有她娘留下的點心鋪子百香居呢。只不過外孫女說了，等年後再處理那幾家店鋪的事，外孫女還說了，這送出去的年禮啊，就算是提前做宣傳了，叫做廣告，廣而告之。

於是，安然今天一用完早餐就又在小廚房忙碌起來，為了外祖父那幾個「老傢伙」的強烈要求再多做十盒。幸好這次訂做的烤箱容積比較大，劉嬤嬤和明霞上手又快，倒是讓安然輕鬆了不少，今天多數是動嘴指點了。

三人正忙乎著，明月進來說道：「表小姐，薛公子來訪，要見您和表少爺。」

薛公子？應該是薛大哥吧？安然高興地跑了出去。廳堂裡，薛天磊與君然坐在一起，正在與老太君交談。

「薛大哥。」安然上前打招呼。

「安然好，嗯，好像也長高了不少。」薛天磊看到安然很是高興。

「然兒，薛公子要請你們姊弟倆去雙福樓用餐，我已經允了。你們早些去，早些回來，薛公子可是個大忙人呢。」薛天磊與夏燁林的關係不錯，薛天磊的母親又是宋氏表姨的女兒，也算是表親，所以夏家眾人對薛天磊都挺熟的。

「老太君放心，我會親自送他們姊弟倆回府的。」待舒安和平勇分別取來安然姊弟的大氅，薛天磊恭恭敬敬地給老太君行了個禮，才帶著安然和君然出門了。

安然坐馬車，君然和薛天磊騎馬，他才跟著二舅舅學會騎馬，興致高得很。

約莫一刻鐘的工夫，馬車就停下了，安然下了馬車一看，這京城裡的雙福樓果然比平縣那個店大得多，從外面看起來起碼有三倍大的樣子。

薛天磊看著安然感慨的神情，笑道：「這家店是所有雙福樓中最大的一家，實際面積比妳從這外面看起來更大，裡面不僅有包間，還有六個小包院。我們待會兒就會在一個包院吃飯，安然妳可要好好看看有什麼需要改善的。」

「好啊，薛大哥放心，我如果有什麼想法，必定知無不言、言無不盡。」安然眉眼彎彎，她有一成的股分欸，能不盡心嗎？

「安然，還有一件事，偉祺和黎軒也在裡面等著我們，偉祺的父親剛過世不久，情緒比較低落，妳……不要提起他們家的事。」薛天磊提醒道。

「哦，我明白了，薛大哥，我們不會提起的。」安然回答。要不是薛天磊提醒，她肯定會問候一下的，畢竟她知道鍾離浩回京是因為父親病重。

這家雙福樓就是一整個大院子，除了正中間超大一幢兩層樓的主樓外，還有一個花園和六個小院子，安然他們就被帶到了一號院。

剛進院子，安然就看見那光禿禿的大樹下站著兩個男人，一黑一白，白衣男正捧著黑衣男的右手，腦袋湊得可近，似乎要吻那手心，或者，剛吻過？

這兩人也太不注意避忌了，這光天化日，而且明知道他們姊弟要過來。咳咳，她真想用手蒙住君然的眼睛，這實在是兒童不宜啊。

鍾離浩哪能想到安然此刻腦袋裡那些亂七八糟的想法？他剛才與黎軒談到鍾離麒在背後下的黑手，一氣之下用手掌用力劈那樹幹，結果被樹皮屑給刺到。黎軒剛幫他把那刺給弄出來，他就看到安然三人進來，趕緊甩開黎軒的手，他可不想讓他的小丫頭覺得他嬌氣，一根木刺而已。

安然姊弟走在一起特別招人眼球，安然裹著火紅的狐狸毛大氅，頭上梳一個俏皮的反綰髻，髮髻上纏繞著一圈用火紅狐狸毛和白色珍珠做成的髮飾。披著銀黑色狐狸毛大氅的君然髮髻上的束圈也是銀黑狐狸毛做的，配一根銀髮簪，加上兩人幾乎一模一樣的俊俏臉蛋，簡直讓人移不開眼。

直到兩姊弟上前行禮，鍾離浩才回過神來。

安然現在特別喜歡跟君然穿姊弟裝，近期他們倆新做的衣服基本上都是安然設計的同一系列款式，有時還會加上小瑾兒。大將軍王府裡的長輩也喜歡看這對雙胞胎姊弟這樣穿，一對金童玉女似的，看著都喜氣。

就比如這會兒，進入室內的姊弟倆解下大氅，裡面都是一身藕荷色繡直紋的衣服，只不過安然穿的是女款，小襖加長裙，領口、袖口、衣襬、裙襬都鑲大紅寬邊，君然則是男款長棉袍，領口、袖口、衣襬鑲銀黑寬邊。安然的裙上繡著一株紅梅，君然的袍子上則繡著一叢墨竹。

「嘖嘖嘖，真是好看，小安然，這兩身衣服都是妳自己設計的吧？怪不得現在美麗花園的生意好成那樣，名氣都快傳到京城裡來了。」黎軒毫不吝惜他的誇讚。

「呵呵，黎軒哥哥，這叫姊弟裝。」安然得意地笑著。

鍾離浩沒有開口，靜靜地看著安然，他的小丫頭又長高了，也更漂亮了。之前習慣了她素淡清雅的風格，沒想到這喜氣洋洋的打扮也別有一番韻味。他很妒忌君然，什麼時候他也能跟小丫頭這樣穿衣服？當然，不是姊弟裝，而是……夫妻裝。想想他的心裡就甜甜的、軟軟的。

安然見鍾離浩似在發呆，還以為他心裡傷感呢。「浩哥哥，下次我給你設計一套最酷最帥的衣服。」現在鍾離浩幾人已經聽多了安然常用的幾個怪詞兒，比如酷和帥的意思他們都懂。

「好。」

鍾離浩用難得柔和的聲音回答道，卻讓安然以為他心裡悲傷，連「凍」力指數都下降了，更覺得同情他，子欲養而親不待！又想到自己，自己讓前世的父母白髮人送黑髮人，又是何其悲哀！

好在夥計很快開始上菜了，熱騰騰的菜餚轉移了安然的情緒。

「來，安然快嚐嚐這道紅燜羊肉，這可是妳的菜式，現在賣得最火爆了。那個什麼『炒糖色』的做法都成了我們雙福樓大廚的秘密武器。」薛天磊親自給安然幾個布了這道菜，除了鍾離浩。

這古人的三年守孝真苦逼，安然心裡叨叨，對鍾離浩說道：「浩哥哥，你多吃點那道百合炒南瓜，我最喜歡它了，多吃南瓜能讓人心情舒暢。」

鍾離浩深深看了安然一眼，心裡異常暖和，聽話地挾了一大筷子南瓜到自己碗裡，吃得津津有味。薛天磊和黎軒卻是看呆了，這傢伙不是從來不吃南瓜的嗎？薛天磊還精心為他準備了幾道他平日裡喜歡的素菜，可是現在看來這盤南瓜會比較快被他消滅光。

「小安然，是不是真的？不過一道菜而已，可以讓人開心？妳不是胡謅的吧？」黎軒覺得自己熟知眾多植物的藥理，卻從來沒聽說過這茬。

安然不樂意了。「黎軒哥哥，你什麼時候聽過我胡謅了？這是那位教我食譜的老婆婆說的，她說西洋的書裡寫著，南瓜含有一種特別的成分，能夠補充人腦需要的東西，讓人一掃陰霾，就有了好心情了，你啊，還得要多研究研究。」

她一副「怪你見識少」的神態讓黎軒鬱悶，薛天磊和君然都使勁憋著笑。

連鍾離浩也輕勾了一下唇角，不管是不是真的，反正他現在心情很好。嗯，他決定回去以後讓府裡的廚子多買南瓜，每天都要吃點。

看著桌子上那熱氣慢慢消散的燜羊肉，安然突然開始懷念前世的小肥羊火鍋了，莞爾一笑道：「薛大哥，你想不想讓雙福樓再火一把呀？」

薛天磊看著笑得一臉小狐狸樣的安然，寵溺地瞪了她一眼。「跟薛大哥還耍心眼？又有什麼好點子了？快說。」

安然讓夥計拿來筆墨紙硯，在茶几上鋪開紙畫了燒炭鴛鴦火鍋以及湯勺、漏勺的形狀，遞給薛天磊。「你讓人打一套這樣的鍋和勺來，我親自下廚，請你們三位兄長吃好東西。對了，多打兩套，給我們大將軍王府用。」說完還用手給薛天磊比劃了鍋和勺的大小

「不行不行，我眼紅了，小安然妳這樣太吃虧了，不如我跟妳合作開一間酒樓？我們五五分成，妳負責出菜譜出點子，我負責出錢出人力。」黎軒開始跟薛天磊搗亂。

「黎軒哥哥，隔行如隔山，你就別想著跟薛大哥搶錢了。人家可也眼紅你這又是神醫又

是使毒的，可沒人能趕上你不是？」安然笑咪咪地看著黎軒，突然，她眼球一轉，想到黎軒的強項。「對啊，黎軒哥哥，我怎麼忘了你的專業呢！這樣，我們三人合作，開一個藥膳鋪子如何？」

「藥膳鋪子？快說說。」黎軒和薛天磊都大感興趣地催著安然。

安然把前世去過的藥膳店鋪的菜品和經營方式簡單說了一下，然後說道：「有錢人不但要吃得好、吃得精緻，還注重養生。你們看啊，黎軒哥哥有神醫的名聲在外，又能為藥膳配方把關，但你肯定沒有時間和興致成天打理食鋪；我呢，有這方面的菜譜和好點子，但是不適合拋頭露面；薛大哥呢，最有經營酒樓的經驗和能力，我們三人合作豈不是天作之合？而且藥膳鋪子注重的是養生，客人需求不同，所以跟雙福樓也沒有正面衝突。」

「妙！妙啊！就這麼著，不過天磊我跟你說啊，這個藥膳鋪子你個人摻和進來就好，不要扯上你們薛家。」黎軒很激動啊，光看著人家數錢自己太憋屈了。

「好，依你。」薛天磊想想那幾個庶兄庶弟最近越來越囂張，也不由皺起眉頭來。

「小丫頭占四成，你們一人三成，小丫頭需要多少錢我來出。」坐在一邊沈默半天的鍾離浩突然開口，又看向聽完他的話後愣住的安然。「我還欠妳的謝禮呢。」

謝禮？他早給過了。對對對，差點忘了那塊玉珮。「浩哥哥，你已經給過謝禮了，還有啊，那塊……」

鍾離浩一揮手打斷了她的話。「那一點錢只是一點訂金而已，我的一條命只值五千兩嗎？另外，我送出去的東西從來不收回的。」

對鍾離浩提出的分成比例，薛天磊和黎軒都沒有意見，不過薛天磊說了，點子是安然出的，以後還有食譜、湯譜和許多想法，是藥膳鋪的主要支柱。而黎軒的神醫名聲是他們這間藥膳鋪的重要招牌，所以資金、人力和日常經營自然都該由他負責，他們兩人不需要出錢。

幾人都是知交，倒也沒有太多謙讓和堅持，於是商議了一個大致計劃，具體的程序操作就等薛天磊擬出來了。

夥計過來撤了碗盤，換上茶水和水果，幾人繼續聊天。

「對了，安然，有一件事妳還不知道呢，冷家和秦家那傻兒子還是結親了，聽說已經交換了庚帖和信物。」薛天磊剝了一個蜜橘放在盤子裡給大家吃。

「啊？」安然臉色煞白，頭腦一下空了，正伸出去準備取蜜餞的手就這樣停在半空忘了收回來。這冷弘文竟敢冒著被流放的風險，堅持把她賣了？

鍾離浩被安然的臉色嚇到，狠狠瞪了薛天磊一眼，拉下安然的手，輕輕拍著她的後背，柔聲道：「傻丫頭，訂親的不是妳，妳父親他現在沒膽子賣妳的。乖，別擔心，不要怕啊。」

黎軒卻是被鍾離浩的語氣和表情嚇到了，自從認識至今，他從沒見過鍾離浩用這樣的聲音說話，還有這樣的表情、這樣的動作……

薛天磊也被安然的反應嚇了一跳，又被鍾離浩瞪了一眼，懵了，是他不該說這件事嗎？

君然最開始也被那消息嚇得腦袋「轟」了一聲，不過他很快反應過來，如果被訂給那傻子的是姊姊，薛大哥肯定不是這麼悠閒的口氣，而且他們早就會說了，不會等到現在。他拉著安然的手急切地喚著。「姊、姊，妳別慌，不會是妳，不會是妳的。」

不知道是鍾離浩和君然的撫慰起了作用，還是安然靈光突至，總算回過神來，不由得有些赧然。她一向冷靜，這是怎麼了，難道最近被太多人寵著，變笨了？如果真的是她被訂親，薛大哥哪裡會這麼一臉輕鬆地告訴她？而且冷弘文想把她嫁給誰就能如他意嗎？她冷安然又不是原來那個真正十四歲的小姑娘。

「呵呵，不好意思，薛大哥你繼續說。」安然看著薛天磊，臉上泛著懊惱的紅暈。

鍾離浩在安然回神的那一刻就收回了手，只是關切地看著她。原來小丫頭在他的心裡已經如此重要了嗎？她的一點不好都會把他嚇到，那種感覺就像心被人狠狠揪了一下。他只想看到她恬靜清雅的樣子、笑靨如花的樣子、淡然冷靜的樣子，或者像隻小狐狸一般眼珠子轉啊轉的樣子，甚至叉著腰、指著他凶巴巴的樣子，就是不想看到她剛才那樣慌亂、難過、無助、悲傷的樣子。不，他會護著她，用盡全力護著她，不會讓她難過，不會讓她再受到傷害。

「咳咳，安然，妳可嚇壞我們了。」薛天磊嗔道。「妳怎麼會以為是妳自己被訂親，如果是妳，我們三人還會這麼冷靜、無事一般？妳對我們仨也太沒信心了，我們像那麼無情無義的人嗎？」

「對……對不起嘛，我一時沒反應過來。薛大哥，你快繼續說啊，我父親他把誰訂給那傻子了？」安然不好意思地催道。

「是妳庶妹，那個叫什麼冷安菊的。」薛天磊說完趕緊先呷了一口茶，他剛才也是受到驚嚇了好吧？

「三妹？」安然腦中出現一個很安靜、沒什麼存在感的女孩，在冷府那兩天她只瞄過她一眼，沒怎麼注意。不過想想也是，冷弘文要賣女兒給秦家那傻子，動不了她，也就只能賣安菊了，冷安蘭現在可是嫡女，再說了，就算他想，冷老夫人和林姨娘也不會肯的。

薛天磊喝下那口茶之後繼續說道：「妳父親因為妳的那樁事不成，得罪了秦尚書，一直想著補救。後來不知誰的主意，拿了那傻子秦宇風的八字和冷安菊的八字去合了一下，竟然是上上佳配，呵呵，說是女助男，會旺那秦宇風。秦家起初不是很信，拿去問了幾個所謂高人，也都是那麼說，所以雙方立刻交換庚帖和信物，訂下來了，說等冷安菊十四歲就讓她過門。」

君然悲哀地嘆了一口氣。「他既然不重視自己的子女，又何必生呢？」

鍾離浩冷哼了一聲。「有些人，眼裡只有自己罷了。你們那父親也是個厲害的，竟然把秦尚書給扯到一條船上，他這幾年透過秦員外給秦尚書的孝敬銀子都入了帳，秦尚書為了自己也要想法子保下他，便給他出了個主意，讓他把銀子補上，再拿出一筆銀子帶頭捐獻給西北幾個鬧冰災的州縣，然後在月中太后五十壽辰大赦天下之時上摺子請罪。」

不甘寂寞的黎軒也來湊趣。「虧得妳父親不是太會揮霍，除了走上面關係、孝敬出去的銀子外，其他多數還在，可能是想著升職回京之後再用於打點吧。現在你們冷府是賣鋪子賣莊子賣古董字畫，能賣的都悄悄賣了。那秦員外看中妳庶妹的旺夫命，倒是預先給了一筆聘金，算是幫了冷府一把。」

「也就是說那疊帳單以後威脅不了他了。」安然覺得太可惜了，同時也開始思考以後該如何對付冷弘文。

「無妨。」鍾離浩看著安然。「妳不用擔心，現在妳身後有大將軍王府，按照我朝律例，妳母親過世，妳外祖父母可以過問妳的親事。以前他們是認定大將軍王府不會關注妳，才敢打把妳嫁給秦家的主意。」

「小安然，聽說冷府好幾個下人為了想撬開妳院子裡的庫房，手都爛了，有的臉還爛了、眼睛瞎了，是舒敏下的手吧？」黎軒樂呵呵的，舒敏畢竟是個姑娘，心不夠狠，要是他就弄點更有趣的。

安然失笑。「他們真的打那些東西的主意啊？舒敏當時跟我說我們要離開，不如在庫房動動手腳，我想著有備無患，就應了。他們不會氣急之下燒了那庫房吧？」

「不會。」鍾離浩很肯定地回答。「妳父親還是有點頭腦的，那次撬庫房是妳祖母和那個林姨娘背著妳父親做的。」

君然驚訝道：「浩大哥，你們人在京城，怎麼對冷府的事情一清二楚啊？」

黎軒拍了一下君然的肩膀。「你浩大哥為了提防你父親和冷府那些老夫人、夫人、姨娘耍伎倆害你姊姊，早就在冷府埋下釘子了。」

君然恍然大悟，鄭重向鍾離浩行禮道：「謝謝浩大哥一直幫助我姊姊，以後君然有能力了一定任憑差遣。」

黎軒詭異一笑。「小君然，你就不氣憤有人對付你父親嗎？」

君然坦然一笑。「在我心裡，我姊姊就是我最重要的親人，我姊在的地方就是我的家，想害我姊的人都是我的敵人，包括那個也許根本不知道我存在、也許當初也想除掉我的父親。」

「你姊在的地方就是你的家？那你姊以後嫁人了呢？」黎軒玩得不亦樂乎。

安然和君然幾乎同時回答道——

「我的家永遠也是君然的家。」

「那時我就是我姊的娘家。」

「好好努力，以後才能成為你姊有力的娘家。」鍾離浩拍了拍君然，讚許地說道。這個未來的小舅子，他很喜歡。

黎軒心生羨慕，他的哥哥和妹妹都在一場仇殺中跟父母一起被害死了，五歲的他正巧那天突然想吃糖葫蘆，纏著蓉兒偷偷帶他出去買，才避過了那場災難。這十多年來，除了蓉兒和師父，他就沒有親人了，幸好還有鍾離浩和薛天磊兩個勝似親兄弟的朋友。尤其是鍾離浩，要不是他，自己六歲那年就成了藥人，說不定早就屍骨無存了。

「小安然，妳要記住，黎軒哥哥也會是妳有力的娘家。以後對黎軒哥哥也要像對君然這般好……嗯，可以差一點點，誰讓你們是雙胞胎呢。」黎軒太贊成自己的這個想法了，這樣一來他兄弟姊妹都有了，哈哈哈，真好！

安然愣住了，這黎軒今天怎麼了？一向都是一副什麼都不在意的樣子，今天突然這麼感性？不過，當她對上黎軒那雙此刻特別真誠的漂亮桃花眼時，安然還真不忍心拒絕，不由自主地點了點頭。

第二十八章 過年

安然姊弟回到大將軍王府，直接去了正和院向老太君報歸，然後君然便去了書房。

正巧大表姊夏立菡、二表嫂甄氏珍兒和三表嫂顧氏惜文，都在正和院廳房裡陪老太君剪窗花玩呢，安然可不會這個，樂呵呵地在一旁看。夏立菡的女紅不大好，但剪這窗花可利索了，又快又好看，花樣還多，看得安然嘖嘖稱讚，還不客氣地要了好些。

「呵呵，然妹妹，這下妳可讓妳菡姊姊揚眉吐氣了。妳不知道，她前兩天還在抱怨說自己這不如妳、那不如妳，這個姊姊做得很沒臉呢。」顧惜文玩笑地打趣著夏立菡。

「可不是？自己一向對針線刺繡什麼的最沒耐性，現在覺得不如妹妹了，卻怪在大伯母身上，說大伯母不善女紅廚藝，女兒像母親，所以她就沒這天分了。」甄珍也微笑著湊趣。

夏立菡羞得臉都紅了，放下剪刀和紅紙就鑽進老太君懷裡。「老祖宗，兩位嫂嫂欺負我，您替我罵她們幾句。」

老太君被逗得哈哈大笑。「妳這個小潑猴兒，沒幾個月就要做人媳婦了，還撒嬌耍賴呢。我瞧著妳兩個嫂嫂什麼都沒說錯，幹麼罵她們呢？哈哈哈。」

安然誇張地繃起小臉。「只有所短寸有所長，每個人興趣不同而已。菡姊姊這樣就覺得沒臉啦，那我不會剪窗花、不會吹笛子、不會舞劍，更別說姊姊那一手煮茶的功夫了，這麼多都不如姊姊，豈不是要去買塊豆腐？」

「啊？買豆腐做什麼？」夏立菡從老太君懷裡抬起頭來，一臉疑惑。其他幾人也奇怪地看著安然，這怎麼說到豆腐上去了？

安然繃著小臉，一本正經地答道：「買塊豆腐撞上去啊，這腦袋要是撞牆上可不疼死？我最怕疼了。」

「哈哈哈……」老太君、兩位少奶奶、夏立菡，還有廳房裡侍候的丫鬟嬤嬤們都忍不住大笑不止。

「妳……妳這個小猴精兒……小精怪……哈哈哈哈……我老太婆的肚子都笑疼了。」

「都怪我，都怪我，我這還沒撞上豆腐呢，先害得外祖母肚子疼，我給老祖宗揉揉。」安然很狗腿地上前蹲下要給老太君揉肚子。

眾人正樂呵著，明月拿了一個盒子過來。「表小姐，陳尚書府的之柔小姐讓人送了回禮來。說您送去的點心很好吃，等過了正月頭，她下帖子請您去尚書府小聚，您到時候一定要再給她帶上一盒。」說完自己就忍不住笑出聲來，這陳大小姐也是個妙人兒，還有像這樣直接開口要人家送吃食的大家小姐？

老太君也呵呵笑道：「那陳家閨女爽直大方，倒是討喜得緊，不像那些扭扭捏捏的小姐們，看著就讓人累得慌。」老太君本身是武將家裡出來的女兒，年輕的時候也跟夫君上過戰場，性格爽朗，最是煩那些說話繞三圈、行事扭捏的女子。

上行下效，大將軍王府的夫人、小姐們也多是爽朗的性格，就是相對內向、比較文靜的二少奶奶甄珍，也是直話直說，從不曲裡拐彎的。

甄珍喝了口茶。「那陳小姐本來是訂在明年四、五月出嫁，跟我們家菡妹妹差不多，後來不知怎麼的又提到二月裡了，不過話說回來，她那未婚夫婿還真不是良人之選呢。」

「可不是？那葉二公子為了一花魁跟人大打出手還被重傷的事，在京城誰人不知？唉，可惜了陳家小姐一個好姑娘。」顧惜文也搖了搖頭。

「啊？這麼說那個葉二公子不就是一個紈袴嗎？之柔姊姊的父母怎麼還能答應這門親事？那個葉二公子的傷很重嗎？沒有殘疾吧？」安然焦急地問道，陳之柔可是她在這個時空的第一個閨蜜呢。

「殘疾倒是沒有，不過聽說挺嚴重的，可能是內傷吧。」顧惜文聽相公說那個葉二公子好像被傷到要害處，以後很難有子嗣，不過這些都是傳言，也不知幾分真，而且立菡和安然都是未嫁的閨女，她也不好說出口。

「唉，要論起來，這葉家二小子也不算是紈袴，之前風評都還挺好的，我也見過兩、三次，看著也是個上進知禮的好孩子。後來也不知怎麼的，竟然跟那個什麼花魁扯上關係，還要替她贖身，鬧得是沸沸揚揚。」老太君嘆道：「陳家閨女自幼就跟葉家二小子訂下的親事，哪可能說不要就不要。本朝還算是好了，這要是在前朝，就算未婚夫婿死了，女子都是要嫁過去，或者守望門寡的。」

「如果有個真正疼愛女兒的父親，倒也不是不可能斷了這門親事，聽說那葉二公子現在還鬧著要迎那花魁做貴妾呢。可是誰又知道那陳尚書能調回京城掌管刑部有沒有清平侯的幫忙呢？」甄珍嗤笑一聲。「這女人，一輩子的命運就拴在兩個男人身上，做姑娘時看有沒有個好父親，出嫁後就看夫婿好不好。」

「好了好了，咱不說這傷感的，好在我們命好，能嫁到這府裡來，承歡在老太君膝下，一家子又都是極好的。我們菡兒和那王公子也算是青梅竹馬，知根知底，將來嫁過去，日子也一定是好的。」顧惜文笑道。

大將軍王府的兒郎是眾多名門閨秀心裡的最佳夫婿人選，不說夏府家教嚴厲，兒郎出色，就只那條眾人皆知的祖訓就夠讓人嚮往——夏家兒孫，除非年過三十無子，不可納妾。

本來正津津有味地聽著別人家故事的夏立菡，突然聽到三嫂提及自己的親事，羞惱道：「嫂嫂要炫耀妳們的幸福儘管炫耀就是，幹麼扯上我？」

「呵呵，菡妹妹別害羞，我們慶幸自己有個好婆家，也高興妹妹有個好婆家，不是所有的女子都像我們姑嫂幾個這樣幸運的。」顧惜文呵呵笑道。

是啊！安然心嘆，就是在現代，也不是每個女子都有幸能嫁到一個好老公好婆家的。只是在現代，女子可以自己選擇老公，即使終身不嫁，也還能獨立在社會上爭取自己的生活；而在這古代，不嫁，比嫁後和離還要讓人不容。

年三十了，府裡到處掛上大紅的燈籠，貼著喜氣盎然的福字，連院子裡的樹上都繫著紅絲帶。下人們忙忙碌碌地穿梭著，準備一年中最重要的一餐飯——年夜飯。

今天眾人都穿得喜慶，老將軍和老太君都穿上暗紅色袍子。立晴和瑾兒兩個穿上安然設計的大紅色帶帽棉襖，帽子是兔子形狀，有兩個長耳朵，還有眼睛鼻子嘴巴，可愛得不得了。兩人豎起帽子在大人中間鑽來鑽去地搞怪，每個人都要笑著扯一下那長長的兔子耳朵。

舅舅和表哥們也回來得早，酉時便開飯了，依舊分坐兩桌，不過今天是大年三十吃團圓飯的日子，丫鬟們撤去了中間的屏風。

「今兒這菜可是然兒親自指導廚房做的，連這菜名也是然兒起的，都是又好聽又吉祥。明月，妳給那桌的爺兒們介紹介紹。」老太君滿臉自豪地吩咐道。

「是。」站在老將軍身後準備布菜的明月笑語晏晏。「今天共有四碟冷盤、十菜兩湯。這道八珍魚肚羹起名鴻運照福星，我們先給老將軍和老太君盛上；那道蟹黃炒桂花魚翅起名大展鴻圖，眾位爺一定要多吃點……最後一道，這叫歲晚大團圓，裡面東西可多了，有蘆筍、鮮菇、肉丸、豆腐、粉絲……美味又爽口。」明月邊介紹菜式邊帶著小丫鬟們布菜，脆生生的聲音加上生動的表情，聲情並茂，倍添喜氣。

夏燁林感嘆。「這小然兒莫不是真如娘所說，是觀音菩薩跟前的玉女轉世？我在宮裡也沒有吃過這些菜式，這名兒也取得好，大氣、吉利。」

老太君得意地揚揚眉。「那是，除了菩薩跟前的玉女，誰還能把觀音圖繡得那般傳神，那眼睛、那眼神，嘖嘖，就跟菩薩顯靈似的。要不是我說是外孫女親手繡給我做壽禮的，指不定多少人眼饞呢，連大皇子妃都想拐了去孝敬太后。」

「行了，行了，瞧妳得意的！哪有人自己說自己外孫女是玉女轉世的？」老將軍摸了摸鬍鬚，哈哈笑道：「也不怕傳出去外人笑話。我們然兒就是天資聰慧，那因為是我的外孫女嘛，你們看看，我這一對外孫、外孫女兒，哪個是差的？哈哈哈！」

「咳咳，爹，您這是誇然兒，還是誇您自己呢？」一向一本正經的夏燁華難得打趣起自己的父親來。

「那是，我們夏家的孩子就沒有差的。」老太君摟著坐在身旁的小立晴，也高興地哈哈笑起來。

「哈哈哈哈……」

安然來到大昱的第一個年夜飯就這樣伴著歡樂的笑聲結束。

接下來就是小輩們磕頭拜年拿紅包，安然和君然收到的基本上都是一樣的或一對的東西，比如老太君給的是一對純金打造的金童玉女，老將軍給的是一模一樣兩塊雲形玉珮……

安然站在窗邊，看院子裡立仁正帶著幾個小的在放煙火，心裡想起在自己穿到大昱來之前的兩個月，那個世界也正在過年，那時她給小侄兒買了很多煙花，三十那晚也是這樣陪著父母在窗前看弟弟帶著小侄兒放煙花……

「爸爸媽媽，你們好嗎？我好想你們，希望你們健康平安！」安然抬頭望著天上閃閃繁星，默默祈唸著。

「姊，妳是想娘了嗎？我也想，我都沒見過娘長啥樣。」君然不知什麼時候站到了安然身邊。

「我們倆長得都像娘。」安然微笑地看著君然，現在君然已經明顯高她半個頭了。

「是啊，你們倆都像你們娘。」老將軍走過來，一左一右擁著兩人的肩。「你們娘在天上看著你們，一定會很欣慰的。外祖父當年沒有護好你們的娘，但是現在一定會護著你們姊弟倆。即便以後外祖父不在了，你們還有三個嫡親舅舅呢。」

「外祖父真是的，您老一定身體健康、長命百歲，您可要親自護著我們，還要看君兒長大出息、成家立業呢。」安然柳眉一揚，嬌俏地嗔道。

「好，好，外祖父就活他個一百歲，親自護著我的一對乖孫，哈哈哈。」老將軍被安然的嬌俏模樣逗得開心不已。

安然跟老將軍告退，說要讓君然去怡心院向許先生磕頭拜年。

老將軍連聲說道：「應該。」讓這姊弟倆先過去了。

本來老將軍是讓許先生跟他們一同用飯的，許先生謝絕了。老將軍怕他不自在，也沒有強求，只讓宋氏叮囑廚房給怡心院備下一桌好的，讓隨安然姊弟同來的劉嬤嬤等人陪著許先生一起吃年夜飯。

回到怡心院，許先生、劉嬤嬤、林嬤嬤和舒心、平勇他們幾個也吃完了年夜飯，正坐著喝茶聊天。

安然讓人拿來蒲團，君然以長輩之禮向許先生磕頭拜年。

許先生正要攔阻，安然道：「先生不用推辭，您自是當受此禮。一日為師，終身為父，為了不耽誤君然的學業，您千里迢迢同來京城，連過年都不能跟小孫子一起，您對君然的用心愛護和嚴格教導，我和君然都看在眼裡、記在心裡，都把您當作家裡的長輩看待。」

許先生眼角濕潤地受了君然的禮，拿出一塊上好的墨玉玉珮遞給君然。「這是我曾祖父傳下的一對玉珮，一塊在小諾那裡，這一塊就由你收著。」

這，太貴重了吧？君然遲疑著不敢接過。

安然也道：「許先生，這該留給小諾將來的妻子吧？」

「呵呵，這一對玉珮都是男子佩帶的，誰料想從我祖父那一代到小諾都是獨苗苗一枝，你們既是把我當家裡長輩看待，自然也如同我的子侄一般，有什麼不可以收的呢？」許先生堅持道。

話都說到這分上了，安然和君然不好再繼續推辭，君然恭敬地雙手接過，小心收好。

正月初六敬國公府的賞梅宴，大將軍王府跟往年一樣，收到了請柬。甄珍剛被診出有了身孕，而顧惜文娘家有事要回去一趟，都去不了。老太君遂讓宋氏、何氏帶著立菡和安然一同前去，又以瑾兒不願意離開安然為由，連瑾兒和晴兒一塊兒帶去。反正瑾兒還小，可以進入內院，沒什麼避忌。

安然雖不知雲祥師太所指的奇遇到底是什麼，又會在什麼時候、什麼情況下發生，但既然雲祥師太讓她帶上瑾兒，她想必定是瑾兒的某位親人也會在那天的賞梅宴上出現。

一大早，看著因為要跟姊姊出門玩而興奮不已的小瑾兒，安然心頭突然湧上一種要把自家孩子送走的悲傷感覺。

安然拿出一個特意打造的金項圈給瑾兒戴好，項圈正中是那個刻著瑾字的水滴形玉珮，玉珮左右各有一粒鏨有「福」字的金珠子。如果今天真的找到瑾兒的親人，這個金項圈就是安然留給瑾兒的紀念了。想到這裡安然心裡酸酸的，便蹲下身把瑾兒摟進懷裡。「瑾兒，以後你若是離開姊姊了，會不會想姊姊？」

敏感的瑾兒摟著安然的脖子就哭了起來。「瑾兒不要離開姊姊，瑾兒已經沒有了阿爹阿娘阿哥，也沒有了阿姊，姊姊別不要瑾兒，瑾兒會很乖的。」

安然強忍著淚意，撫摸著瑾兒的腦袋。「我們瑾兒一直都很乖，姊姊怎麼會不要瑾兒呢，姊姊只是隨口問問。你忘了阿姊說過，瑾兒已經長大，不興哭鼻子了。」說完點了一下瑾兒的小鼻子。

瑾兒一聽不是姊姊不要他，立刻停止了抽泣，嘟著嘴囁嚅。「姊姊壞，以後不要隨口問問，瑾兒不會離開姊姊還有哥哥的。」說完就跑過去抱著君然的腿，他們兩兄弟今天穿了同款同色的衣服，站在一起還真像親兄弟。

安然噗哧一笑，讓劉嬤嬤帶瑾兒下樓去洗臉。君然不捨地說道：「姊，要不，你們今天不要去了，誰知道瑾兒的親人會不會待他好。再說了，如果瑾兒的親人真在京城，怎麼從來都沒傳出找人的消息？」瑾兒跟他們兩姊弟投緣，君然也把瑾兒當自己弟弟看待，真要分開實在是捨不得。

安然拍了拍君然的肩。「如果沒有外祖父一家護著，我們兩姊弟就是一對孤兒，我們的路會很艱難很辛苦，你希望瑾兒跟我們一樣嗎？瑾兒還小，他今後的路還很長，血脈至親和家族庇護是其他人取代不了的。當然，我們要確定他的親人會善待他才讓他回去，否則瑾兒就永遠是我們的弟弟。」

「嗯。」君然點點頭，不過他心裡還是認定瑾兒的親人肯定不在乎他，否則不會一點找人的消息都沒有，說不定根本就不想讓他回去。那樣的話，瑾兒還是不會離開他們的，過了正月他就把瑾兒帶回平縣去，他知道姊姊也捨不得瑾兒。

安然不知君然此刻心裡的小算盤，笑著趕他去書房。「一早就蹺課，小心先生罰你！」君然生怕瑾兒今天真被親人認走再也不回來，一早就趕到怡心院來。

君然下樓對剛洗了臉的瑾兒說：「哥哥去書房了，瑾兒出門要聽姊姊的話，晚上哥哥再給你講故事。」

瑾兒乖巧地揮了揮手。「哥哥再見，瑾兒聽姊姊的話，也聽哥哥的話。」

第二十九章 身世

安然帶著瑾兒跟著宋氏一行到了敬國公府的梅園，那裡已經來了不少名門夫人和大家小姐。很快就有熟識的夫人過來打招呼，安然和立菡都剛回京，認識的小姐還沒幾個。

不一會兒，一位著玉色繡折枝堆花襦裙、披著白色貂毛披肩的小姐，帶著兩個丫鬟走上前來，向宋氏和何氏行了個禮，笑道：「這兩位小姐一定是立菡姊姊和安然妹妹了，兩位都是第一次來我們梅園，不知宋姨母可否放心讓我帶兩位姊妹四處逛逛？」

宋氏呵呵笑道：「瑩瑩親自接待，哪有什麼不放心的。菡兒、然兒，瑩瑩是敬國公府的三小姐，她的母親薛夫人是我的表姊，妳們跟她一起玩去，這梅園裡可有一片京城少有的梅林呢。」

安然和立菡同聲應了，又謝過薛瑩，三人相互做了個自我介紹，就算正式認識了。

安然一手一個牽著晴兒和瑾兒，五人一起向梅林走去，薛瑩邊走邊給她們介紹梅園。

梅園就是敬國公府的後花園，有三十畝左右，園內有一片十五畝的梅林，因而得名「梅園」。園內亭臺樓閣、假山、湖泊、花壇如繁星點綴，綠樹巨蔭與突兀大石相間相襯，流水淙淙於其間，倒映著藍天白雲，實在是美不勝收。

漫步在梅花林當中很是愜意，風中淡淡地送來陣陣梅花香，似乎可以讓人忘記一切俗世中的煩惱。

梅園不僅梅林出名，其他的幾個小園子如荷苑、桂苑、牡丹苑，都是一眾貴婦小姐們最喜歡在其間小聚、品茶作詩的地方。

幾人走到梅花林北角的一個小亭子，薛瑩邀安然和立菡坐下，丫鬟們打開桌子上的點心盒、蜜餞盒，並端來熱茶和水果。

晴兒和瑾兒一人吃了一塊糕點，就跑到前邊的草地上玩去了。安然讓府裡的木匠給他們一人做了一個魔術方塊，兩人剛學會沒幾天，正在興頭上，出門都帶著。

薛瑩笑著把一個茶杯放到安然面前。「安然妹妹，我大哥說妳喜歡紅棗蜂蜜茶，妳喝喝看，這味道可還合口？還有這點心，我們府裡雖然做不出大哥帶回來的那般精緻美味的點心，但這些糕點也是京城有名的廚子做出來的，妳嚐嚐。」

安然微笑。「薛大哥知道我今天會來？」

「可不？大哥說宋姨母最近參加宴席都帶著妳們姊妹倆，這次一定也會帶妳們來賞梅宴的。大哥昨晚特意過來交代，說妳們剛回京城，認識的小姐們不多，讓我帶著妳們好好逛逛。」薛瑩笑起來跟薛天磊一樣陽光燦爛。「我們坐一會兒，喝點茶，等下我帶妳們過去認識一些朋友。」

草坪上，瑾兒和晴兒正玩得開心，一群五、六個小孩跑過來，看到兩人手上的稀奇玩意兒，都好奇地圍著看。一個七、八歲的小男孩劈手就要搶瑾兒的魔術方塊，瑾兒不肯，兩人眼看就要扭打起來。

「明鵬住手！」一個穿著大紅繡金線襖裙的小姑娘跑過來，頗有氣勢地喝道。

「瑜妹妹不要多管閒事，我很快就是妳大哥了，以後妳還要倚仗我呢。」那個叫明鵬的男孩抓著瑾兒胸前的衣服不放，轉過頭對那女孩叫嚷著。

「你這還沒進我們勇明侯府呢，就如此仗勢欺人，還是欺負一個比你小的小孩，我祖母會讓你進門嗎？做我哥哥？你還是等進得來再說吧！」女孩嗤之以鼻。

「妳！你們有什麼了不起？我娘說了，勇明侯府和長公主的東西將來都是我的。」

「閉嘴，鵬兒你胡說什麼，還不放開那位小公子！」一位十五、六歲的小姐匆匆趕過來，聽到明鵬的話厲聲喝止。「快點向瑜妹妹道歉！滿嘴胡說，娘一向敬重長公主，處處為長公主和瑜妹妹著想，怎麼會說那樣的話？」

明鵬被大姊罵了一頓，很不服氣地重重推開瑾兒，虧得是在草地上，而且瑾兒本來也是坐著的姿勢，倒也沒有受傷。

那個先前罵明鵬的女孩一邊問瑾兒有沒有摔到，一邊走過來跟晴兒一起扶起瑾兒，一眼看到瑾兒項圈上的玉珮，驚訝地用手托起細看了兩眼，下一刻瑾兒卻被晴兒拉著走了。

瑾兒乖巧地對那位小姊姊揮了揮手。「我沒事，謝謝這位姊姊，姊姊再見。」然後跟晴兒一起回去找安然等人。

晴兒嘴裡還大聲嚷嚷。「這裡有人搶我們的魔術方塊，不在這兒玩了！」

正在聽薛瑩說著一些趣聞的安然偶然轉頭，遠遠看見瑾兒他們那邊圍著好多小孩，也沒在意，小朋友有同齡人在一起玩才好。後來聽到似乎有爭吵聲傳來，正想讓舒安過去看看，就見瑾兒和晴兒回來了。

晴兒一過來就撲進夏立菡懷裡。「大姊姊，有壞哥哥搶瑾兒的魔術方塊，還要打他。」夏立菡一聽，柳眉一揚，就站了起來。「誰這麼霸道？小小年紀就知道欺負人，我去看看。」

安然拉住了她。「小孩子在一起玩，難免有爭吵。而且妳看，人家也散了。」轉頭把瑾兒拉到面前檢查了一番。「瑾兒，有沒有傷到哪裡？」剛才看兩人正常地跑過來，瑾兒臉色如常，應該是沒事的。

瑾兒偎在安然懷裡，就著舒安的手喝了口水，搖頭回道：「沒有，一個小姊姊幫我們罵了那個壞哥哥。」

「大姊姊，就是那個壞哥哥，他又要來搶我們的魔術方塊了。」晴兒雙手緊握魔術方塊，躲進夏立菡的懷裡。

只見一位十五、六歲，一身華貴裝扮的粉衣姑娘，牽著一個七、八歲的小男孩向他們走來。

薛瑩道：「是中書侍郎郭大人的孫女郭明娟。」

郭家？安然敏感地一震，想到那塊刻著「郭」字的虎形鐵牌，想到今天可能的「奇遇」，再看那個七、八歲小男孩的眉眼間好像還真有那麼一絲絲與瑾兒相似的地方，不是她多想了吧？

近到跟前，那郭明娟施了一平禮。「薛三小姐好……這兩位小姐有點面生，請問妳們是？」郭明娟一向自視甚高，但在薛瑩面前還是不敢托大的，況且能來這賞梅宴的，一般都不是普通人家。

薛瑩雖然不喜歡郭明娟，但作為主人，還是不能輕怠客人，遂笑道：「這位是大將軍王的孫女夏大小姐，那位是大將軍王的外孫女冷二小姐。這位是郭侍郎的孫女明娟小姐。」

郭明娟看向懷裡還趴著瑾兒的安然，大將軍王府的外孫女？薛瑩既是這樣介紹，這冷小姐的父家一定不咋樣。外祖父畢竟多了個「外」字不是？郭明娟的眼裡閃過一絲輕視。

「冷小姐好，是這樣的，我弟弟很喜歡這位小公子手上的玩具，能否請小公子割愛，當然，我會以三倍價錢買下。」郭明娟的口氣裡透著一絲不易掩蓋的傲慢。

「不好意思，這是我自己做給弟弟玩的，我弟弟很是喜歡，實在不好拿來賣錢，還請見諒。」安然淺淺笑道。一個魔術方塊而已，本來送給他一個也沒什麼，只是安然非常不喜歡那郭明娟眉眼間和語氣裡的傲慢。搞什麼？她求著他們來買嗎？還三倍價錢？

「妳！妳知不知道我是誰？我是未來的勇明侯，是大長公主的……唔唔……」郭明鵬的叫囂聲被他姊姊給捂住了。

「無論你們是誰，也沒有權利要求我把親手給自己弟弟做的禮物賣給妳，我們家也不缺這點錢。」安然站起身，對薛瑩道：「瑩姊姊，我們想帶晴兒和瑾兒到前面走走。」

薛瑩點了點頭，回身淡淡地對郭明娟說道：「郭小姐，人家既然不願意，哪有強買強賣的？你們隨便玩玩，我就不奉陪了。」說完自顧自追上安然等人去了。

「哼，什麼人啊？這麼無禮？真是沒有教養。」郭明娟狠狠地跺了跺腳。

「呵呵，也不知道是誰沒有教養？奪人所愛還自以為是，你們中書侍郎府好像很有錢嘛！」五步開外，不知什麼時候站了一大一小兩個女孩，說話的正是其中那個十五、六歲的少女，亦是大長公主的外孫女，宰相府的嫡長孫女杜曉玥。她身邊那個七、八歲的女孩正是被郭明鵬稱作瑜妹妹的郭明瑜，大長公主的嫡孫女，已故勇明侯留下的女兒。

「表姊，我們走吧，不要理他們。回去告訴祖母，讓他們以後不要亂打著我們勇明侯府和祖母的招牌仗勢欺人。」郭明瑜扯了扯自家表姊的袖子。

「沒有沒有，曉玥表妹妳們誤會了，只是鵬兒喜歡那玩具，我好聲向她們買而已。」郭明娟真是鬱悶，怎麼兩次都讓郭明瑜那死丫頭碰到，還把杜曉玥這個潑辣貨給拉來了。

「我們不熟，請不要亂叫，我舅舅的勇明侯府跟你們侍郎府在郭家族譜上是兩個不同的分支。瑜兒，我們走。」杜曉玥輕蔑地看了那兩姊弟一眼，帶著明瑜走了。

「大姊，她們怎麼這樣跟我們說話啊？娘不是說長公主府以後都要看我臉色的嗎？」郭明鵬惡狠狠地瞪著兩人的背影。

「住嘴，娘一直跟你說那些話在外面不能講，你是木頭腦子啊你？回去以後看爹怎麼處罰你？」郭明娟叫上站在老遠的兩個丫鬟，拉著弟弟的手，氣呼呼地找她娘去了。

而此時，安然的心緒有點紊亂，這個郭家，不會真的跟瑾兒有關係吧？看那姊弟倆的德行，家教就不咋樣。瑾兒的父母都沒了，如果回到那樣一個家庭，真的好嗎？還不如跟著她呢。

接下來的遊玩、午宴、看表演，直到離開敬國公府，都沒再發生什麼「奇遇」。這讓安然越發忐忑，她寧願相信這是雲祥師太的失誤，再怎麼高人，也畢竟不是神仙嘛。

經過那麼一個不愉快的插曲之後，安然幫瑾兒找親人的興致也銳減，心裡琢磨著要不然算了，還是等瑾兒長大後再讓他自己決定要不要去找親人。

回到大將軍王府，君然見著瑾兒回來，且姊姊表示沒有什麼奇遇，開心得很，趁著自己休息的空檔帶著小瑾兒講故事去了。

老太君等其他人都出去了，才笑著問道：「沒有遇到什麼事嗎？這幾十年下來，雲祥的預言還沒有過失誤的呢！」

安然聽到這話更鬱悶了，就將遇到那姊弟倆的事和自己的想法說了一遍，其他，還真沒什麼特別的事發生。

「妳為什麼會覺得跟那郭家有關係？這麼小的孩子還沒長開呢，妳要是刻意去找，總是能找到長得相似的地方。」

安然皺了皺眉。「外祖母，那侍郎府跟什麼勇明侯府有什麼關係嗎？那郭家有武將嗎？」那塊刻有「郭」字的鐵牌，看起來有點像前世電視劇中看到的將軍的權杖。

老太君一愣，笑了。「妳為什麼這麼問？那侍郎府跟勇明侯府還真是有理不清的關係呢。說來話長……」

原來那老勇明侯郭大將軍本是郭侍郎的庶弟，十幾歲的時候不知道具體因為什麼事被郭家以忤逆父母之罪逐出，後來那郭大將軍在西南邊境從了軍，並數次立下軍功，回到京城竟然還接連拿下文武狀元，是大昱開國以來除了那謝言博以外最轟動的一位狀元。剛登基沒幾年的先皇昱陽帝把自己最疼愛的妹妹明珠長公主許配給了他，並在他又一次立下大功時封為勇明侯。

郭氏族人一再懇請郭大將軍回族認祖歸宗，後來郭大將軍提出可以回郭氏一族，但必須另開一支，不願意歸到他父親名下，郭氏族長和眾長老一口答應，他們只關心勇明侯府和長公主給郭氏一族帶來的榮耀和利益，對他認不認父親無所謂，他們對他父親當年把郭大將軍驅逐出去的事還恨得咬牙呢。

八年前，西南邊境的越西族挑起戰事，郭老侯爺親自上陣對付宿敵越西巫師帶領的巫兵，結果中了奸計被毒箭射中身亡。郭大將軍生有一子一女，他的兒子郭年瀚同樣善戰，並娶了名震一時的女將軍樊菊花。

郭大將軍戰死後，小侯爺郭年瀚夫妻誓為父親報仇，奔赴西南。當時，小侯爺的女兒剛滿周歲。

小侯爺夫婦用了近三年的時間平定了越西族和附近幾個不安分的異族，正準備凱旋而歸時，聽到當年逃脫的越西巫師的動向，追擊而去，雖然最終手刃了仇人，但自己也中了毒氣和死士埋伏，即將臨盆的樊菊花則不顧親兵的阻攔親去尋人。至今，夫妻二人不見蹤跡，生不見人，死不見屍。

當今皇上感念勇明侯一家父子、夫妻三大將軍為大昱立下的功勞，封長公主為大長公主，小侯爺的女兒郭明瑜為明珠郡主，並親口許諾，若找回小侯爺或小侯爺的子嗣，將封為勇明王爺，若找不回來，大長公主可親選一名孩子過繼給小侯爺，繼承勇明侯爵位。

原來如此，安然幾乎可以斷定瑾兒就是那位小侯爺的兒子了，阿依族就在西南邊境，時間、姓氏、地點、年齡都能對得上，世上沒有那麼多的巧合吧？

安然正在神遊，明月進來稟報。「老太君，大長公主來訪。」

老太君愣了一下，這大長公主與自己的關係一般，在一些重大聚會場合兩人雖有些交談，但是大長公主身分尊貴，而且自從老侯爺、小侯爺夫婦戰死後，極不喜交際。這麼多年來，也就前次自己六十壽辰時，大長公主來過大將軍王府一次。

老太君問明月。「老將軍可在府裡？」照規矩，大長公主來，是要在前院正廳接待的，老將軍和兩個兒子、媳婦都要拜見。

明月還來不及回答，就聽見門外聲音傳來。「老太君，無須那麼麻煩，本宮今天有急事相詢。」

話音未落，一身杏黃色錦服的大長公主就已經進來了。老太君拉著安然正要行禮，就被大長公主一手托住。「免禮，還請老太君坐下談。」

大長公主身邊的郭明瑜看見安然，在祖母的耳邊說了一句話。

大長公主看向安然。「這位小姑娘是？」

老太君趕忙回道：「這是我的外孫女安然，一直住在福城，剛到京城不到一個月。」

「安然，妳今天是不是帶了一個小男孩去敬國公府了，那個孩子是誰？我可以見見嗎？」大長公主的語氣柔和但明顯地非常焦急。

「那是我的義弟瑾兒，大長公主當然可以見，但如果有什麼疑問可以先問我，我擔心嚇到瑾兒。」安然堅定而誠摯地回答道。

大長公主面色一沈，眼裡掠過質疑。「妳知道我想問什麼嗎？」

安然平靜地答道：「之前不知道，剛剛猜到的。是雲祥師太說今天會有奇遇，我才帶著瑾兒去賞梅宴，在大長公主您來之前，我正跟外祖母談到此事。恕安然不敬，為了瑾兒，我想先問一個問題，您為什麼會想到來大將軍王府呢？是您府上的人看到瑾兒了嗎？」

郭明瑜輕聲道：「安然姊姊，是我正巧看到瑾兒身上的玉珮，它跟我的玉珮一模一樣，我心裡疑惑，一回府就去問祖母，祖母馬上就帶我過來了。」

「那麼安然可以斗膽問一下這玉珮的來歷嗎？」

安然一副鎮定平靜的樣子倒是讓大長公主心裡暗自點頭，也不計較她的「大膽」了。

大長公主要郭明瑜將玉珮遞給安然，說道：「這兩塊玉珮是用同一塊玉中紋路相同、對稱的兩部分雕琢而成，分別刻了一個瑾字和一個瑜字。當年我跟兒媳婦說，如果生了女孩就叫瑜，生了男孩就叫瑾。後來瑜兒出生，這塊瑜字就佩帶在了她身上，而那塊瑾字玉珮則由我兒媳婦收著。」

安然細看了一下，果真跟瑾兒那塊一模一樣，除了字不同。

安然想了想，遂把當時遇到瑾兒跟他阿姊茹兒，以及茹兒所說的話都詳細說了一遍，並從懷裡掏出了鐵牌和生辰紙，為了準備「奇遇」，她今天特意把這些東西帶在身上的。

大長公主一看之下淚如雨下。「瀚兒、菊花，娘總算等到你們的消息了。你們等著，娘一定接你們回京。」

老太君嘆道：「那個茹兒一家都死了，怕是沒人知道小侯爺和樊將軍葬在哪裡。」

大長公主一滯，卻聽到安然說：「我想瑾兒應該知道，我曾經問過瑾兒在阿依族家裡的事，他說每年他的生日阿爹阿娘都會帶他去一個墳前磕頭，說那裡面有很重要的人。他阿姊臨死前還跟他說，長大以後不要忘記那個墳的標記。」

大長公主激動地抓著安然的手。「安然，謝謝妳，現在能讓我見見瑾兒嗎？」

老太君讓明月去將瑾兒帶來。

不一會兒，瑾兒就高興地跑了進來，一頭扎進安然的懷裡。「姊姊，我今天說的腦筋急轉彎，哥哥沒有答出來哦。」

安然摸了摸瑾兒的小腦袋。「有客人呢，瑾兒站好嘍。」

瑾兒這才看到坐在一邊的大長公主和郭明瑜，一臉欣喜地指著明瑜對安然說：「姊姊，今天就是這位小姊姊幫我罵那壞哥哥的。」

大長公主看著面前跟郭年瀚小時候長得一模一樣的瑾兒，激動地伸出手。「瑾兒，我的孫兒，來，到祖母這兒來。」

瑾兒嚇得縮進安然的懷裡。

安然輕輕拍了拍他的後背。「瑾兒乖，那是你的親祖母，你不是很喜歡那位小姊姊嗎？她可是你的親姊姊哦。」

「不要不要，我說過不要離開姊姊的。姊姊壞，姊姊不要把我送給別人好不好？」瑾兒抱著安然大哭起來。

安然鼻子一酸，眼淚也掉了下來。「姊姊怎麼會把你送給別人呢？瑾兒乖，你記得你阿姊讓你記住的那個墳嗎？裡面就是你的親爹親娘，而那位奶奶就是你爹的娘，也就是你的祖母。瑾兒不認你的祖母，她會很難過的，瑾兒捨得讓親人難過嗎？」

瑾兒一愣，姊姊說過好孩子是不能讓親人難過的，可是這兩個人他都不認識，為什麼會是他的親人呢？一定是姊姊騙他，遂又繼續哭道：「不要不要，瑾兒的阿爹阿娘阿哥阿姊都死了，只有姊姊和哥哥是瑾兒的親人了。」

安然把瑾兒抱著坐在她腿上。「瑾兒乖，莫哭了，好好聽姊姊說。你記得姊姊跟你講的那個小朋友跟爹娘走失了，長大以後憑身上的玉珮相認的故事嗎？你告訴姊姊，你身上的玉珮是誰給你的？」

「嗚嗚……我……一直戴在衣服裡面……阿娘說不能丟了，不能被狗子和二癩他們看見了，他們會搶走的，後來阿爹阿娘阿哥他們被壞人打死了……嗚嗚……阿姊帶我逃出來，就把玉珮收起來了，說不能被壞人看見……今天早上姊姊又把它穿在金圈圈裡給我戴上了，嗚嗚嗚……」瑾兒繼續嗚咽，但還是聽話地回答了安然的問題。

「那你看看，你身上這塊玉珮跟那位小姊姊的玉珮是不是一樣呢？」安然說完看向明瑜。

聰敏的明瑜立刻走過來，把掌心裡握著的玉珮遞給瑾兒。

安然也幫瑾兒把項圈摘了下來，把兩塊玉珮並排放在手掌上給瑾兒看，更奇特的事情發生了，當瑾兒翻過其中一塊玉珮時，兩塊玉珮的正面竟然黏在了一起。

大長公主流著淚說：「這兩塊玉珮上刻字的地方抹了特別的東西，只要面對面放著，就會像磁鐵一樣吸在一起。」

瑾兒也忘了哭了，大大的眼睛盯著兩塊玉珮。「我的玉珮和小姊姊的玉珮一樣，又會黏在一起，所以我們就是親人了？」

安然撫著他的頭髮。「因為這兩塊玉珮是你們的祖母和娘親為你們特別做的，別人沒有，所以你們看見這塊玉珮，就知道是自己的親人了。還有你阿姊給姊姊留下的其他東西，你祖母也認出來了。瑾兒乖，趕緊叫祖母和姊姊，你祖母找你很久了。」

「就是沒有這些東西，祖母也能確定你就是我的孫兒，你跟你爹爹小時候就像一個模子裡刻出來的。」大長公主看著瑾兒又哭又笑。

第三十章　中大獎

瑾兒看了看滿臉是淚的大長公主和郭明瑜，聽話地叫了聲「祖母、姊姊」，叫完又把腦袋縮進安然懷裡。

大長公主激動地應道：「噯，噯，乖孫子，乖瑾兒。」她也知道瑾兒還太小，急不得。不過這樣也能看出瑾兒和安然的感情，說明安然對瑾兒很好，她打心眼裡感激安然。

郭明瑜也哭得唏哩嘩啦，她總算有自己的親弟弟了，那些亂七八糟的人不要再想著進他們府裡做她的什麼哥哥、弟弟了，她討厭那些人。明瑜雖然年紀小，也知道那些人不是真的想做她的哥哥弟弟，只是想占他們勇明侯府的好處罷了。

安然緊摟著瑾兒。「瑾兒乖，你看你祖母和姊姊找了你這麼久，她們都很疼你，瑾兒跟祖母回去好不好？姊姊以後會去看瑾兒的。」

「不要不要，我不要離開，姊姊壞，我去找哥哥。」瑾兒哭著就掙脫了安然溜下地，跑出去了。

「瑾兒……」明瑜想跟出去拉住弟弟，自己卻被大長公主拉住了。「妳弟弟還小，不能著急，要給他時間，慢慢跟他說。」

老太君也是忍不住淚流滿面，她的丈夫兒子都是征戰沙場的將軍，最能理解大長公主的痛。「是啊，瑾兒才五歲，很多東西他現在還不懂，讓安然和君然慢慢跟他解釋，瑾兒最聽他們倆的話了。」

「君然？是瑾兒嘴裡的哥哥嗎？」大長公主接過身邊丫鬟遞過來的帕子，抹了抹眼淚。

「是的，君然是安然的弟弟，他們倆最疼瑾兒了。」老太君笑咪咪地說道。

「大長公主，請恕安然無禮，瑾兒現在回去安全嗎？今天我聽到郭侍郎府的那個搶瑾兒玩具的小少爺說他是未來的勇明侯爺……瑾兒才五歲，他沒有自保能力。」安然的腳有點打顫，但語氣很是堅定。聽說這個大長公主權勢很大，而且脾氣不大好，她不會打殺了自己吧？不過為了瑾兒，這話還是要說的。

「然兒住嘴！大長公主自是會保護瑾兒周全。」老太君喝道，又轉向大長公主。「然兒還小，想到什麼說什麼，她只是太擔心瑾兒了，還請大長公主原諒她的不懂事。」

「老太君寬心，我也不是那不講理的，安然疼瑾兒我看得出來，難為她小小年紀就想得周到。這樣吧，瑾兒現在一定不願意跟我回府，我也不想逼他，就讓他再叨擾大將軍王府幾日，我也好清理一下勇明侯府和大長公主府，為瑾兒回府做些準備，十天以後我們再來接瑾兒。」大長公主說著就站起身要向老太君行禮。「大將軍王府救下瑾兒之恩，本宮銘記在心，日後若有本宮可以幫忙的地方，自當竭盡全力。」

老太君駭了一跳，趕緊站起來側過身子，並伸手扶住大長公主。「大長公主折煞老身了，這也是安然和瑾兒的緣分。瑾兒聰明乖巧，府裡上上下下都喜歡得緊，他能多住幾日，我們求之不得呢。」

安然也道：「我只是碰巧帶回瑾兒而已，真正救了瑾兒並撫養他五年的是那茹兒一家。」

大長公主讚賞地看著安然。「那阿依族的一家人，本宮深念他們的厚恩，但已無法報答了，本宮一定會讓人將茹兒的骨灰帶回她的家鄉，並與她的家人葬在一起。本宮會查明他們的死因，為他們一家報仇，並以瑾兒的名義為他們一家建祠堂。瑾兒這一生，本宮都不會讓他忘記他在阿依族的家。

「不過，」大長公主繼續說道：「若沒有妳，瑾兒別說回京了，恐怕生死都不知。瑾兒只有瑜兒一個姊姊，又跟你們姊弟親厚，本宮想替瑜兒、瑾兒的爹娘認下你們姊弟做義子義女，也就是本宮的孫兒、孫女，不知安然可願意？如果瀚兒的第一個媳婦當年有生下孩子，也有妳這般大了。」

啊？這是怎麼回事，不是在說瑾兒回府的事嗎？怎麼連他們姊弟倆都認下了？

「快，然兒，這是好事啊，快給大長公主磕頭。」老太君自是替安然姊弟開心，趕忙催道。

「可……可是……」安然當然知道認大長公主為義祖母的好處，在這皇權時代，這就好比在現代中了五百萬大獎吧？甚至比中五百萬還幸運！可這也太無厘頭了吧？

「怎麼，安然不願意認下我這個祖母？」大長公主微笑地問道，這要換一個人，恐怕跪下都來不及了吧？

此時正好君然牽著瑾兒進來了，瑾兒一聽，原來那位祖母也是姊姊的祖母，這下高興了，馬上跑過來。「姊姊、姊姊，原來祖母也是妳的祖母啊？那是不是也是哥哥的祖母？我們還是一家人？」

「是啊，以後哥哥姊姊還是瑾兒的哥哥姊姊，瑾兒說好不好？」大長公主笑著問瑾兒。

「好啊好啊！祖母、哥哥、姊姊，不……是大姊姊……還有二姊姊，我們是一家人，誰也不要分開。」瑾兒高興地撲進大長公主的懷裡。

這下可把大長公主激動壞了，她真慶幸自己果斷地作了這個英明的決定。大長公主緊緊摟住懷裡小小的瑾兒，眼淚控制不住地嘩嘩直下。五年了，她幾乎已經絕望了，可是老天終於睜開了眼睛，還是把兒子最後這點血脈送回她的身邊。

安然跪下。「承蒙大長公主的厚愛，安然有一事須如實稟報，如若大長公主不嫌棄，我們姊弟才敢應下。」

君然至今未入族譜，這在這個時代是大事，不能瞞著大長公主。

老太君想到安然要說什麼，向明月使了個眼色，明月會意，帶著幾個丫鬟退下。

大長公主一愣之後，也讓身邊的兩個丫鬟帶著瑜兒和瑾兒先到外面去玩。瑾兒起初不願意，看到安然笑著跟他點了點頭，才由瑜兒牽著出去了。

老太君遂把安然姊弟的身世和這十四年的情況簡單說了一遍。

大長公主緊皺著眉頭聽完，一掌重重拍在桌子上。「豈有此理！然兒，君兒，你們不要擔心，以後，不僅有你們外祖父一家，還有我這個祖母護著，看誰還敢再欺負你們？放心，祖母一定會為你們討回公道。」

安然拉著君然一起跪下。「然兒（君兒）叩見祖母，謝祖母！」

「好，好！」大長公主高興地拉起兩人。「我還在想然兒小小年紀怎麼就知道要防著有人謀害瑾兒，原來有君兒的事在前。難得你們姊弟倆從小吃盡苦頭，沒有長輩在身邊教導，還能養成如此堅韌、善良的品性。」

「是啊，都是我不好，才讓君兒險些被害死，讓他們姊弟倆吃了那麼多苦。」老太君一想到君然才一出生就差點被溺死，就又氣憤又懊惱。

「老太君，這也不能怪妳，怪只能怪他們冷府那一群不配做人、不配為人父親為人祖母的東西。」大長公主想著，等她忙完兒子媳婦和孫子的事，再想辦法收拾一下那冷府，為安然姊弟討個公道。

福城，冷府——

正在聽冷幼琴母女哭訴的冷弘文突然打了個寒顫，加上一個大大的噴嚏。

老夫人皺了皺眉。「福城雖然沒有北邊那麼冷，你這也穿得太少了呀。」

「娘啊，大哥打了個噴嚏而已，沒關係的，您不要再嘮叨他了。」冷幼琴繼續哭道：

「您老快幫泉兒想想辦法吧，再這樣下去，泉兒在田家的日子不好過啊。」

「娘能有什麼辦法，她也不會那雙面繡。」林雨蘭撇了撇嘴。「妳大哥要妳借點銀子救急，妳躲著，這會兒倒是又巴巴地跑來。我們自個兒家都顧不上，還管得了人家田家？」

「行了，蘭兒，妳怎麼說話的？妳可就琴兒一個小姑，還是妳親表妹。」老夫人喝止了林雨蘭，問冷幼琴道：「妳確定那繡雙面繡的人是二丫頭？」

「是的，外祖母。」一旁的俞慕泉抽噎道：「我公公找人花了很大精力才探出來，繡雙面繡的就是安然妹妹，她還幫麗繡坊教習三位高級繡娘呢，那三位高級繡娘在麗繡坊本身就是教習，可見安然妹妹的繡藝有多高。而且，麗繡坊這幾個月推出的新繡圖都是她畫的。我公公讓人買了幾幅繡品和繡圖回來，他說了，如果不能把安然妹妹找來幫田家繡莊，田家繡莊不要說爭取皇商資格了，不要多久就會被麗繡坊給壓下去。」

「那個什麼雙面繡有那麼厲害嗎？」林雨蘭咕噥道。

「我的丫鬟扮成客人去麗繡坊，親眼見到過那幅樣品『雙貓戲蝶』，不但繡藝精湛、活靈活現，而且兩面都像是繡品的正面，整齊勻密，非常精美。聽我公公說，即使不是雙面繡，那幅雙貓戲蝶圖只怕也找不到其他人能繡得出來，裡面的繡法我公公都沒有見過。你們不知道，一個雙面繡小台屏就要五千兩銀子，還不是誰都能買到的。現在接的訂單，聽說都是京城過來的。」俞慕泉嘆道。

老夫人懵了。「五千兩？那二丫頭怎麼會那麼厲害的繡法？她的刺繡都是劉嬤嬤教的。」

俞慕泉搖了搖頭。「劉嬤嬤一直在麗繡坊接繡活，她的繡藝只是比一般人好些而已，如果她會那麼厲害的繡法，她們主僕三人那幾年的日子就不會那麼難過了。聽說安然妹妹去河裡抓魚吃，被石頭撞到，還險些沒命，請大夫的錢都沒有，昏迷了一天一夜才醒過來。」

俞慕泉只是一心想著證明會雙面繡的是安然，沒想到自己的一番話讓冷老夫人、冷弘文和林雨蘭的臉都黑了。

「咳咳。」冷幼琴覺察到了不對勁。「現在說這些幹麼？總之呢，田老爺已經確定了就是安然會雙面繡，你們把她找回來就是，田老爺說了，願意給出麗繡坊雙倍的價錢請安然到田家繡莊。」

一座小台屏就五千兩？冷弘文的眼前似乎滿是銀子在飛。這二丫頭的手豈不成了金手指？可是二丫頭根本不把自己這個爹放在眼裡，冷弘文想想就頭疼、心疼，渾身都疼。

「就算是二丫頭，她也不會幫妳的，她現在防我們跟防賊似的。那幾個在靜好苑觸碰過庫房門窗和鎖的下人，現在全身都開始潰爛了，葉大夫也沒辦法。」老夫人想起那件事就氣得要昏過去。

「哼，誰讓妳們去撬她的東西，我不是警告過讓妳們不要再去招惹她嗎？一個個盡給我惹事，想辦法把那些下人全給我弄出去，不要讓二丫頭知道了。還有妳，」冷弘文指著冷幼琴。「不管什麼食譜還是雙面繡，都莫要再來打二丫頭的主意。」

「大哥，我可是你唯一的親妹妹，你……」冷幼琴的親情牌還沒打完就被冷弘文一句話砸了回來——

「行了，妳也別在我這裡撒賴了。妳要不是我唯一的妹妹，就妳那破莊子騙了我幾倍的銀子，看我怎麼收拾妳，哼。」

冷幼琴身子一僵，臉紅了又紫，紫了又青。「娘，您、您看大哥……」

「好了，琴兒，妳大哥最近官場上的事不順，妳不要再煩他。」冷老夫人嘆了口氣。「那雙面繡的事，二丫頭要是不願意，妳大哥也沒辦法。那也不是件東西，只要搶來就成，還能天天逼著她繡不成？妳也看到了，現在她有大將軍王府撐腰，還跟薛家大少爺有交情，不是那麼容易逼的。就是她身邊那兩個丫頭，也惹不得啊，又是武又是毒的，還不知道她們的主子是誰。」

「那我們怎麼辦？兩家香滿樓現在的生意大不如前，有錢的客人現在都去雙福樓了。我們香滿樓只有賣便宜菜色，都成了小戶人家去的食檔了，我們老爺還說要關掉一家店。本來指望田家能拉一把，現在田家繡莊的生意如果卡在二丫頭這裡，不要說拉我們俞府了，泉兒的日子都不好過啊。娘啊，您不能不管我啊。」冷幼琴又開始哭鬧了。

「管？妳要我怎麼管？要不，妳自己去大將軍王府找二丫頭吧。」冷老夫人沒好氣地看了冷幼琴一眼，靠在榻上，閉上了眼睛。冷幼琴是她最小的孩子，又是唯一的女兒，這二十年來可沒少從她這兒撈好處，俞家也借了大兒子不少光。可是這次冷弘文急著要銀子，冷幼琴和俞家卻躲著不幫忙，還叫苦連天，害得自己都被兒子埋怨上了。

「娘啊，娘……」冷幼琴可憐兮兮地看著第一次給她摞臉子的老娘，她娘不會真的不管她吧？現在大哥已經煩了她了，如果娘再不管她……

俞慕泉看到大舅舅和外祖母的態度對自己母女不利，想到田老爺子的提議，眼神閃過一絲黯然。不過她自己上回也看到了安然，心知真想逼著她為田家繡雙面繡也是不可能的，何況她背後還站著大將軍王府，可是……

俞慕泉咬咬牙，終是開口。「大舅舅，我公公是想與冷府結親，我們五弟之前是有說過一門親事，但只在口頭上，並沒有訂下來。我公公說了，安然妹妹是您的嫡女，大將軍王府的嫡外孫女，只要安然妹妹嫁入田家，以後田家繡莊就交給五爺和安然妹妹打理。另外，我公公聽說您在賣莊子和店鋪，他說如果您急需銀子，交換庚帖後他可以先把二十萬兩銀子作為聘禮送到冷府。」

「泉兒，妳！」冷幼琴急道：「娘，這可不成，那樣一來，大房是長房，大爺又是官身，這繡莊再交給五房，那泉兒他們三房豈不是被兩頭壓著？不行不行。不如這樣，把二丫頭嫁給我們家海兒吧，海兒比二丫頭大一歲，剛好配。」

「娘，我公公對我們會有意見的。」俞慕泉皺眉。

「有什麼意見？就說我們兩家早就訂的親事，沒讓外人知道而已。妳表妹嫁了海兒，我們家的酒樓就有救了。再說，安然要是我們家的媳婦，那雙面繡就等於是你們三房的了，田老爺還敢對妳怎樣？」冷幼琴越想越覺得自己這個主意太妙了。「娘，就這樣，把二丫頭給我們家海兒吧。」

「嗤，就你們家俞慕海那樣不學無術、不著四六的，還想入了大將軍王府的眼？妳也不怕那幾個將軍舅爺把我們這冷府給掀了？再說了，妳拿得出二十萬兩銀子的聘禮不？」林雨蘭總算逮著機會狠狠戳冷幼琴一番了。

「妳！我們是自己人，要什麼聘禮嫁妝的？娘，我們不圖二丫頭的嫁妝，就湊五萬兩銀子作為聘禮給大哥急用，你們看行吧？」冷幼琴一副慷慨大義的樣子，她知道夏芷雲的嫁妝早都被冷老夫人榨得差不多了。

「作夢，癩蛤蟆想吃天鵝肉！」冷弘文一甩袖子，大步走了出去。

開玩笑，既然現在二丫頭這麼值錢，他怎麼能輕易賣掉，還能不好好盤算盤算？他冷弘文豈是那等目光短淺的人，雙面繡呢，似乎整個大昱只有他的女兒會啊！

「娘！娘啊，大哥他怎麼能這樣說我兒子？海兒什麼地方差了，只不過不喜歡讀書而已，難道還比不過個傻子嗎？」冷弘文的不留情面令冷幼琴十足難堪和不服氣。

「切，那個傻子娶我們家三丫頭可是有十萬兩銀子的聘禮，而且人家叔叔可是正三品戶部尚書呢，聽說那秦大人最疼這個侄兒了。」林雨蘭斜眼看著冷幼琴。

「妳……娘，現在只有二丫頭嫁給海兒才能救我們俞府和泉兒，娘，您可不能不幫您的親生女兒和嫡親外孫女啊。」冷幼琴還是決定從冷老夫人這邊下手，誰都知道她的兩個哥哥都是有名的孝子。

「行了，妳先回去吧。」冷老夫人被鬧得頭疼。「現在大將軍王府也開始插手二丫頭的事了，如果是他們不滿意的親事，妳大哥也不好作主的。」

「娘——」冷幼琴急喚。

冷老夫人不再說話，向旁邊招了招手，紅豆和青豆趕緊過來扶著她往臥房走去。

林雨蘭橫了冷幼琴一眼，蔑視地「嗤」了一聲。「錦秀，我們也走了，給老爺熬點湯去，他最近愁得都著急上火了。」

第三十一章 人情百態（上）

大長公主府和勇明侯府就在隔壁，兩府中間有一道小門互通，實際上就是一體。

從正月初七開始，兩府的下人人心惶惶，先是勇明侯府的二管家被趕出府，接著大長公主身邊侍候了二十年的一個管事嬤嬤全家被發賣，再接著，小郡主郭明瑜的奶娘也被重打三十大板扔出府去。

接連數日下來，被發賣和趕出兩府的總人數達到五十五人。

跟兩府有些親族關係，甚至只是曲裡拐彎親戚關係的一些府上，許多主子也是鬱悶惶恐，因為那五十五個下人中剛好就有同他們來往聯繫的人。

郭老侯爺幾個親兄弟的府上尤為恐慌，其中又以郭侍郎這個嫡長房府中最為嚴重。郭明娟、郭明鵬的親娘，即郭侍郎府的嫡長媳潘氏，把最心愛的陪嫁鑲玉坑屏都給摔碎了。沒有人知道為了拉攏那個二管家和奶娘，她下了多大血本。

正月十五，大長公主府宣布找回勇明侯郭年瀚的兒子郭明瑾，並認了救下郭明瑾、送其回京城的少年為郭年瀚的義子。

正月十八，大長公主府又認下大將軍王府的外孫女冷安然為郭年瀚的義女，冷安然與郭年瀚義子長得出奇的相似，兩人在進京途中意外相遇，結拜為姊弟，大將軍王府也甚喜那少年酷似自己已故的女兒，把那少年當作外孫看待，取名夏君然。這段奇妙的緣分讓大長公主大為驚嘆，遂把冷安然也一同認下，在大長公主府為冷安然和夏君然都備下了院子。

正月十九，皇上下聖旨正式冊封五歲的郭明瑾為勇明王爺，世襲罔替。

正月二十，大長公主在勇明王府辦下百席大宴，一來慶賀小王爺郭明瑾回府，二來隆重舉行認義子義女儀式。

前來參加宴席的郭氏族老原先還商定要說幾句血統確認問題，可一看到坐在主位上的郭明瑾小王爺，全都說不出話來——那小王爺跟郭年瀚小時候長得一模一樣。

京城裡大街小巷無人不在驚嘆小王爺的回歸和冷安然、夏君然的幸運，尤其是那不知道從哪裡冒出來的夏君然，竟然一下子同時攀上大長公主和大將軍王府。為什麼？為什麼救下小王爺的不是他們自己？唉，同人不同命啊！

熱熱鬧鬧認親期間，安然也沒有閒著，正式接手了母親留下的嫁妝鋪子。

早在正月前，夏芷雲的陪嫁管事，麗美銀樓大掌櫃夏明和負責百香居的夏青、夏春兄弟就接到了大將軍王府傳來的口信，讓他們過完正月頭到大將軍王府拜見二小姐，因此他們都留在京城過年。

三人約了初十那天一起去拜見二小姐，並到大將軍王府請門房遞了話。

因為麗美銀樓和百香居的總帳房都在京城總店，三人很快整理出帳目，在初五那天先送了過來給二小姐過目。

安然用了四天五夜看完了那些帳冊，邊看邊對關鍵資料做了統計和紀錄，最後形成幾個簡單的資料分析表格，並結合自己之前在店鋪裡考察幾次看到的問題，做了個分析，列出了幾點建議。

初十一大早，夏明三人就到了。一看到酷似夏芷雲、盈盈微笑地坐在那兒的冷安然，就激動地跪了下去。「奴才拜見二小姐，夫人走了這麼多年，我們總算見到小姐您了。」

安然沒有攔住他們跪下，臉上淺笑依舊，暗地裡不動聲色地注意著他們的每一個表情和動作，雖然他們一家人的身契都在她的手上，而且從帳目上看他們似乎還是忠心的，但她還是不得不提防。五年了，時間加上銀子和慾望可以改變很多東西，尤其是人心。

「小姐，這是當年夫人留給我們的授權信，現在小姐回來了，請收回這封信。」夏明三人看到了桌面上擺著的店鋪房契、地契，以及他們之前送來的帳冊，知道二小姐已經做好了接管店鋪的準備。

夏青從帶著的包裹裡取出一疊銀票。「小姐，這是『百香居』五間鋪子從夫人過世前一個月開始到上個月底的盈利，共五萬九千兩銀子，零頭沒有提出來。」

夏明也拿出了三間麗美銀樓五年多來的盈利六萬八千兩。

安然讓三人起來在旁邊的椅子上坐下，分別說說店鋪現在的情況。

夏明三人顯然在來之前都做了充分的準備，對店鋪的現狀、存在的問題等等都很有條理地列了出來，令安然不由得對他們又高看了一眼，難怪夏芷雲特別重視信任他們，把這八家店鋪和三位管事留給了她。

安然站起身，向三人行了半禮。「三位叔叔辛苦了，這五年來，在沒有主家費心的情況下，八家店鋪的盈利依然都有不同程度的增加，最差的也能保持原來的水準，安然謝過三位叔叔。」

三人被安然突然的一禮嚇了一跳，趕緊站起來側身避開，夏明最先反應過來。「二小姐真是折煞奴才們了，這都是奴才應盡的本分而已，哪敢擔二小姐的謝。」

安然莞爾一笑，坐回主位，讓三人也坐下。「三位叔叔勞苦功高，可有什麼要求，或者需要安然說明的事情？」

夏明直爽笑道：「夫人給奴才定的月例高，奴才一家現在生活很好，沒有什麼需要。倒是店鋪裡，如果小姐能再請一位好的設計師傅回來弄些新花樣就好。」

夏青跟夏春對視一眼，雙雙跪下。「奴才斗膽，如果奴才的妹子菊香做了什麼對不起夫人和二小姐的事，請二小姐代求老將軍放過奴才的父母和奴才的子女們。」

安然揚眉問道：「你們為什麼會這麼想呢？菊香說了什麼嗎？」

「沒有，奴才和夏春只是心懷疑慮很多年了。」夏青回道。「我們也問過菊香好幾次，她都不承認。菊香和柚香都是打小侍候夫人的，當年，菊香嫁給林姨娘的心腹管家，我們就覺得奇怪，後來夫人讓柚香給我們授權信，又轉達了夫人的要求，讓我們守口如瓶，只耐心等待二小姐找我們就是，而菊香對此卻一無所知。柚香莫名其妙地突然病死，菊香還來問柚香是不是找過我們，有沒有提到夫人的嫁妝，這些都太不正常了。」

「哦？如果我告訴你們菊香確實做了背叛主子、謀害主子的事情，你們會怎樣做？」安然的指尖輕叩著桌面。

夏青、夏春大驚失色，又叩下頭。「奴才任憑主子處置，只求主子看在奴才一家三代忠心耿耿的分上，不要讓菊香的事牽連到奴才的父母和孩子們。奴才二人對菊香的事都一無所知，更不要說奴才的父母了。」大將軍王府的規矩一向是一人犯錯，全家發落。

「好了，你們起來吧，你們的意思我知道了，不過，你們和你們的媳婦不怕受牽連嗎？」安然似笑非笑地看著夏青二人。

「老將軍一向規矩甚嚴，奴才……不敢奢求……奴才只求保住父母和孩子。」夏春回道。

「呵呵，你們先起來吧。青叔、春叔，還有明叔，三位叔叔以後在安然面前不用自稱奴才，該提點安然的地方也請直接提，不用有什麼顧慮。」安然誠摯地看向夏明三人。

三人又想跪下，被安然止住了。「還有，不要動不動下跪，安然不喜歡。明叔，這是你們一家人的身契，包括在大將軍王府的你父母的身契。聽說你的小兒子喜歡讀書，很快我會為他安排的。至於你，如果還願意幫安然打理麗美銀樓，簽下這份僱傭契約就行，以後你只是為我工作，而不再是奴才。」

「這……這……」夏明被這個大驚喜砸呆了，剛想跪下，想起安然的話，深深鞠了個躬。「小姐對奴……我們全家的大恩，我無以為報，只求不離開麗美銀樓，我一定為小姐好好打理銀樓。這個……什麼契約，簽！我當然要簽！就算小姐只讓我做夥計我都不會離開的。」夏明抓起筆，看也不看契約的內容，就趕緊簽了，急惶惶的樣子差點把安然逗樂。

「這六百八十兩銀子是剛才你交上來的利銀的百分之一，是給你的獎勵，以後每年也是同樣，年底結算時你都將獲得百分之一的利潤作為獎勵。另外，柚香姑姑是為了幫我護住我娘的嫁妝才死的，我想為柚香姑姑盡一點心，我在京城為你們家購置了一個二進的小院子，你父母每月還會有二兩銀子的生活費，明叔，以後你就替柚香姑姑多盡一份孝心了。」安然說完，示意劉嬤嬤將銀票和房契遞給夏明。

夏明激動得熱淚盈眶，一個大男人險些哭出來，又是深深一鞠躬。「二小姐，奴……我不會說話，但我一定不會辜負小姐的信任和厚愛。柚香在天有靈，也一定會很感激小姐的，她只是盡了自己的本分做了她該做的事。」

安然又看向夏青兩兄弟。「青叔、春叔，你們也一樣，這五百九十兩銀子的利銀你們收下，二位叔叔放心，菊香的事只要與你們無關，不僅不會牽連到你們的父母，也不會牽連到你們和你們的媳婦、孩子。等事情處理完，你們拿回身契後，如果還願意跟明叔一樣簽僱傭契約，我同樣很歡迎。」

夏青兄弟終於放下壓在心中多年的重石，跪下慟哭了起來。「謝謝小姐，謝謝小姐，我們跟夏明一樣，不想離開店鋪，願意為小姐盡心做事，小姐讓我們做什麼，我們都不會有怨言的。」

「好，舊事談完，現在我跟你們分別談談麗美銀樓和百香居日後的發展。青叔、春叔，你們先在這裡喝喝茶、吃點點心，也可以去老太君院子裡看看你們娘，半個時辰後我們談百香居的事。明叔，你先跟我來。」安然起身，帶著夏明和劉嬤嬤走進旁邊的一間小待客室，舒安、舒敏則在門口守著。

正月二十三，大將軍王府來了兩位客人，冷弘文的弟弟冷弘宇和妻子李氏。冷弘宇在京郊直隸密雲縣任知縣已經三年多了，之前因為大將軍王府與冷府幾近陌路的關係，不敢登門拜訪。大年二十九的時候收到母親和哥哥的信，說侄女安然已到京城大將軍王府，讓他找時間去看看。

李氏說正月頭登門不好，加上他們心裡總覺得對夏芷雲和安然有愧，拖延著不好意思上門，後來又有些事拖了一下，結果正月十八就傳出安然被大長公主收為義孫女的事，與冷府相熟的朋友紛紛上門祝賀。

冷弘宇和李氏猶豫了，現在上門去會不會讓夏家覺得是因為安然攀上大長公主他們才去拜訪？但是侄女到京城了，他們總要去探望一下，也希望藉此緩和一下與大將軍王府的關係。

冷弘宇夫妻都知道冷老夫人和冷弘文對安然的冷情，也多少知道一些林姨娘對安然的苛待。李氏的娘家在福城，前段時間關於安然命薄和被退婚的事她也聽說了一些，說實話，她還真擔心他們夫妻上門會被夏家人打出來。

他們對安然的境況也看不過眼，可是子不言母過，弟不言兄過，且冷老夫人嫌棄李氏嫁妝少，本來就一直對李氏不善。安然被送去莊子後，冷弘宇向老夫人和冷弘文都提過幾回要把侄女接回來，然而他們又離得遠，早些年離福城近些還好，現在遠在京郊，更沒機會說什麼了。

只是他們夫妻對夏芷雲還是深懷愧疚。夏芷雲進門後，對冷弘宇視如親弟，冷弘宇應試、外放派官、說親、成親都是夏芷雲這個大嫂操心張羅，所有銀子也都是夏芷雲打點的。當年李氏生冷安和的時候難產，夏芷雲拿出了陪嫁中五百年的人參，倒是把那冷老夫人心疼得半死，如果沒有那根人參，李氏和冷安和當時就是一屍兩命了。

可惜，夏芷雲死後他們卻沒能護住侄女，沒能為大嫂留下的唯一骨血做些什麼……

如他們所料，他們上門那天，大將軍王府的眾位主子都「無法」接待他們——老將軍昨晚喝多了酒，頭疼；老太君年紀大了，正月裡訪客多，乏了，臥在床上；兩位爺和夫人都出門去了……

好在他們還是見到了安然，只是管家在請他們到小廳房稍等的時候就說了，表小姐一會兒出來拜見他們之後，還要應約去拜訪陳尚書家的小姐，意思就是——我們府裡沒法留你們用午飯了。

安然今天穿一身木蘭青雙繡緞裳，披著軟毛織錦披風，加上髮髻上那支點翠嵌珍珠歲寒三友頭花簪，真真是亭亭玉立，清貴盡顯。

一進門，安然就上前福了一禮。「給二叔二嬸請安。」

「噯，乖，我們然姊兒都長這麼大了。」李氏上前想拉住安然的手，安然抬手把落在額前的髮絲別到耳後，不動聲色地避開了。

安然若無其事地笑道：「二叔二嬸坐啊。」自己也站到一張椅子旁，笑吟吟地看著他們，舒安將安然的披風解下，垂掛在自己手臂上。

李氏尷尬地收回手，和冷弘宇一同坐下，安然那邊這才也坐下。

「安然，妳一切都還好吧？妳父親來信說妳到了京城，我本想等過了正月頭來看妳，帶妳到我那縣衙府裡住幾天，碰巧前幾天縣衙裡發生點事，就給耽擱了。」冷弘宇還是得先開口打破這尷尬的氣氛。

「很好，多謝二叔記掛。」安然輕言淡笑。

「咳咳，安然啊，我和妳嬸嬸要帶安和兄妹四個一同回去探親，今年是妳祖父過世三十年大祭，剛好妳大哥安和也要回鄉準備參加今秋的舉人試。妳父親信中讓妳跟我們一塊兒走，妳看，妳準備什麼時候啟程？」冷弘宇對著這個淺笑盈盈卻那麼「陌生」的侄女兒，還真有一點不知說什麼好。

大哥？是了，冷府兩房還沒有分家，算起來，冷安和今年十六了，男孩中確實排行老大。

安然輕輕蹙眉。「我本想這幾天回去的，不過二月頭陳尚書府裡的之柔姊姊成親，我要去道賀。為了不耽誤二叔的安排，你們先走吧，不用等我了。而且大長公主祖母說了，會安排我跟御史大夫張大人出巡的官船一起走，人多了恐怕也不是很方便。」

「這、這樣啊，那我們月底就先回福城了，妳也要早些趕回去。」冷弘宇暗暗失望，本來還想自己一家人在路上可以與安然培養培養感情的。

「二叔放心，我一定會在清明節前趕回福城的，我已經五年沒能夠給我娘上炷香了。」安然一副黯然神傷的樣子讓冷弘宇夫妻更覺尷尬。

五年來被丟在莊子上，五年的清明節都不能夠回福城給母親祭掃，這是在強調什麼？可是，他們能說什麼，人家安然雖然不是很熱情，禮數上卻挑不出一點毛病。

舒安對冷家的人一個都沒好感，適時地提醒道：「小姐，您跟陳小姐約的時間差不多了，該出門了。」

「然姊兒有約，那我們就先回去了，等回到福城，我們再好好聊。」李氏知趣地拉著冷弘宇站了起來。

「好的，二嬸。嬤嬤，妳代我送一下二叔二嬸。」安然也起身，依然是輕言淡笑禮數周全。

劉嬤嬤在前面引路，恭恭敬敬地送二人出去。

「劉嬤嬤，安然……這幾年……是不是過得很難？」快到夏府大門的時候，冷弘宇忍不住訕訕地問道：「我這常年在外的，什麼也幫不上，當年大嫂對我最好了，我的親事都是大嫂一手操辦的。」

「老奴不好評論主子的事，多虧夫人在天上一直保佑小姐，所以小姐雖然吃了那麼多苦，還是活過來了。二老爺二夫人慢走，恕老奴不遠送。」劉嬤嬤恭敬而冷淡。

「劉嬤嬤，我……我知道妳們吃了很多苦，受了很多難，可安然畢竟是大哥的女兒，是冷家的長房嫡女。妳……妳多勸著點，大嫂地下有知，也一定是希望一家和睦的。」冷弘宇還是要為兄長盡一分努力。

「老奴惶恐，我們小姐做錯了什麼嗎？還是有什麼地方禮數不周？請二老爺二夫人明示。老奴只是奶娘，不敢指點小姐，但老奴一定會如實稟告老太君，老太君最重視規矩禮數，一定會好好教導小姐的。」劉嬤嬤一臉「緊張」地看著冷弘宇夫妻，無比真誠。

冷弘宇夫妻也沒法說什麼，一路鬱悶地回去了。

第三十二章 人情百態（下）

「都是你娘和那個大哥，自私自利，無情無義，他們造下的孽，現在還要我們去看人臉色。他們遠遠躲在福城還好，我們可就在這京城裡呢！希望大將軍王府和大長公主不會遷怒於你才好。」

一回到家，李氏喝了一大口茶，一開口就急急抒發心裡的氣悶。

剛好冷安和帶著妹妹冷安卉和庶妹冷安蓮進來。

「娘，您怎麼了？這麼生氣！是不是今天去大將軍王府人家不讓進啊？」冷安和問道，他就覺得父母這時候不該上門，找罵呢！

「進倒是進去了，只不過一府的主子們都沒空見客。那安然也是一副淡淡的樣子，比陌路人強不了多少。」李氏沒好氣地回答。

「這有什麼奇怪的？堂堂長房嫡女，大將軍王的嫡親外孫女，卻被扔在莊子上，還不如那粗使奴婢過得好，這要換作是我啊，就算不拿大掃帚趕人，也一定想幾個暗招整死那些人，何況人家現在還是大長公主的義孫女。爹娘啊，你們就求不要拖累到我們二房就行了。」冷安卉不屑地撇撇嘴，想到要回福城她就鬱悶，那個祖母嫌棄母親嫁妝少，從來沒給好臉色，對哥哥這個孫子還行，對自己這個「賠錢貨」就不冷不熱了。真是可笑，先大伯母那麼多嫁妝，也不見她對先大伯母和安然姊姊好！

「女孩子家，怎麼說話的？那些人、那些人，那些人是誰啊？都是妳的親人。」冷弘宇拉長了臉，再怎麼樣，也不容一個小輩這樣非議家裡的長輩。

冷安和見父親面色不豫，忙岔開話題。「我記得安然妹妹小時候很乖巧的，只是不愛說話而已。」

「切，被苛待了那麼多年，再乖巧也變了，兔子急了還咬人呢。」冷安卉一點也沒體會到哥哥的苦心，依然快言快語。

一旁的冷安蓮看父親臉又黑了，趕緊拉著冷安卉。「姊姊不是要看我新得的字帖嗎？我們現在就去我屋裡吧。」

李氏為人賢慧溫和，府裡兩個姨娘又都是她的陪嫁丫鬟開臉的，所以對兩個庶子庶女都挺親厚，他們二房的四個兒女關係倒是滿好。

「對啊，妹妹，妳們也該開始整理行李了，免得到時候不是忘了這個就是忘了那個，快去快去。」冷安和推了安卉一把。

安卉看了看父親墨汁樣的一張黑臉，這才嘟著嘴讓安蓮拉著退出去了。

「爹，我們是跟二妹妹一起回福城嗎？大將軍王府一定會派護衛送二妹妹，我們帶著銀子也安全些。」冷安和也期待能與安然修補關係，那個妹妹的靠山硬啊。

李氏將安然的話說給安和聽，安和嘆道：「張大人啊？爹，您不是說他是皇上最信任的監察欽差，我們不能再跟安然妹妹說說嗎？也沒幾個人。」

「算了，你那安然妹妹表面上是溫和恭敬，實際上對我們也只是比陌生人熟悉一些罷了。你妹妹說得也沒錯，人心是會涼的，我們又憑什麼要求她對我們好？太過於套近乎，只會讓她更反感。」冷弘宇沮喪地搖了搖頭。他真的想不通，自己的母親和大哥這麼對待安然，圖到些什麼？

「有一件事我倒是覺得很奇怪，大長公主那個義孫夏君然真的跟安然長得一模一樣嗎？還像大嫂？怎麼有這麼巧的事？我記得大嫂當年說過，有大夫診斷她懷的是雙胞胎。」李氏這兩天一直在琢磨這個問題，不過他們今天去大將軍王府也沒機會看到那個夏君然。

「妳真能瞎想！孩子是在冷府生下的，穩婆都是娘和大嫂找的，生了一個還是兩個能瞞過誰？」冷弘宇嗤道。

「哼，就是你娘和你那表妹大嫂找的，才有可能發生什麼不可思議的事。你見過不是親姊弟的人長得一樣嗎？就安竹、安蘭那兩個雙胞胎也只有五成像罷了。」李氏提到自己的婆婆和那林雨蘭就反胃。不過她也是隨口說說，發發牢騷，那麼離奇巧合的事還真不大可能發生吧？

「越說越離譜，安和還在這兒呢！再說，妳又沒見過，知道他們真長得一模一樣？」冷弘宇喝道。這個妻子，真是敢想！

沒提防兒子冷安和爆出了更驚人的話。「爹，我書院的一個同學是郭氏族長的孫子，他那天去參加宴會了，說真的是長得一模一樣，只不過那男孩高一些、眉毛粗一些。他說很多人都看呆了，一般的雙胞胎都沒那麼像！」

「這……好了好了，道聽塗說！再說了，天下之大，無奇不有，你們不要在這兒瞎想了，該幹麼幹麼去，我也要去安排一下回福城的事。」冷弘宇嘴裡訓斥著，心裡卻也不由自主地犯起了嘀咕，有機會真要見一下那個夏君然。

這見到夏君然的機會有沒有還不好說，第二天他們家倒是來了一個貴客——大長公主府的曾管家。

宰相門房三品官，何況是本朝最尊貴的大長公主的管家，冷弘宇可不敢將曾管家當下人看，恭恭敬敬地親自迎進大廳，心知他此行前來必定是為了安然的事。

因為大長公主行事並不高調，府裡的下人在外態度也不敢太張揚，但曾管家下意識地就是不喜歡冷家的人。

自從十五那日小王爺瑾兒回府以來，安然姊弟經常都是住在大長公主府的，這兩姊弟本就長得好，待人又親和，救了小王爺回府這麼大的功勞，加上瑾兒的依賴、大長公主的愛重，卻一點倨傲之意都沒有。

尤其是安然小姐，讓曾管家打心眼裡感激和尊重。只要她在府裡，必定親自下廚為大長公主煲湯做藥膳、為瑜兒和瑾兒做點心，她還請毒公子黎軒來為大長公主把脈檢查身體，然後與黎軒一起為大長公主制定了專門的食譜……

現在的大長公主每天都是樂呵呵的，兩個府裡也經常是一片歡聲笑語，是這幾年來從沒有過的和樂景象。

今天大長公主讓他來這趟，他就猜想這冷家對安然小姐一定不好，何況臨出門的時候，躲在門口偷聽的瑾兒小王爺還悄悄把他拉到一邊交代——

「管家伯伯，那個冷家一家都是壞人，我在大將軍王府裡聽到的，他們不給我大姊姊飯吃，還要把我大姊姊賣給傻子。管家伯伯，你去警告他們，要是再敢欺負我大姊姊，我一定不饒他們，等我長大了，我一定去找他們算帳。」

曾管家一想到這些，臉上的神色自然不好看，手一揮，四個小廝抬了一口箱子和一個大米袋過來。

曾管家冷冰冰地看著冷弘宇說道：「冷大人，安然小姐現在是我們大長公主的義孫女，勇明王爺的大姊姊，聽說冷大人要回福城探親，大長公主特意讓小的送來一箱禮品，請冷大人帶給安然小姐的祖母和父親。哦，箱子裡那一本大昱律法和戒尺是送給冷知府現在的夫人林氏；另外，那一袋是上好的珍珠米，只是放的時間久了些，聽說冷知府夫人勤儉持家，就賞給冷知府了，剛好夠冷府上下吃五天，還請冷大人代為監督，千萬不要辜負了大長公主的心意。」

曾管家頓了一下，看著冷汗淋漓的冷弘宇繼續說道：「大長公主說了，她是安然小姐的義祖母，安然小姐的親事，她日後自會請皇上賜婚，還請冷知府給她這個面子，不要著急安排。」

「是，是，大長公主的話，我一定全部帶到，請您放心。」大冷的天，冷弘宇的前胸後背卻已經汗濕了，裡衣緊緊地黏在身上，好似被縛上層層繩索，勒得他就快透不過氣來。

送曾管家出了門，冷弘宇的腿就軟下來了，由小廝一邊一個扶著回了廳房。

安然到陳府的時候，陳之柔正在安慰她的母親陳夫人。見安然進來，陳夫人用帕子印了印眼角，勉強笑笑。「安然啊，妳陪妳之柔姊姊說說話，我去廚房安排一下。」

安然給陳夫人福了個禮，應了。

平縣一別，才四個多月，陳之柔卻著實瘦了一圈，面色也差了很多。安然拉著她的手，很是擔心。「之柔姊姊，妳生病了嗎？怎麼臉色這樣差？」

陳之柔勉強一笑。「沒有，可能最近睡眠不好，看起來憔悴一些。睡好了就沒事的，不用擔心我。怎麼樣，安然妳在京城還習慣吧？這幾天妳可成了大紅人了，人人都在羨慕你們姊弟倆呢，呵呵，你們這也算是苦盡甘來了。」

在安然眼裡，此刻陳之柔唇角勾起的那抹笑意在她眼底深處哀傷的反襯下，虛弱如縹緲的青煙，配上那蒼白的臉色，就像風雨中飄搖欲墜的白梨花，那樣無助，那樣淒婉，原來的陳之柔是多麼陽光明媚的一個女子啊！

安然知道，陳之柔是真心為她和君然高興，可是這個乾淨透澈如清泉的女孩子，並不是那麼善於掩飾自己的情緒，她此刻的笑容和「興奮」，在安然看來，比哭更讓人心疼。人的悲傷是需要發洩的，老是掩藏在心裡，會憋出毛病，尤其是陳之柔這樣一向開朗燦爛的女子。

安然向舒安使了個眼色，舒安拉了拉爾琴。「爾琴姊姊，我們帶來了四樣點心，有兩樣需要加熱一下味道更好，妳帶我和舒敏去廚房好嗎？」

爾琴明瞭，三人告退，帶上門出去了。

安然看著陳之柔。「之柔姊姊，葉公子受傷的事我聽說了，他傷得很嚴重嗎？沒有留下殘疾吧？這門婚事真的不能退嗎？」

陳之柔並不想隱瞞安然，但安然還小，有些話還是不好跟她說。「是挺嚴重的，不過沒有明顯的殘疾。」

挺嚴重卻沒有明顯的殘疾？不會……不會是不能人道了吧？安然很不純潔地想著。

「這也就算了，只能怪我自己命不好，可是那葉子銘為了個妓子被人打殘了，到現在還口口聲聲堅持要把那妓子納進門做貴妾。哈哈，我卻還不得不嫁進他們葉家，做那可憐又可笑的正妻，哈哈哈……」陳之柔「笑」出了一行苦澀的淚。

安然伸出雙手抱住了陳之柔。「姊姊，妳不要這樣，心裡難過妳就哭出來。妳再去求求陳大人，讓他退了這門親。要不，要不我去求求大長公主試試，她人很好的，看看她有沒有什麼辦法能幫到妳。」

陳之柔抱著安然哭了個痛快，把這幾個月來的委屈和哀傷都傾瀉了出來。安然也不敢再說什麼，只能靜靜地陪著她，自己也不由自主地掉下了眼淚。

過了大概一刻鐘，情緒慢慢平復下來的陳之柔擦了擦眼淚，拍了拍安然的手。「謝謝妹妹，這哭出來果然舒暢多了。妹妹也不要再為我難過，更不要為這事去煩大長公主。我已經親口答應了如期成親，沒得反悔了，否則我娘和我不但會被這個家所不容，我外祖父家也會怨恨我們的。我娘已經苦了大半輩子，我現在只想讓她下半輩子能舒心一些。至於我自己，既然閻王爺不肯收我，一定是我上輩子作孽太多，要我這輩子還盡吧。」

原來，那葉子銘被傷到要害，雖然不至於不能人道，但也不能讓妻妾懷孕了。這事在上層貴族圈裡不少人都知道，只是礙於清平侯的面子，沒有張揚開來。清平侯府因為葉子銘為一個妓子打架的事，成了京城裡的笑話，擔心萬一陳家悔婚，那清平侯府更是面子盡失，而且葉子銘以後也難再娶到合適人家的好女兒為妻，所以向陳家提出將婚期提前。

陳尚書能進京任職刑部尚書，少不了清平侯府的周旋和支援，也不敢說什麼。起初陳之柔的外祖父官祿大夫盧大人一家還力挺陳夫人和陳之柔，堅持要退親，後來卻突然來了個一百八十度大轉彎，倒過來勸陳之柔接受親事，說什麼畢竟是從小訂的親，現在人家受傷了就退親傳出去不好聽，而且陳之柔過兩個月就滿十七了，再拖下去也難嫁。

還是爾琴打聽了消息回來才知道，陳之柔的表姊也就是盧府的長孫女兩年前入宮，至今未有機會侍寢，還只是盧美人。清平侯的嫡親小妹，皇上最寵愛的四妃之首德妃承諾將讓盧美人遷到自己的旻和宮偏殿，並擇日為她安排侍寢。

一個是外孫女，一個是長孫女，還是身在皇宮、有機會給家族帶來榮耀的嫡長孫女。盧家所做的選擇，在這個時代，似乎也真是無可厚非。

陳之柔絕望之下，一天夜裡用一條白緞在自己屋裡上吊自盡，卻被半夜睡不著、過來看望女兒的陳夫人救下。

陳尚書提出，只要陳之柔乖乖嫁入清平侯府並好好過日子，就把死了姨娘的庶子、十四歲的陳書彥記到陳夫人名下。陳書彥聰明懂事，從小在陳夫人跟前長大，陳夫人一早就想把他記在自己的名下，但陳尚書和陳老夫人都堅持要把庶長子陳書暉記在陳夫人名下做嫡子，雙方都不肯妥協，所以這事一直拖著。陳書暉的姨娘是陳大人最寵的麗姨娘，而陳書暉就是陳夫人當年懷著陳之柔時被他推跌倒的那個庶子。

盧家更在這時放下狠話，如果陳之柔破壞了盧美人搬進旻和宮的事，盧家將永不再認陳夫人母女。

這都什麼狗屁親人？安然聽得氣憤，後牙槽都咬疼了。

可是又能怎麼樣呢？在這樣四面楚歌的境況下，安然除了「不管不顧」、「逃」、「魚死網破」之外，好像也想不出其他法子了。可這是在古代，陳之柔是土生土長的古人，連安然這個現代靈魂都知道，非迫不得已不能跟社會主流觀念死磕，不能硬碰硬，何況陳之柔？

再說了，安然敢於「不管不顧」，也是因為自己在冷府沒有掛念的人，可陳之柔不一樣，她還有一個愛她疼她的親生母親，也正是因為這樣，安然才小心地不讓冷府發現君然。不過現在好了，有大將軍王府和大長公主護著，她可以暫時安心一點。

為什麼說暫時呢？安然記得前世看過的一句話——不背叛，並不意味著忠誠，有時是因為誘惑不夠——盧家之前不也一直護著陳夫人母女嗎？

「之柔姊姊，那妳就這麼決定了嗎？這可是一輩子的事。」安然看著陳之柔的眼睛。

「嗯，我也沒得選擇了不是嗎？想想其實也沒什麼大不了，有點錢有點身分的人家，哪個不是三妻四妾的？我娘當初嫁給我爹的時候倒是很滿意，結果呢，沒有生出兒子不是照樣過得委委屈屈，還不如一個姨娘。現在這樣也好，反正是他的問題，我以後也不用擔心生不出兒子怎麼辦。我只要守住自己的心就好，沒有心，也就不會再傷心。」陳之柔說完苦笑了一聲。

「既然如此，之柔姊姊不如就索性放開，無力反抗的境遇，不如就享受它。之柔姊姊就把心思放在妳剛才說的那些好處上，享受妳能夠享受到的生活，其他的，不放在心上就好。」安然覺得自己的勸慰怎麼那麼蒼白。

陳之柔卻眼睛一亮。「無力反抗，不如就享受？說得精闢。是了，就是這樣，既然不得不這樣選擇，成天苦兮兮的不是折騰自己嗎？別人不疼我，我疼我自個兒好了。安然妹妹，謝謝妳，有妳這麼一個朋友，真好。妳放心，我會讓自己活得很自在的。」

安然看陳之柔的神情，知道她是真的放開了，也放下心來。

兩人在陳之柔房裡用過午餐，安然又跟陳之柔說了一些管理店鋪和人員的方法和要注意的地方。陳之柔知道安然聰明，美麗花園如今連京城都有很多人知道，自己以後也確實需要在這方面用心，因此十分認真地聽，並記在了心裡，還提了一些問題。

直到申時二刻，陳之柔才依依不捨地送安然回去，安然最近經常住在大長公主府，昨晚一回到大將軍王府，外祖父就幽怨地說很想吃她做的糖醋排骨了，安然今晚要親自下廚給外祖父母做幾道菜。

第三十三章 紅紅火火

一出尚書府，安然就看到了牽著馬走過來的佳茗，薛天磊的小廝。

「冷小姐，三位爺在雙福樓等您呢，君然少爺已經帶著小王爺先過去了。」佳茗恭敬地向安然行了禮。「我們大少爺說那個什麼火鍋做得了，請您過去試試呢。」

「這樣啊，那你先回去，讓廚房準備一鍋葷高湯、一鍋素高湯，再備些新鮮的羊肉、牛肉和平常的食材，等我到了再說。對了，再炒一些花生和芝麻磨成粉備著。」安然呵呵笑道，她真的很懷念火鍋啊！

「好咧，那奴才先行一步，冷小姐慢慢過來，有人會在門口候著的。」佳茗說完跨上馬，先趕回去轉達安然的吩咐，這個時候路上人和車比較多，馬車會行得慢些。

安然等人花了兩刻鐘多一點才到達雙福樓，剛下馬車，就聽到一聲親熱的招呼——

「安然小姐。」

安然轉身一看，是二舅母宋氏的一位朋友馬夫人，在幾次宴會上都見過的，連忙上前福了一禮。「馬夫人好，我二舅母前兩天還念叨您了。」馬夫人身後還有七、八個人，此刻正好奇地看著安然。

還好，一個管事打扮的婆子及時趕了過來。「冷小姐，小王爺在裡面等您了，老婆子一個錯眼，沒看到您的馬車過來，真是該打。」

「無妨，我們現在進去吧。」安然說完，向馬夫人微笑地點了一下頭，轉身走了。

馬夫人身後的一個夫人卻是激動了。「安然小姐？大將軍王府的馬車？那不就是大長公主新認的義孫女冷二小姐嗎？唉喲，阿珍，那不是妳未來的兒媳嗎？長得真漂亮，妳可真是好命。阿珍啊，你們齊家發達了可要記得幫襯一下妳大哥啊。」說話的正是齊夫人的娘家大嫂。

「什麼啊，我哥和冷二小姐的婚約早就解除了，還要娶那個裝腔作勢的冷大小姐呢。」齊夫人身旁的女兒，十一歲的齊寶兒撇嘴道，一想到自己的嫂子由剛才那個名動京城的冷二小姐換成虛偽做作的冷大小姐，她就憋了一肚子氣。

「什麼？阿珍，妳沒毛病吧？切，真是沒福氣，害我白高興一場，就知道沾不了你們一點光。」齊夫人的大嫂撇了撇嘴，輕蔑地斜了自家小姑一眼，旁邊的幾位夫人也不解地瞥向齊夫人。

齊夫人站在那兒，又尷尬，又難堪，狠狠瞪了瞪齊寶兒。她們母女陪著齊榮軒留在京城準備會試，前幾天聽說安然不但回到京城大將軍王府，還成了大長公主的義孫女，真是腸子都悔青了。知道這門親事的親戚問起，她都支支吾吾地找話題避開，沒想到今天就這麼被齊寶兒給爆了。

而此刻，齊榮軒還呆呆地望著安然遠去的背影，安然亭亭玉立、高貴優雅的氣質令她那張本就靚麗的小臉越發動人，那一雙大眼睛深邃得攝人心魄，即便此刻已經轉身離去，那窈窕的背影還是讓人捨不得移開視線。

「別看了，早走遠了，也不知道你們一家人什麼腦袋？若有這麼一個未婚妻子，還用得著到處走關係嗎？」說話的是齊榮軒的表哥，他頂看不上這表弟了，會讀書的小白臉而已，還有什麼？他這姑姑一家也是沒福氣，面前放著寶卻隨手丟掉。唉，本來還以為自己家能沾沾光呢，這幾天真是白對著他們母子三人浪費熱情了，還來雙福樓，多貴呀！

安然進了上次那個小院，一進屋，安然就看到了餐桌上那個鴛鴦火鍋，一看之下，大為滿意，這套火鍋和勺子做得完全符合安然的要求，而且工藝細緻。

瑾兒撲上來問安然要做什麼好吃的，薛天磊剛剛說了安然今天親自下廚。

正在同君然說話的鍾離浩也好奇地問道：「這個鍋子下半部分是爐子嗎？這麼小的爐子煮到什麼時候？」

「保密。」安然笑著眨了眨眼睛，讓大家接著該玩去玩，該聊天便聊天，她自己招呼夥計帶著去小廚房了。

瑾兒眼看著安然就要走出門，大急，跑過來提醒。「大姊姊，妳忘了帶這鍋呢。」安然笑呵呵地親了他的額頭一下。「這個鍋就先放這裡，晚點瑾兒就知道它的用處了。」

這一幕看得鍾離浩心裡癢癢的，妒忌得很，咳咳，他能不能變成小瑾兒啊？

安然到了小廚房，選出十多種肉、魚、菇類、蔬菜等食材，讓大家洗淨，按她的要求切好，直接裝盤，端到屋裡去。自己則忙著配置幾種不同的調料。安然之前一直以為大昱沒有生抽（注），到了大將軍王府，才在小廚房裡發現類似醬油、蝦油的東西。原來這些調味醬料製作成本高、量少，而且都是各府裡或酒樓裡大廚的秘方，店鋪裡是沒得買的。

安然將小廚房裡現有的調味品和蔥、薑、蒜、花生粉、芝麻粉等分別用小碗裝好，也送進屋裡去。

最後，讓人先去往火鍋的底座裡裝好銀霜炭、燃上，往那鴛鴦鍋的兩邊各倒進熬好的葷高湯和素高湯。

一切準備就緒，安然讓人熬一鍋紅豆，再取一些冰塊備著，自己也回屋去了。薛天磊等人正圍著桌子看那一盤盤的生菜大眼瞪小眼。

安然得意地笑笑，看到火鍋裡湯滾了，就開始先動手做示範。她挾了幾片切得薄薄的羊肉片放進葷湯這邊，稍微涮了一下，放在自己面前配好的一碟醬料裡拌了拌，放進瑾兒的碗裡。小傢伙吹了吹，就急急地放進嘴裡，吃得眉開眼笑，只顧得上猛點頭，表示好吃。

安然又挾了一些大白菜和豆腐放進去，眾人也迫不及待就要挾自己喜歡的菜放進鍋裡，安然趕緊先說明。「這邊是葷高湯，那邊是素高湯，是為浩哥哥準備的，你們別把魚和肉放那邊去。」

鍾離浩聽得心裡甜絲絲的，小丫頭時刻都惦記著他、為他著想有沒有？

薛天磊也恍然大悟。「原來妳在這鍋裡隔了一層是為了把葷素分開。」

「這鍋這樣隔可不僅僅為了這一個用途，以後你們就知道了。」安然賣了個關子，等辣椒到了，這能吃辣、不能吃辣的人一塊兒吃火鍋，可不就需要這樣的鴛鴦火鍋了？

接下來的時間，就沒有人再說話了，不是因為「食不言」，而是他們的嘴都忙得很，沒空啊。舒安和舒敏輪流到這屋裡幫瑾兒涮菜，他們幾個隨從在隔壁屋也擺了一桌火鍋宴呢。

直到眾人都吃得撐腸拄腹、心滿意足，才相繼停下筷子，滿足地長呼一口氣。小瑾兒肚子溜圓，還用手指著那羊肉片，要舒敏涮。

安然笑著阻止道：「可不能再吃了，小心把胃撐壞，舒敏，妳帶小王爺到院子裡慢步走，消化消化，一會兒還有好吃的甜品呢。」

瑾兒一聽還有甜品吃，趕緊聽話地跟著舒敏出去，大姊姊做的甜品可饞人了，都是沒見過的。

「小安然，妳怎麼能想出這麼個吃法？啊喲，可是把我撐壞了。」黎軒滿足地嚷嚷。

鍾離浩也贊成地連連點頭，雖然他只吃素食，卻也覺得無比美味。

薛天磊是生意人，想得更多一些。「這樣吃法確實美味，而且方便又新奇，大家圍在一起，邊涮邊吃，還很有氣氛。只是有一點，人家一看就會了，回去打一個鍋子，在家就可以吃，別的酒樓也可以做。」

安然一笑。「這火鍋自己在家裡做確實也方便。不過吃火鍋最重要的是這底湯和蘸料，這上頭可以玩出很多花樣。薛大哥可以找一個善於做醬料的師傅來，我跟他商討幾種口味，

注：生抽，醬油的品種之一，顏色淡、鹹味重，在烹調中主要用來調味。

但我只記得老婆婆說過的大概原料，不知道具體怎麼做，需要有經驗的師傅自己研究。」

「好，好，這樣一來，雙福樓又多了一樣特色。」薛天磊高興得眉飛色舞，卻似乎突然間又想到什麼，眉心皺了一下。

「你那庶兄又出么蛾子了吧？你確定要再把這火鍋給雙福樓？」鍾離浩永遠是最瞭解薛天磊想法的兄弟。

薛天磊揚了揚眉。「雙福樓畢竟是我們薛家的產業。」

「可這火鍋是小安然的主意，還需要她研究底湯和醬料，等於都是靠她出力。」黎軒悠悠地插了一句。

安然奇怪地看著這三人，她又不是第一天給雙福樓出主意，而且薛大哥也沒虧待她，一成的利潤呢。

薛天磊緊蹙著眉，他接手這兩年，尤其是這幾個月，雙福樓的利潤猛增，而薛家其他產業業績平平，最糟糕的是庶兄薛天其接手的七彩綢緞莊，業績連年下滑。

年三十吃團圓宴的時候，二叔、四叔都提出既然薛天磊是未來的掌家，又善於經營，不如跟薛天其交換一下，接手薛家的創始基業、目前效益最差的七彩綢緞莊好了。四叔還拐彎抹角地說民以食為天，酒樓生意本來就好做，不能顯出薛天磊的才能。

最令薛天磊氣憤的是，薛天其暗指他就憑幾個菜譜把一成的利潤給冷安然是敗家，建議父親停止和冷安然的合作協定，寧願付些賠償金。

敬國公雖然沒有當場拍板，但薛天磊看出父親動搖了，畢竟雙福樓的分店多、生意好，一成的利潤極為可觀。昨天父親就委婉提出讓他考慮二叔、四叔以及大哥的建議。

薛天磊想了想，還是把事情告訴了安然，然後坦誠說道：「既然我以後不再負責雙福樓，也確實很難保障安然的利益，我們還是停止合作好了。安然放心，我會為妳爭取合理的補償金。」

安然爽快應了。「由薛大哥安排，我沒有什麼不放心的。再說了，薛大哥不在雙福樓，我也不會願意繼續跟雙福樓合作。至於這火鍋，薛大哥怎麼決定我也不會有意見，這是我跟薛大哥的交情，送給薛大哥也沒什麼不可以的。」

「安然，謝謝妳的信任和寬容。」薛天磊感激地看著面前笑靨依舊、沒有一絲怨氣的小女子，心裡很是愧疚。「至於這火鍋，不推出去就浪費了。總不能開一個酒樓就吃火鍋吧？單一不說，天一熱就沒客人了。要不，我們薛家買下這個方子吧？」

「怎麼不能？」安然一聽薛天磊說不能開一個只吃火鍋的酒樓就直接反駁了。「夏天在酒樓裡裝上足量的冰塊，然後在裡頭吃火鍋，那才叫過癮呢。吃完再來點冰沙或凍甜品，美極了。」說到甜品，安然想起廚房裡的紅豆，笑道：「你們坐著稍等，我去拿甜品，先讓你們體驗體驗。」

約莫一刻鐘，安然就回來了，後面跟著的夥計端著一個大碗公，裡面是紅豆冰沙。安然讓兩個夥計拿小碗分了，幾人吃得那叫爽啊，剛才吃火鍋帶來的一點點燥熱感都沒有了。

瑾兒還想多吃一些卻被安然阻止，不高興地嘟著小嘴，直到安然柔聲說明天再做給他吃才陰轉晴，又呵呵笑起來。

「火鍋吃完，再配上這什麼紅豆冰沙，真是絕妙！好吃又舒爽！」君然覺得他姊姊就是個天才，想出來的東西都是別人想不到的。

「還不上火！」黎軒笑呵呵地做了個專業性的補充。

安然嫣然一笑。「還有呢，火鍋可以連續吃上七天都不重複，而且會讓食客越吃越上癮，這不僅因為火鍋的獨特口味，還因為那種氣氛。說起來，夏天裡只要有足夠的冷氣，吃火鍋更是別有一番樂趣。不過我也只是說說，告訴你們火鍋可以獨立成店而已，我之前承諾過薛大哥不會開酒樓的。」

薛天磊搖了搖頭。「是我們雙福樓先違背了信義二字，安然之前的承諾也無須在意，妳有什麼好想法儘管做就是。」

鍾離浩對薛天磊的反應很滿意，不過也是在意料之中，一起長大的兄弟還是彼此瞭解的。他看向安然。「妳也說了夏天需要足夠的冷氣，也就是足夠的冰塊，儲存冰塊的成本很高，這麼多大酒樓也就雙福樓供得起。」

安然得意地笑。「如果我有製冰的方法呢？而且成本很低。」

四人驚得幾乎同時呼出一口氣，然後面面相覷，還是黎軒比較快反應過來。「得，這丫頭就是送財童子，財神爺的女兒投胎。小安然，趕緊開了這火鍋店，讓黎軒哥哥湊上一成就行。」

他們幾個都知道安然不是信口開河的人，她既然說能低成本製冰，就一定能，無須懷疑。

君然對自己的姊姊是無限崇拜啊！還有什麼是自家姊姊不會的？

安然看向薛天磊。「薛大哥，如果你願意，你個人還是可以跟我們合作的呀。」薛天磊經營酒樓可是很有一套的。

薛天磊想了想，苦笑道：「畢竟我們薛家開著雙福樓，我若參與別的同類酒樓，也招麻煩。還有，如果薛家到時候覬覦冰塊的製法，我還真挺為難的，而且我現在也要把精力放在七彩綢緞莊和藥膳鋪子上。安然不如同偉祺合作，偉祺之前也有酒樓生意的，後來把重心轉向海運，又不想和我打擂臺，才把酒樓賣出去。我做雙福樓，很多好主意都是偉祺給的。」

安然「可憐兮兮」地望向鍾離浩，幽黑的眼珠子像一對最上等的寶石，煥發著誘人的光彩。「浩哥哥，你做海運那麼大的生意，不會看不起這點小錢吧？」安然真希望他願意合作，畢竟自己現在是個才十四歲的少女，不方便出面做酒樓生意。

鍾離浩看著裝可憐的安然，就像一隻討吃的小貓咪，可愛死了，他真想把她摟進懷裡好好哄哄，還想像她親瑾兒一樣親親她那白嫩飽滿的額頭。

頭腦裡想著甜蜜的事，鍾離浩的眼神不自知地柔和起來，連嘴角都不由自主地向上彎起。

可憐的安然這會兒真的犯花癡了，她自以為自己對這三位美男早已經免疫，她弟弟君然也是小美男呢，可沒想到這大冰塊笑起來這麼好看，安然的目光不由得就那麼直直地定住了。

咳，這丫頭又變成小花癡了，雖然鍾離浩真的很喜歡安然對自己犯花癡，可是這會兒身旁還有三大一小瞪著八隻眼睛呢。

「咳咳！」鍾離浩很無奈地被迫打斷她的小花癡。「只要丫頭妳想做，我當然沒意見，誰也不嫌錢多。妳就負責底湯和蘸料，還有甜點之類的方子，我會找這方面的師傅來。正好之前負責我們家酒樓生意的李管事成天念叨著以前的酒樓，說管理海產店不得勁，就讓他負責這個火鍋店好了，他以前一個人打理各地共十二家酒樓呢。」

「好啊，好啊，都由浩哥哥安排，你主外我主內。」安然想著又一家自己的店鋪要開起來就得意啊，也忘了剛才「花癡」的尷尬。

鍾離浩卻是被那句「你主外、我主內」震得心肝兒撲撲亂跳，他的小丫頭知不知道這句話什麼意思？嗯，他好歡喜。

安然看著目光裡閃爍著興奮的鍾離浩，有些莫名其妙，只是一間小酒樓，應該沒這麼激動吧？雖然她從來沒問過鍾離浩的身分，但是憑自己的直覺，他的身分一定不低，身家一定不是一點點的多。

「浩哥哥，我們五五分，一人一半可好？嗯，不對，還有黎軒哥哥的一成，那就我占四成好了。」她只負責出主意，就少點吧，開酒樓經常是非多多，不是她一個十四歲的閨閣少女能處理的。

「不，妳五成，我三成半，給那傢伙一成半。」鍾離浩斬釘截鐵，又轉向黎軒。「你這一成半可不能白拿，我在三年孝期，小丫頭又不方便拋頭露面，有什麼事，都由你負責出面處理。」

黎軒剛剛還激動、滿足的神情瞬間崩塌，苦瓜著一張臉，他是被世人視為謫仙一般的毒公子欸，是神醫欸，怎麼能讓他去處理那些個世俗雜事和煩人的應酬？不過怎麼辦？鍾離浩三年守孝，確實不能明目張膽地在外應酬，也不能把安然一個小姑娘推出去吧。

薛天磊拍拍他的肩。「沒事，李大頭那小子很能幹的，而且有什麼事我也會幫你。」

黎軒這會兒真想抱住薛天磊叫幾聲好兄弟，再流幾滴眼淚表示一下感動，卻有人很掃興、惡劣地挑撥道：「名動天下的喜來大藥房不只在大昱有三十家，在鄰國還有不下十家，他做生意的能力可不亞於你，你別被他給蒙了。那個藥膳鋪子也不能讓他袖手拿錢，你還是多花點心力挽救那個七彩綢緞莊，免得你家裡那些個叔伯兄弟又找你麻煩。」

黎軒哀怨地瞪著鍾離浩，無聲地控訴——這還是兄弟嗎？不僅自己勞役我，還要離間天磊和我的深情厚誼。

安然卻是第一次聽說黎軒的產業，原來這三位真是個個不簡單啊！

薛天磊笑道：「對了，藥膳鋪我已經找好了鋪子，也物色了一些人，都是我自己的人，跟敬國公府沒有關係，計劃書也送給你們看過了，你們有沒有什麼意見？」

黎軒和安然都搖頭表示沒意見，薛天磊給藥膳鋪起了個名字——「康福來藥膳閣」，眾人都覺得很好。

「黎軒，藥膳閣的牌匾可就得你親筆題寫了，大神醫的名號這時候最值錢了。」薛天磊打趣道。

「對了，那火鍋店也得起個名吧，這會兒大家都在，不如一起想想？過不了多久，小安然就要回福城了。」黎軒還真有點開始主理火鍋店的架勢。

「好味道」、「味鼎鼎」、「飄香樓」……眾人七嘴八舌，連五歲的小瑾兒都起了個「妙妙鍋」。

「就叫『紅紅火火』好不好？」安然突發奇想。

「紅紅火火？好，太好了，又吉利，又形象。安然啊，妳要是個男孩，簡直就是天生做大生意的人才。」薛天磊一臉讚賞地感嘆道。

鍾離浩喝了一口茶，優哉游哉地說道：「女孩也可以啊，她在屋裡出主意就好，出去奔勞的事自有我們這些男人來做，她做生意的才能一樣可以發揮。」

安然不由得又看了鍾離浩一眼，這個大冰塊也不是那麼大男子主義嘛！懂得尊重女性的能力，不錯不錯，她對他的印象真是越來越好了。可惜啊，他不喜歡女人，不過做朋友也很好嘛！

薛天磊看著那兩人，心裡突然有點抽痛，鍾離浩對安然的特別，他早在平縣就看出來了。雖然安然還小，似乎還不大懂男女之情，但是她對鍾離浩那種不自知的依賴卻沒有瞞過一直關注著她的薛天磊。

呵呵，從一開始起，自己就沒有爭的資格了不是嗎？薛天磊一想到自己那個最遲拖不過今年年底的婚事，心裡就潑涼潑涼的。

他對自小訂親的未婚妻梅琳從來就沒有男女之情，一直把她當作小妹妹一樣，就如同對自己的妹妹瑩瑩。可是，在眾人眼裡，他和梅琳簡直就是天作之合。梅琳溫婉、美麗，對他一往情深，除了身體弱、性格內向之外，確實沒有什麼可挑剔的。梅家是大昱的首富，梅家的萬有錢莊幾乎遍布大昱每一州甚至每一縣，更重要的是，梅家對他的父親敬國公曾經有過救命之恩。

薛天磊失落和痛苦的眼神一閃而過，卻沒有逃過鍾離浩的眼睛，他一直知道薛天磊對小丫頭的感情並不比自己少，可小丫頭是自己的，什麼人都不能讓他退讓。何況薛天磊已經有了未婚妻，應該不久就要成親了。

突然安靜下來的氣氛讓安然覺得有點奇怪，連正在埋頭玩魔術方塊的瑾兒也抬起頭來，似乎在問——為什麼沒人說話了呀？

「咳咳。」鍾離浩開口道。「小丫頭，妳擬一份關於紅紅火火的詳細計劃出來，讓李管事去籌備，我會跟李管事商議看看，能否在京城和福城同時各開一家，這樣妳在福城店就可以發現問題。另外，美麗花園的生意比之前預期的還好，孫掌櫃提議在京城、揚城和粵城逐步都開起來，福生應該也同妳說了。我的意思是京城先開一家大的，其他地方過一、兩年再說，妳的意思如何？」

「浩哥哥，就按你的意思做吧，這樣的安排很好，我也覺得可以在京城開一家規模大點的美麗花園，可惜我很快就要離開了，要不我自己看著都開心。」安然真希望能夠住在京城，想到冷府那些人就心煩，能離開他們遠遠的最好。

「大姊姊，妳要去哪裡？瑾兒也要去。」正玩著的瑾兒一聽到安然要離開，就顧不上魔術方塊了，一下撲進安然懷裡。

鍾離浩心裡琢磨著，為了讓安然能住在京城，自己是否有必要幫冷弘文一把，讓他升個京官？

第三十四章 準備離京

第二日，一回到大長公主府，瑾兒就纏著祖母嚷嚷，一定要跟大姊姊一起去福城，大長公主無奈地看著這個寶貝小孫子。

瑾兒還小，又不是在王府長大的，對這裡還沒有感情。照理說，他在安然身邊也才不到兩個月，也不知怎麼的，就是特別黏安然。要不是知道茹兒一家的事，大長公主肯定以為瑾兒是在安然身邊長大的。

不過想想又釋然了，安然那孩子確實讓人喜歡，大方、細心、不亢不卑，自己也才認識她半個多月，卻感覺像親孫女似的。為了讓瑾兒多親近自己這個祖母和親姊姊瑜兒，盡快適應勇明王府的生活，她知道安然那丫頭私底下費了不少心。

「瑾兒乖，你大姊姊家在福城，不得不回去。你放心，祖母會想辦法盡快把你大姊姊再接到京城來的。」大長公主只能輕言安撫抱著她大腿撒嬌的小瑾兒。過去的五年多，她怎麼也不敢想還有這麼一天，她可以有一個親孫兒承歡膝下，百年之後，她也能沒有遺憾地去見老侯爺和兒子媳婦了。

「不要不要，大姊姊是瑾兒的姊姊，為什麼瑾兒的家在王府，大姊姊家在福城？瑾兒要跟大姊姊一起去福城，再把大姊姊帶回來。瑾兒不在，那些壞人又會欺負大姊姊，不給她飯吃了。」瑾兒不依不饒，繼續哭鬧。

「公主，說起來菊花夫人的娘家就在閩州的青城，如今菊花夫人被追封為一品『巾幗牡丹』，她的娘家也是要開祠祭祖的。不如就讓小王爺和小郡主去一趟，也好告慰菊花夫人在天之靈。」大長公主身邊的徐嬤嬤小聲地建議。

大長公主一直待兒媳樊菊花如女兒一般，何況菊花與自己的兒子生死相依，又給自己留下一對可愛的孫兒孫女，讓老侯爺一脈不致絕後，是該為她做點什麼。

沈默了好一會兒……

「好吧，然兒回福城的時候，你們一路吧。妳帶上青鴻、青鵠、青雀、青雁，讓他們四人十二個時辰貼身保護瑾兒和瑜兒，另外，讓暗衛二到十一號全部跟著同去，再帶上三十名王府侍衛。聽說張大人要在閩州待一個月，你們到時再跟著他的船回京，希望能趕得上端午節。」

瑾兒沒管那麼多，一聽到跟安然一同回福城，就跳了起來，在大長公主的臉上親了一下，跑出去找安然了。

大長公主摸著臉上瑾兒留下的口水印，笑著嗔了一句。「這個小潑猴兒！」

想到某些心有不甘的人，大長公主又拉下臉。「郭家那些人沒那麼容易安分的，狗急跳牆，你們路上一定要小心些，千萬看好瑾兒和瑜兒。」

「是，公主放心，奴婢一定會十二萬分小心的。」徐嬤嬤是皇家暗衛出身，平時不顯，一旦有什麼，渾身都散發出凌厲的殺氣。

興沖沖從祖母院子裡跑出來的瑾兒迎面撞上一個人，只聽得「啊喲」一聲，那個人就向後仰倒，瑾兒也摔在那人身上。

「瑾兒！」「小王爺！」「大小姐！」「玥兒！」……

旁邊一眾人手忙腳亂，趕緊扶起二人。

「表姊，對不起。」瑾兒因為有杜曉玥墊在身下，倒是沒摔疼，他知道自己做了壞事，趕緊向被他撞倒的杜曉玥鞠了個躬。大姊姊說了，做錯事就要真誠、及時地向對方道歉。

「你……你這個……你走路不長眼睛啊？跑那麼快幹麼？真是沒有教養，啊喲喲，疼死我了。」杜曉玥一張俏臉疼得皺成一團。

瑜兒立即把瑾兒護在身後，繃著小臉。「表姊，瑾兒又不是故意的，他自己也摔倒了，妳這麼凶他幹麼？」

正幫著女兒檢查有沒有傷到哪裡的郭年湘，聽到她的口不擇言，還沒來得及喝止，就聽到瑜兒的控訴，然後看到一臉青黑的母親站在廳房門口。

「瑾兒乖，到祖母這兒來，有沒有摔到哪兒了？」大長公主看著大眼睛裡蓄滿淚水，眼看就要落下來的小孫子，心疼得都揪起來了。

瑾兒「哇」地一聲撲了過來。「祖母，瑾兒把表姊撞跌倒了，可是瑾兒不是故意的，瑾兒馬上道歉了，嗚嗚嗚……大姊姊說不小心犯錯了要誠心道歉，可是表姊還是很生氣，罵我沒有教養，大姊姊都有教我知禮的，許先生也說我學得很好……嗚嗚嗚……」

看著哭得可憐兮兮的瑾兒，大長公主心疼得不行，摟著瑾兒輕聲安慰道：「乖，祖母的乖孫兒，我們不哭了啊，我們瑾兒是最知禮、最懂事的好孩子。告訴祖母，有沒有哪裡摔疼了？」

「沒有……嗚嗚嗚……表姊在瑾兒下面……表姊疼。」瑾兒嗚咽道。

「乖寶貝，乖瑾兒，不哭了啊，哭得姑姑心疼死了，你表姊是摔疼了才亂說話的，瑾兒來，姑姑抱你好不好？」郭年湘伸出手想抱瑾兒，瑾兒卻搖著頭躲進大長公主懷裡。

大長公主淡淡地看了郭年湘一眼，摸著瑾兒的小腦袋笑道：「你剛才不是要去告訴你大姊姊好消息的嗎？讓姊姊帶你過去好不好？」

瑜兒也過來牽著瑾兒的小手。「走，姊姊帶你去大姊姊院子裡，大姊姊可說了，今天你要是能把那幾頁千字文背得好，她就給我們做什麼皮雙奶，我都沒吃過呢。」

「呵呵，是雙皮奶啦，姊姊笨。祖母，我會背千字文，大姊姊做的雙皮奶可好吃了，我拿一碗來給祖母吃。」瑾兒破涕為笑，他最喜歡雙皮奶了。

「是是是，是雙皮奶，姊姊是笨，還好我們瑾兒聰明。」瑜兒看到瑾兒笑了，也不計較什麼笨不笨的，笑咪咪地看著自家弟弟。

「好，祖母等著，我們瑾兒最是孝順，有什麼好吃的都不會把祖母給忘了。」大長公主哈哈笑道，讓大丫鬟青鸚陪著瑜兒姊弟倆過去。

看見瑾兒興沖沖地拉著瑜兒走出院子，大長公主才鬆了一口氣，由徐嬤嬤扶著回到廳裡，坐下默默地喝茶。

杜曉玥見平日疼愛她的外祖母一個字都沒有問一下她，心裡委屈極了，卻也知道剛才自己說話太過火，忘記了這是在外祖母院子裡。

跟著母親郭年湘進了大廳，杜曉玥訕訕地說道：「瑾兒也太莽撞了一點，跑那麼快，很容易把人撞倒的。」

見大長公主沒有反應，趕緊繼續道：「瑾兒還小，需要有人好好教導，那個冷二小姐只是一個五品知府的女兒，聽說還是從小被扔在莊子上的，能有什麼好教養？外祖母，我這也是為瑾兒好，不如就讓瑾兒到我們府裡和我三弟一起上學吧，我三弟的先生在京城裡可有名了。」

大長公主喝了一口茶，悠悠地說道：「在我看來，然兒無論氣度、修養，還是禮儀、才學，都不比一般世家千金差，她把瑾兒也教得很好，瑾兒才五歲，就知道做錯了事要誠心道歉，他剛才可是一站起來就跟妳鞠躬說對不起，我還真沒見過幾個像他這般大的孩子能這樣做的，你們有嗎？」

「外祖母，我……」杜曉玥第一次面對大長公主犀利的言辭，很是憋屈，又不知能說什麼。

郭年湘比較瞭解自己的母親，瑾兒現在就是母親的逆鱗，只要觸到了，無論是誰，母親都會翻臉的。

按理說，她也該慶幸能找回自己的侄兒，大哥留下的唯一男丁血脈，可是這麼多年過去了，在大家都不再抱任何希望的時候，在她也起了心思讓幼子繼承大哥的爵位和財產的時候，瑾兒卻回來了……

想到這幾年女兒曉玥和幼子修傑在大長公主面前伶俐、乖巧的表現，郭年湘目光複雜地望著自己的母親，這外孫再怎麼做，都比不過孫子一句討巧的話啊！

「娘，您對那冷安然的評價可真高，輕易就認了孫女。還有那個什麼夏君然，一個來歷不明的人，他救了瑾兒，我們給他一大筆錢就是了，就那麼認作義孫，您也不怕以後帶來什麼麻煩？」郭年湘實在想不通一向清冷的母親怎麼會那麼衝動地作了個這麼驚人的決定，而且速度之快，她都來不及反對。

「就是，瑾兒還那麼小，萬一有個什麼，不是便宜了那……」杜曉玥也嘟囔著附和自己的母親。

「玥兒！」郭年湘急忙喝止，卻已經看到母親那瞬間墨黑得幾乎要滴出汁來的臉。

「妳很盼望瑾兒出事嗎？」大長公主冷冷地瞪著杜曉玥。

杜曉玥被外祖母那冰冷的目光和冰冷的語氣嚇壞了。「不……不是……我……我……他……瑾兒……」杜曉玥「哇」地一聲，掩著臉跑出去了。

「娘，玥兒她不是那個意思，她……」郭年湘真是後悔今天出門沒看黃曆，玥兒一向機敏討喜，今天怎麼連連說錯話？

「行了，妳去看看她吧，我今兒也不大舒服，想去床上歇歇，妳們這就回去吧。」大長公主揮了揮手。

「娘……」郭年湘似乎還想說什麼，可是看到母親臉上明顯的不耐，另外也著實擔心女兒，還是告退出去了。

「蘭香，妳說我是不是之前給了他們太多希望？」大長公主閉上眼睛，聲音裡透著疲憊和一絲酸楚。

徐嬤嬤輕嘆口氣。「公主，過一段時間，他們想開了就好了。」

因為瑾兒和瑜兒也要南下，要安排和準備的東西不少。時間緊迫，大長公主也沒有花太多的時間鬱悶，先找了人快馬去青城打前哨，通知樊家人做開祠祭祀的準備。

安然聽說此事相當驚訝，太突然了！瑜兒才八歲，瑾兒才五歲，這麼小的孩子長途跋涉，忒辛苦了吧？而且那些惦記侯府繼承權那麼多年的人怎會甘心？萬一起了歹心怎麼辦？電視、小說裡多的是類似情節，什麼扮山賊、僱殺手的，花樣百出。在京城裡他們不敢輕易動手，一旦出了京城，還是那麼長的路途，可乘之機不少呢。安然想反對，可是又不敢貿然提出，她不知道這所謂「開祠祭祀」是不是非常重要，是不是一定要瑾兒到場。

安然小心措辭，提出自己的疑問和擔憂，詢問能不能晚幾年，等瑾兒大一些的時候再去。

大長公主對安然的反應非常滿意，瑾兒、瑜兒跟安然同去福城小住，對安然可是大有好處，可安然首先想到的是瑾兒可能遇到的危險，即使同胞親姊的反應也不過如此吧？

「無妨，我已經安排了暗衛和護衛，而且來回都是跟張大人的官船，皇上派的禮官和護衛也會同去。」大長公主摸著瑾兒的小腦袋。「瑜兒、瑾兒的母親沒有親兄弟，只有一個姊姊，所以也就沒有至親的侄兒可以代接皇封（注）和行子侄禮。菊花的一生吃了不少苦，就留下這一雙血脈，還是讓他們去吧，否則長大以後，他們會責怪我的。然兒，妳和君兒是瀚兒和菊花的義子義女，也是要去參加祭祀大禮、招待賓客的。你們坐的船會直接到青城，開祠祭祀禮完成後，你們再回福城，瑜兒和瑾兒就跟著妳，張大人回京時會去冷府接他們倆。然兒，祖母就將瑜兒和瑾兒交給妳照顧了，徐嬤嬤會與你們一同去。」

安然聽到這兒，知道已是既定的事，也就不再說什麼了，在這古代，「孝」字大於天。大長公主只有瑾兒、瑜兒一對孫兒，自是會做好最周密的安排，而且聽到徐嬤嬤也跟著，安然更是鬆了一大口氣。

徐嬤嬤拍了兩下手，門外走進來四位丫鬟打扮、英氣勃勃的女子。

大長公主對安然笑道：「她們都是從妳義母生前近身親衛和旗下將士的孩子中嚴格挑選出來的，別看她們只有十四、五歲，卻都是從三、四歲開始習武，武藝非凡，而且靈敏機智。」一說完轉向四人。「青鴻、青鴿，以後妳們倆就貼身照顧小王爺；青雀、青雁，妳們跟著小郡主。此次去閩州，妳們要聽從然兒和徐嬤嬤的安排，片刻都不能離開瑾兒和瑜兒。」

「是。」四人連忙應道，又跪下見禮。「奴婢見過小王爺，見過小郡主，見過安然小姐。」

接著，徐嬤嬤又招進一個人，是一位三、四十歲的嬤嬤。

大長公主慈愛地看著安然。「然兒，這是宮裡出來的桂嬤嬤，是我向太后討來的，以後就跟著妳了。一來她是有品級的宮嬤，是我派在妳身邊照顧的，別人不敢輕視；二來桂嬤嬤是難得的教導嬤嬤，妳要用心跟她學習各種規矩和技能，桂嬤嬤沒有親人，以後妳也要好好待她。」

安然不傻，大將軍王府的兩位舅母也教了她很多東西，當然知道這種宮嬤的價值，知道大長公主這是真心把她當作孫女看顧，感激萬分地跪下。「謝謝祖母，然兒明白。」

桂嬤嬤正要跪下認主，被大長公主和安然同時攔住了。大長公主說道：「桂嬤嬤，然兒是本宮的義孫女，但妳是六品的宮嬤，除非犯了錯，平時就不用跪了，以後還請妳費心照顧教導然兒，本宮和然兒都不會虧待妳的。」

桂嬤嬤連聲稱是，像她這種情況，下半生就是指靠著安然了，安然好，她才能好，以後也才能有個好的養老生活。桂嬤嬤在宮中也算是閱人無數，還是比較相信自己的眼光，這安然小姐一看就是個聰敏大氣、精明卻不失和善的主子，何況，她的身後還有大將軍王府和大長公主。

注：皇封，意指皇帝對臣下的封贈。

預定離京的日子沒幾天了，大將軍王府裡的氣氛蒙上了一層離愁別緒，眾人都捨不得讓安然姊弟二人離開，尤其老太君，巴不得找個藉口把安然留下。

可是安然和君然想在清明節前趕回福城，劉嬤嬤每次一提到安然多年未能祭拜夏芷雲，幾人就免不了流淚一場，而從未見過親娘的君然更是想到夏芷雲墓前祭掃、傾訴一番。

老太君把身邊的大丫鬟明霞給了安然，另一個二等丫鬟明佩給了君然。安然身邊的人看著挺多，但秋思和小端都專攻刺繡，安然現在很少讓她們做其他雜事，舒安、舒敏則不大擅長細緻周到的活兒，她們還是偏向護衛。

明霞今年十六，能寫會算，又在老太君身邊待了三年，跟著見了不少的世面。每個月都需要跟老太君嫁妝鋪子和莊子的管事聯繫、對帳目，處理起事情來很是穩重得體。

安然自然是很滿意明霞的，且古人講究「長者賜，不可辭」，所以，雖然對「挖」走外祖母身邊的得力幹將很不好意思，還是趕緊謝過老太君。

由此，明霞改名舒霞，明佩改名舒佩，分別跪下行禮認主，做了安然和君然身邊的一等大丫鬟。

宋氏和何氏則忙著張羅給安然姊弟帶回福城的東西，吃的、穿的、用的，還有上等藥材……不過，只一小部分打包在一起，是準備跟安然到冷府的。其他大部分另外打包，將跟君然一起到安然在福城購置的「夏府」。

安然看著那些足足可以裝下兩馬車的東西，簡直要暈了。「二舅母、三舅母，不要帶這麼多吧？人家不知道還以為我們搬家呢！」

宋氏擺著手。「不多，不多，現在鬆散著感覺好像很多，打包好就一點都不多了。我們已經精簡再精簡，妳大舅舅、大舅母託人送回來的東西就把我們二房、三房的分額給擠去了三分之一，看在他們那麼遠送來的分上我們就不跟大房計較了，下次方便的時候再託人給你們送去。」

安然看著宋氏一副「慷慨大度」的模樣哭笑不得，人家不知道還以為這大房占了多大的便宜，多得了什麼好物呢！誰能想到只是多花了銀子多送出東西？

第三十五章　有情無情

很快，就到了陳之柔成親的日子，一早，安然帶著君然、瑾兒和瑜兒一起到了陳府。

兩個小傢伙要看新娘子，又知道今天的新娘子是大姊姊的好朋友，就一定要跟著來。兩人都穿著安然設計的喜氣洋洋的大紅衣裳，瑜兒手裡拿著一束嬌豔的玫瑰花，瑾兒則抱著一個穿新娘服飾的Kitty貓大公仔，安然和君然穿著紫羅蘭色的姊弟裝。四人一進陳府就吸引了絕大多數人的目光，真正的兩對金童玉女啊，還是目前京城最熱門的話題貴人。

到了陳之柔的院子，陳書彥接待了君然，兩人同齡，又都是讀書狂人，也算氣味相投，安然則帶著瑾兒和瑜兒進了陳之柔的閨房。

陳之柔親手接過兩件禮物，抱在懷裡，笑道：「謝謝小郡主，謝謝小王爺，你們今天的衣服真好看，穿在你們身上更漂亮了。」

「呵呵，大姊姊說了，這是花童服，之柔姊姊妳看，我們倆衣服上都縫了一朵玫瑰花，跟之柔姊姊裙子上繡的玫瑰花一樣好看。」瑜兒笑得兩眼彎彎，她很喜歡這件新衣服。

「喲，原來這束花是用錦緞做的，真漂亮，我還以為是真花呢。」

「我太喜歡這蒂蒂貓了，真好看，有沒有得買呀？」

「照我說，還是陳小姐身上這喜服最漂亮了，從來都沒有見過這樣的喜服呢，太好看了。」七、八個來送親的小姐興奮得像一隻隻小喜鵲似的，嘰嘰喳喳。

陳之柔今天穿的喜服正是安然送的，繡著朵朵玫瑰花的紅色雲錦拖地長裙。她也是個聰明的姑娘，一聽到那些小姐們對這衣服感興趣，趕緊打起廣告來。「這禮服是在平縣的美麗花園訂製的，美麗花園的衣服新穎獨特，每件都漂亮。聽我在平縣的姑姑說，美麗花園很快就要在京城開店了。」

這一番話很快又引來新一輪關於美麗花園的「喜鵲論壇」……

安然看向陳之柔。「之柔姊姊，妳一定要過得幸福，每個人的幸福都是不一樣的，只要自己覺得快樂覺得心安，有自己需要的滿足，就是幸福。」

陳之柔感激地向安然用力點了一下頭，安然妹妹的年齡比自己小，但她總是覺得安然的話能夠給她勇氣和力量。可惜，明天安然就要動身回福城了，也不知道下一次見面要等多久。

清平侯府的迎親隊伍來了，喜娘幫陳之柔蓋上了紅蓋頭，陳書彥進來揹陳之柔。大昱的風俗，新娘子從閨房到轎子上，腳是不能落地的，要由新娘的兄弟揹過去。陳之柔有兄長，本來應該是由長兄陳書暉揹她，但陳之柔不願意，堅持要讓書彥揹。書彥雖然是弟弟，但個頭比陳之柔高大，陳之柔是典型的南方女子，嬌小玲瓏。

葉子銘穿著一身紅袍站在轎子旁，從陳書彥背上抱起陳之柔放進轎子裡，然後拱手向眾人表示謝意，告辭而去。

安然特意觀察了一下葉子銘，清朗俊逸、雙目清明有神，倒不像是眠花宿柳的紈袴子弟，神態舉止也透著高貴和優雅。這樣的人怎麼會跟個青樓花魁牽扯不清呢？難道真是因為愛情？如果那樣的話，之柔姊姊這輩子就無緣情愛了。浪子還有回頭的可能，一個癡情的男人有時候比女人更執著。

迎親的隊伍逐漸走遠，陳尚書和陳夫人過來請安然四人到廳堂喝茶，安然婉拒了，推說明日要啟程，還要回府與長輩敘話，就帶著君然和瑜兒、瑾兒離開了。

這邊陳之柔到了清平侯府，經過迎轎、下轎、祭拜天地、行合歡禮等一系列折騰，新房裡總算安靜了下來，葉氏族人的妯娌姑嫂們都出去了，葉子銘也去外院接待賓客了。陳之柔讓爾琴、爾畫進來侍候梳洗，換了同樣大紅色的絲綢袍子，頭髮鬆鬆綰起。

從浴房出來的時候，陳之柔看到桌子上擺著一碗燕窩粥和幾樣清淡的點心、小菜，一個穿著梅紅色襦裙的丫鬟走上前。「二少奶奶，我是二少爺房裡的丫鬟萍兒，二少爺擔心您餓了，讓我們準備了一些吃食墊墊。」

陳之柔心裡冷笑，面上卻是溫婉一笑，坐下吃了起來，身體是自己的，日子還是要過下去的。

折騰了一天，陳之柔還真是餓了，吃下整碗燕窩粥，還用了兩塊小點心，這才神清氣爽地順手拿了床頭架子上的一本詩集，靠在床上看了起來。

直到過了亥時中，葉子銘還沒回房，陳子柔在心裡冷哼，竟是連洞房都不想入了嗎？其實她也希望葉子銘最好不要進房，可是床上那幅白綢……

既然她想好好地過自己的日子，就必須在清平侯府立足，如果新婚之夜就獨守空房，明日這幅白綢依然白淨地出了這個門，那麼她……陳之柔嘆了一口氣，閉上眼睛。

此時門外閃進一個紅色的人影，輕輕靠在門框上，沒有發出一點聲音，就那樣靜靜地看著床上那個嬌美的人兒，此時那張本應明媚燦爛、充滿生機的臉上卻有著悲涼的氣息，甚至，他看到了她的無望。

他的心像針扎似地疼，他喜歡看到她明媚的笑顏，而不是現在這樣的悲傷。他是愛她的，從十一歲那年見到她，知道她是自己的小媳婦起，他就把那張可愛的笑臉刻在腦子裡了，他一直記得那嬌嬌糯糯的呼喚聲「子銘哥哥，等等我」。

他等了一年又一年，就要盼到他們的婚期時，卻不得不答應娶筱蝶。因為筱蝶的哥哥石冰對他有救命之恩，而且為了救他沒了一條手臂，筱蝶是石冰失散多年的妹妹，是石冰在這世上唯一的親人。

可是，他不想傷害柔兒，他求父母找個理由悄悄退了親，他跟父母說他是一定要娶筱蝶的，卻被父親一個巴掌摔了出去。

直到那天，為了從那個變態紈袴手裡救出筱蝶，他受了重傷，而且傳得滿城風雨……

後來，知道了他的「惡劣」，她求她的父親退親，再後來，無望的她竟然想用一條白緞結束自己美好的生命。得知消息的他，痛苦無比地用匕首扎自己的手臂，用手臂上的傷痛麻痺心痛。

現在，她不得不嫁進來了，他很矛盾，不知道是該為自己狂喜，還是該為她悲傷。他配不上她，她卻為了母親不得不嫁給他，甚至，這輩子都不能有自己的親生孩子。他知道，這對一個女人來說是多麼的殘酷。

他，該拿她怎麼辦，該怎樣做才能減少對她的傷害？他又嚐到了嘴邊鹹澀的味道，那是自己的眼淚。

他，一步一步地輕輕邁向自己的妻子。

她，像是感受到了陌生的氣息，突然睜開了眼睛，怔怔地看向他。

葉子銘緊走幾步，坐在床上，從後面把陳之柔摟在懷裡，腦袋深深埋在她脖頸處，他，不敢面對她的眼睛。

陳之柔被葉子銘用力摟著，試了試想掙出來，卻是被摟得更緊。只好放棄掙扎，靜靜地感受他加快的心跳，感受自己也加快了的心跳，不一會兒，她明顯地感覺到自己脖頸間濕了一大片。

「相……相公……你怎麼了？你喝醉了嗎？」陳之柔有些慌了，她心裡做了很多種準備，偏偏沒有預想過這樣的場景。「相公，你還好吧？」

葉子銘沒有回答，他扳過她的身體，輕輕抬起她的下巴，驗看如玉一般白嫩的脖頸，似乎還能看到淡淡的青痕。他驀然低下頭，輕吻著那痕跡，用舌尖輕輕舔舐著。一種痲酥感瞬間讓兩人同時顫慄。「還疼嗎？」他像是在問她，又像是在低聲呢喃。

陳之柔沒有回答，一陣委屈突然湧上心頭，眼淚不由自主地像斷了線的珍珠不斷灑下。

葉子銘嚐到了流到脖子上的淚水，比他自己的眼淚更澀、更苦。他的唇順著她的下巴而上，吮吸著那苦澀的淚珠，卻是怎麼吸，也吸不完……

一行淚，流到了那如花瓣一樣的唇上，他的唇，也追著覆了上去，柔嫩甜美的感覺，頓時讓他好似嚐到了從未嚐過的美味，他輾轉吮吸著她的唇，他的舌頂開了小貝齒，他憑著本能吸著她口裡的蜜汁，溫柔、纏綿……

葉子銘的心跳加快了，呼吸變得急促起來。

他本來是想給妻子一些時間的，他擔心她的心裡還有怨念，可是……可是……他好想……好想……要將她嵌入自己。他的動作比思想快一步，心念才起，一隻手已經握著陳之柔柔若無骨的小手，一個側身伏了上去……

雖然葉子銘「與花魁糾纏不清」的名聲在外，卻是紮紮實實一枚潔身自愛的好男兒，他心裡想著給陳之柔一個溫柔美好的洞房花燭夜，卻因為缺乏實戰經驗手忙腳亂，折騰得自己一身汗，陳之柔也是疼得皺起一張小臉，兩人都沒享受到什麼美好的感覺。

陳之柔小臉雖皺著，心裡卻油然升起一絲甜蜜，她的夫君，似乎跟她一樣，是第一次。不過，娘和教導嬤嬤都沒有告訴她男人第一次也會疼啊，她偷偷看到，他也疼得悄悄皺眉齜牙。

葉子銘其實很想再練習一次的，他相信這次他會做得很好，可是看到陳之柔疼得可憐兮兮的小模樣，他不忍心了，起身端來熱水，為妻子和自己清理了一下。

再次回到床上，葉子銘伸手把妻子摟進自己的懷裡，兩人都沒有說話，待懷裡小人兒的呼吸漸漸平穩綿長，他才睜開眼睛，拉開些距離，借著燭光柔情地看著小妻子的睡顏。「柔兒，我愛妳，只愛妳一個。原諒我，我必須納筱蝶為妾，因為我欠她哥哥一條命。」說完又輕啄了一下那嬌嫩微腫的唇，這才再次把妻子的腦袋輕輕擁進自己懷裡，閉上眼眸，發出一聲滿足的喟嘆……

他懷裡的陳之柔，卻是突然睜開了眼睛，心裡感慨萬分，酸甜苦辣，似乎什麼滋味都有，還有深深的不解和疑惑。她在葉子銘的懷裡一動不敢動，過了不知多久，才真正睡去。

第三十六章　歸

安然一行跟著張大人走水路，比來京城的時候快多了，舒安說水路比陸路可以快六至九天。官船很大，有兩層，張大人和另外三位順道的官員住在第一層，安然一行住在第二層。

安然前世坐過幾回大郵輪，不暈船，瑾兒似乎也很適應，君然和瑜兒就慘了，剛開始幾天吐得站都站不穩。幸好大長公主讓徐嬤嬤備了上好的藥，又是抹又是內服的，過了五、六天才漸漸適應，恢復正常。不暈船了的君然竟然走了個極端，愛上了在大海上的感覺，又聽安然說起什麼鄭和下西洋的故事，心裡有了一種模模糊糊的嚮往。

船行到第十三天的時候，一大早，安然他們就被告知再過幾個時辰就可以到青城了，君然甚至還感慨道：「這麼快？」

冷弘宇一家比安然早出發八天，也才剛到福城，冷老夫人已經三年沒有看到二兒子了，一早就在廳裡候著，一遍遍地叮囑廚房準備兒子和孫子喜歡的菜式。冷幼琴聽說安然跟二哥一家一起回來，提前一天就帶著小兒子和兩個女兒過來了。

冷弘文今天連衙門都沒去，他的帳冊危機已經解除。前兩天秦大人派來傳信的人不但給他帶來了「皇上特赦，不再予以追究」的定心丸，還給他帶來了個大「驚喜」——大長公主替已過世的兒子媳婦認下冷府二小姐冷安然為義女，也就是說，他女兒安然現在是大長公主的義孫女、勇明王爺的姊姊？

天哪，那他冷弘文不是也跟大長公主府還有勇明王府沾親帶故了？現在秦員外對他的態度都大大轉變，一口一個「親家」地稱呼著。秦大人也給他帶了禮物，從來都是他冷弘文給秦大人送禮，何曾想到有一天秦大人也要給他送禮物。

不過，他還沒告訴家人這個消息，一是想等安然回來確認一下是怎麼回事，二是擔心那幾個女人多嘴壞事。他只是再一次警告眾人不許招惹安然，並讓人好好清掃了一下靜好苑，趕緊把小廚房拾掇出來，還把府裡僅剩的幾樣好物什都擺到了靜好苑去。

林雨蘭氣得心疼頭疼肝疼肺疼，但又不敢鬧騰，自從大將軍王府來接冷安然進京，冷弘文就對她橫挑鼻子豎挑眼，恨不得把所有的過錯都推到她身上，這幾天更是越發不待見她。

看著冷弘文一臉興奮地不停往外探頭，一副「慈父盼女歸」的神情，緊捏著的拳頭裡手心被指甲刺得生疼都不自知。

在一屋子人的翹首期待中，終於有丫鬟跑進來通報。「到了，到了，二老爺到了。」很快，就聽到一聲「娘——」冷弘宇攜著妻兒快步進來，跪在冷老夫人面前，待冷弘宇一家見禮完畢，還沒見安然的人影。

冷弘文急忙問道：「弘宇，二丫頭呢？她不是跟你們一起回來嗎？」

冷弘宇深深看了自己大哥一眼。「安然比我們晚幾天，她坐御史大夫張大人的官船回來，這會兒應該已經在路上了。大哥，安然現在是大長公主的義孫女了。」

果真如此！冷弘文激動地拉住他。「快說說，怎麼回事，二丫頭怎麼會認大長公主為義祖母的？」

冷弘宇遂把京城裡的傳聞說了一遍。「就這樣，大長公主大擺宴席，慶祝小王爺回府的同時正式認了安然為義孫女，認了那個叫夏君然的孩子為義孫。」

冷弘宇不知是不是一直記得那天李氏隨口說的幾句話，一邊講著事情的經過，一邊下意識地悄悄注意林雨蘭的神情，結果講到夏君然跟安然一般大，並且長得一模一樣的時候，林雨蘭臉色突變，手上的杯子砰地一聲掉在茶几上，看到大家都轉眼看她，趕緊定了定神，用帕子擦手。「手太濕，滑了，二叔你繼續，繼續。」

冷老夫人驚喜道：「這麼說來，二丫頭現在是大長公主的義孫女、勇明王爺的大姊？怎麼會這樣？這麼大的事，怎麼也沒人請我們到京城參加認親宴會呢？我畢竟是二丫頭的親祖母，你大哥是她的親爹呢！」

冷安蘭也興奮地拉著冷老夫人的手。「那我是不是也可以叫那個什麼公主做祖母，我是不是也是小王爺的姊姊啊？祖母，我們是不是也要去京城，也可以住在公主府裡了？」

一旁的俞慕雪「嗤」了一聲。「人家認的是冷木頭，跟妳有什麼關係？還去公主府呢？也不怕被打出來？」

冷安蘭腦袋一揚。「冷安然是我姊姊，她的祖母自然是我的祖母，她的弟弟自然是我的弟弟，妳又不是冷家人，只好靠邊站了，妒忌也沒用。」

冷安卉最討厭冷安梅四姊弟了，看見冷安蘭那副張狂樣，心底不斷冷笑、極度鄙視，嘴裡卻一派「好意」地提醒道：「爹，那天那位管家不是說大長公主還有禮物送給我們冷府嗎？好像還有東西是特別指定給大伯母的，是吧，爹？」

「噢？」冷老夫人一聽到有禮物就更興奮了，皇家公主送的，那肯定都是好東西啊。「宇兒，快，快拿出來大家看看。」

冷安蘭也挑釁地看向俞慕雪。「看吧，我娘是冷安然的母親，大長公主都特別給一份禮物。」

冷弘宇微嘆了一口氣，吩咐人把東西拿上來。

冷弘文心裡咯噔一下，瞧自家弟弟這模樣，該不會有什麼不好的事情？

正想開口問，小廝抬著一個箱子和一個大袋子進來了。先打開了那個箱子，有一套上等的徽墨，自然是給冷弘文的；檀香木盒裝著的一套翠玉頭面、一套金頭面，看著款式就是給冷老夫人的。然後是六疋錦緞，看顏色應該是冷老夫人和冷弘文一人三疋。冷老夫人得意得老臉發光，不停笑著，這個孫女總算給她帶來點好處了。有大長公主送的這兩套頭面和衣料，以後那些個老夫人、老太君在一起，她也有了炫耀的資本不是？

冷弘文的臉上也有得色，不過他總覺得不會這麼簡單，不然弘宇的臉色不會那麼奇怪。

冷安蘭卻是急了起來，上前翻著布疋。「怎麼沒有我們的？不是還有我娘的嗎？在哪裡？是了，這裡還有一個布包，這裡面肯定就是給我娘的東西了。」

冷弘宇點點頭。「那裡面是一本大昱律法和一根戒尺，是大長公主特意給大嫂的，大嫂妳收好吧。」

林雨蘭愣住了，死咬著下唇，差點沒氣暈過去。

冷安竹一把搶過冷安蘭手上的布包丟了出去。「那個什麼破公主，她憑什麼給我娘戒尺，她……」話還沒說完，被冷弘文一巴掌甩了過去。

「孽子，還不閉嘴！大長公主也是你可以胡亂咧咧的嗎？」冷弘文罵道。

大長公主是什麼人？先皇最疼愛的妹妹，皇上最敬重的姑姑。先皇還是太子的時候，大長公主就曾經為先皇擋了一劍，兄妹感情不是一般的好，後來郭老侯爺父子加上雙刀女將樊菊花更是為大昱立下了汗馬功勞，滿門忠烈。

先皇駕崩前叮囑當今皇上要善待長公主及其後人，並賜予長公主飛鳳鞭，如有冒犯之人，可以打死不論，皇上登基後更賜封姑姑長公主為大長公主。

郭家軍的權杖與郭年瀚一塊兒失蹤，郭家軍以及樊菊花的三千女將至今仍然只肯聽命於大長公主，等待郭小侯爺的繼承人出現或者郭明瑜小郡主長大……

冷弘宇搖了搖頭，親自撿起那本大昱律法和戒尺，遞給林雨蘭。「大嫂，您自己要通讀律法，還要好好教導侄兒，禍從口出，到時候一個不小心，禍害的可就是冷家滿門。」

林雨蘭接過東西，後牙槽咬得生疼，卻不敢說一個字，她再沒見識，也知道什麼是君、什麼是皇家。

冷老夫人也黑了臉，深嘆了一口氣，大長公主這是敲打他們冷府，為二丫頭出頭啊！冷幼琴看到林雨蘭吃癟倒是很愉悅，指著那大麻袋子。「那一袋又是什麼東西呀？」冷安和哼了一聲。「大長公主賜的上好珍珠米，足夠冷府上下吃五日。」看著眾人的驚訝和欣喜，又冷哼了聲，繼續道：「可惜是發霉的米。」他心裡窩火啊，大老遠回福城陪著這些人吃霉米，他們二房可沒有欺負安然，不能沾安然的光不說，還要被大房這些人拖累。

「嘔」的一聲，冷弘文跌坐在椅子上，然後紅著眼站起來，一腳就朝林雨蘭踢了過去。「妳這個黑了心的女人，我們冷家全被妳害死了。」

林雨蘭正要嚎啕大哭，門房婆子進來道：「大老爺，京城大長公主府有人來了。」進來的是大長公主派到福城打前哨的人，大長公主府的二管家。「冷大人，安然小姐帶著小王爺和小郡主隨禮官直接去青城為菊花夫人打理開祠祭祀的事，六日之後才會回到福城，小王爺和小郡主將隨安然小姐住在冷府一個月，煩擾冷大人了。」

「哪裡哪裡，小王爺和小郡主不嫌棄冷府簡陋，下官榮幸之至，下官馬上讓人安排出最好的院子。」冷弘文喜不自禁。

來人笑道：「不用麻煩冷大人，小王爺和小郡主跟我們安然小姐親近得很，他們要與安然小姐住一個院子的。至於侍候的人，我已經從京城帶來了，都是三位小主子在大長公主府用慣的下人，只要請人給我們指了位置，我們這些人自己張羅就好。我們侍候的人加上侍衛有七、八十人，煩請冷大人安排幾間屋子，靠近三位小主子的院子就成，一應費用都由我們大長公主府承擔。」

在場眾人聽到大長公主府的管家口口聲聲稱安然為小主子，都驚呆了，有人欣喜、有人羨慕、有人妒忌、有人害怕……

冷弘文是欣喜的，他如果有了大長公主府和勇明王府這層關係，日後的官途豈能不順暢？可是，那本律法和戒尺，還有那一大袋霉米……很明顯，大長公主對他們冷府不滿。

冷弘文找來管家，讓他帶大長公主府的人去靜好苑。等人走了，又狠狠瞪了林雨蘭一眼，對冷弘宇和李氏說道：「弘宇，你們回來了，這段時間就由弟妹管家吧，讓容嬤嬤幫著妳，要小心照料靜好苑那邊。今天起，就把那米煮了，在小王爺他們到之前吃完。」

「憑什麼，我才不要吃發霉的米呢。」冷安蘭小聲嘟囔著，剛才冷安竹挨了一巴掌，倒是不敢大聲嚷嚷了。

「那妳就餓著吧，容嬤嬤，妳親自盯著，大長公主賜的那些米沒有吃完之前，不許吃其他米麵，吃不下的人就餓著。有誰發牢騷或把米飯倒了，被大長公主府的人知道的，以家法處置。」冷弘文倒是沒再發脾氣，冷冷地吩咐道，他現在要先理理自己的思路。

冷老夫人看到自己的大媳婦和小孫子都被打了，心疼得很，也不滿地叨叨。「都怪安然那死丫頭，就算真的受了委屈，不知道家醜不可外揚嗎？她這是報復我們啊！這就是一個孽障！」

冷弘宇嚇得趕緊伸長脖子往外看了看。「娘，您可別再惹事了，聽說小王爺把安然當作親姊姊一樣，真惹惱了大長公主，只怕皇上會賜我們全府吃五年霉米的。」

冷弘文也嚇壞了，這府裡現在就有大長公主府的人呢。「娘，大長公主可不是好脾氣的主，她手上的飛鳳鞭，打死多少人都是不用追究的。」要不嚇嚇他這個親娘，冷弘文還真怕會惹出事來。

冷老夫人果真被嚇到了，一張臉瞬間刷白，不敢再說話。

冷幼琴卻來勁兒了，拉著冷老夫人的手。「娘啊，您就答應把二丫頭給我們家海兒吧，肥水不落外人田不是，娘啊，我給您跪下了……」

冷弘宇和李氏都皺起了眉頭，這又起什麼么蛾子？就憑俞慕海那個不著四六的東西？這大白日的，作什麼夢呢？

冷弘文喝道：「妳給我滾，說過再提這茬，就不要踏進我們冷府了，妳記不得了嗎？」

冷弘宇也看向冷幼琴。「妹妹，妳就別再給我們招禍了好不？大長公主特意讓我轉告大哥，安然的親事以後是要請皇上賜婚的，我們不能插手。」

冷幼琴還想張嘴，身旁的俞慕泉趕緊拉住她，猛搖頭，她這個娘，還真是沒有眼色！現在冷府因為冷安然更有前景了，這大舅舅說不定什麼時候就會升職到京城做京官，可不能斷了這門親，要想法子跟安然表妹走近了才行。

冷安梅手上的帕子都快被擰破了——皇上賜婚！皇上賜婚啊！憑什麼是冷安然那個小賤人？她冷安梅才是冷家的嫡長女，是精通琴棋書畫、有良好教養的大家閨秀。憑什麼那個鄉下長大的賤丫頭可以這麼好運攀上什麼公主什麼王爺？

被丫鬟扶起坐在椅子上，還在發疼的林雨蘭也是咬牙切齒，那個賤丫頭，人還沒回來就害得她失去管家權，皇上賜婚？呸！過年的時候她的爹和大哥還在慫恿她想辦法把那個賤丫頭許給她大哥的兒子、她的親侄兒，說那個賤丫頭既是隻會下金蛋的雞，怎能不便宜了自個兒娘家？而且還能一輩子捏在她手裡翻不出去！林雨蘭的眼裡發出了毒蛇一般幽冷的光。

無論冷家各人存了什麼樣的心事，大家還是硬著頭皮乖乖吃了五天的霉米，連冷幼琴母子都寧願吃霉米也不肯離開，這安然帶著小王爺、小郡主就要回來了，他們怎麼可以走？

眾人的期盼中，六天很快過去。

這天早上，冷府來了很多人，閩州知府齊大人以及離得近些且能上得了檯面的地方官員，只要有管道獲得消息的，都帶著夫人、女兒來了。

夏芷雲留下的莊子、鋪子上的大管事也都來了。剛剛前不久，百香居推出了兩種新款點心，眾人都快搶破頭，據說以後每個月都會推出一種新口味。現在的百香居店門口每天都排著長隊，經常有人因為慢一步就只好眼睜睜看著前面一個人買走最後一份新品糕點。麗美銀樓也推出了幾種新款限量版首飾，據說與京城店同步推出，引得夫人小姐們都往麗美銀樓跑，搶不到的見識一下新款也好啊。

更讓冷弘文驚心的是，麗美銀樓和百香居都推出了一系列優惠活動，名頭都是慶祝少東家冷二小姐正式接管店鋪。他讓菊香去她兩個哥哥那裡打聽，只知道安然已經見過三位大掌櫃並出示了店鋪地契、房契以及他們的身契，其他就一概不知了。

秦員外也帶著夫人來了，他跟冷府是親家，拐來拐去的也算跟小王爺沾親帶故了不是？見同袍們都巴巴地來討好自己，冷弘文甭提多爽心了，真正是滿面春風、容光煥發，不亞於當年榮登探花。

正在馬車上趕路的冷安然可沒想到府裡擺了那麼大的陣勢在等他們，她正在跟君然交代和安排一些事情。他們到城門口就會分開，君然直接去福城的夏府，夏府已經修整完畢，此時早已接到消息的福生、何管家幾人正在夏府等著呢。安然讓小端和秋思也跟著君然住到夏府去，現在她身邊又多了一個舒霞，以後秋思和小端就專攻雙面繡了。

瑾兒和瑜兒兩個小傢伙都還睡著，這幾天的開祠祭祀一連串儀式下來，他倆也累壞了。徐嬤嬤和桂嬤嬤一邊照看著兩個小傢伙，一邊聽著安然的安排，偶爾還會給點意見。

安然很尊重這兩位嬤嬤，人老成精，何況都是從皇宮那種厲害女人滿窩的地方出來的，真正叫做吃的鹽比她吃的米都多。從京城一路到青城，再到福城，安然處事都特意讓兩位嬤嬤在旁邊，很虛心地請她們指點。

徐嬤嬤是大長公主的心腹，桂嬤嬤的後半生都要靠著安然，安然相信她們給的意見都是為她好的，而且她也不是真正的十四歲小女孩，對她們提出的東西自己也會進行分析。

這一路下來，加上在青城的幾天，看到安然處理事情的周到和利索，以及那種渾然天成的上位者氣度，兩位嬤嬤也是暗自點頭。徐嬤嬤暗道大長公主的眼光果然犀利，桂嬤嬤則是慶幸大長公主挑了自己給安然，也就更加盡心地照料和指點自己的這位小主子了。

安然一行到冷府的時候，已經快申時了。一下馬車，就看到一眾人上來行禮，黑壓壓的跪了一片。幸好在青州已經見識過這種場面，安然倒是很鎮定，她知道這些人跪的是瑾兒和瑜兒，又不是她，沒什麼好不自在的。

瑾兒小大人似地叫起，這些人趕緊上前套近乎、噓寒問暖和自我介紹。跪的是小王爺和小郡主，套近乎就主要對安然了。那兩主子太小了不是，尤其小王爺，才五歲，拍他馬屁，前腳走，後腳他小人家可能就忘記你是誰了。

安然牽著瑾兒、瑜兒，被幾位丫鬟、嬤嬤護在中間，眼眸清亮、淺笑如常，更顯清貴大方，看得齊知府暗自捶胸頓足，感慨老天戲弄他們齊家，這麼一個高貴漂亮、後臺堅實的兒媳婦，竟被他們輕易給放棄了。

見冷弘文和冷弘宇扶著冷老夫人過來，安然忙上前行禮。「老夫人安、父親安、二叔安。」

冷弘文笑得一派慈愛。「好，好，回來就好。然兒先帶著小王爺、小郡主去梳洗休息，晚上府裡準備了接風宴給你們洗塵，各位大人都會留下來用飯。」

安然乖巧應道：「是，父親。」

正要轉身，冷幼琴突然一邊大聲喊著一邊撲了上來。「然姊兒，我的乖侄女，妳可回來了，姑姑想死妳了。」一站在最外一層的青鵠橫起右手擋住了她。

桂嬤嬤護著安然，冷冷地說道：「這位太太，妳這樣橫衝直撞，會嚇到我們主子的，還請妳站遠一些。」

俞慕雪勃然大怒，衝了上來。「妳這個老奴才，我娘是妳主子的親姑姑，妳個奴婢算是個什麼東西？小心我外祖母罰妳跪上一日。」

俞慕泉一個措手不及沒拉住自家妹妹，又聽她出口狂言，真是急死了。那位嬤嬤一看氣度就不像個普通嬤嬤，誰知道是不是小王爺、小郡主的人？

冷弘文兄弟也氣壞了，暗悔沒有早一點把這母女幾人趕回平縣去。

護在安然另一邊的舒霞笑道：「這位小姐，我們是奴婢，但不是冷府的奴婢，更不是妳俞家的奴婢。桂嬤嬤這個奴婢還真不是妳可以罵的，她可是太后宮裡出來的六品宮嬤，是我們小姐的教導嬤嬤。我們大將軍王府的老太君貴為一品誥命夫人，對桂嬤嬤也客客氣氣的，不讓她跪呢。」

俞慕雪還想說什麼，卻是被俞慕泉死死掩住了嘴。

眾人聽了也是一片譁然，太后宮裡出來的六品宮嬤，給了冷二小姐做教導嬤嬤，大長公主特別看重這個義孫女的傳聞看來真是一點不假。

冷弘文急得臉都赤紅了，朝容嬤嬤丟了個眼色，很快，幾個婆子過來把冷幼琴和俞慕雪拉走了。

第三十七章 孝心

半個月的行程加上在青城幾天的勞累，安然還真是覺得乏了，接風宴一結束就回屋睡大覺，誰也不見。

靜好苑現在侍候的人都是從大長公主府來的，又有眾多侍衛把守，這不，冷幼琴就被擋駕了，氣沖沖地回到慈心院。

一進門就衝著冷老夫人嚷嚷。「這哪裡還是冷府，自己家人都不能進。娘，再這樣下去，人家可是不認您這個親祖母，只要大長公主那個義祖母了。」

此時，冷弘文、冷弘宇兄弟倆都還在外院送客，冷安卉雖然氣憤這個腦袋進水的姑姑，但冷老夫人一向偏疼冷幼琴，自己在冷老夫人面前又一向不親厚，硬是忍著沒有開口。

冷安和則是不能忍了，他是孫輩中的老大，又是一心要入仕途的，不能不顧忌。「姑姑，冷家要是有什麼不好，你們俞家也一樣會遭難。您如果實在不滿意安然妹妹，不如回平縣，眼不見為淨，要知道禍從口出，您這樣口不擇言會害死我們的。我和安松都要科考入仕，您就為兩個侄兒考慮一下吧。」

冷安松也開口了。「姑姑，父親已經讓您回平縣去，您現在還這樣毫無顧忌亂說話，不怕父親翻臉嗎？」冷安和說得對，現在冷府有了冷安然的關係，對他們都有好處，開罪了大長公主，他們冷家就全完了。

冷幼琴見兩個侄兒都開口趕她走，扯開嗓子就開嚎。「娘，您看看，您看看，這娘家容不下我了呀！」

「行了。」冷老夫人無力地揮揮手，她自己還憋屈著呢。「妳大哥、二哥的話妳都忘記了嗎？難不成妳真想禍害自己的娘家？妳還是回去吧。」女兒再怎麼樣還是俞家的人，兒子孫子都說了會給冷家招禍，還是讓她走吧。

俞慕泉直翻白眼，她這個娘，真是太沒腦子了，這樣亂說話，何止禍害冷家？更是直接禍害俞家啊，要是讓她公公田老爺知道了，還不知怎麼埋怨她呢。田老爺現在就愁巴結不了冷安然，不要說大長公主這個大後臺，就冷安然自己那雙面繡，就讓田老爺眼饞死了。現在他們不僅接近不了冷安然，她娘還把冷府上下都惹惱了。

「外祖母莫要生氣。」俞慕泉輕輕幫冷老夫人揉著肩。「我娘她一向不會說話，近來又為家裡的生意急壞了，不是有意的。」

此時冷弘宇陪著剛剛趕到的俞老爺進來了，俞老爺聽到大女兒的話，就知道自己的夫人肯定又惹事了，趕忙上前給冷老夫人行禮。「岳母大人莫怪，夫人她一向將娘家看得重，就是心眼太直，不會說話，還請您老不要與她計較。」

大家又呱啦了幾句場面話，各自散去，回自己的院子。

第二日清早，安然照例去慈心院給冷老夫人請安，卻見一大早的幾乎所有人都在這兒了。誰教除了給冷老夫人請安的時間外，俞家的人都見不到安然——雖然這裡是冷府，守著靜好苑的侍衛們可不買他們的帳。

而冷弘文兄弟怕冷幼琴一家人又招事，特意來盯著，心想這俞老爺連夜趕來，肯定跟安然有關。

果然，安然給冷老夫人和冷弘文請安後，俞老爺就趕緊湊上去。「安然，我是妳姑父，這麼多年沒見，妳都長這麼大了。」

安然眼皮輕抬，福了一禮。「姑父好。」這是一個近五十歲的男人，一身暗紫色的袍子、發福的身材，典型的地主形象。

「好，好，安然啊，妳幫幫妳姑姑、姑父吧，我們俞家現在就剩這兩家香滿樓了，再救不起來，這一大家子人怎麼辦呀？」俞老爺一臉懇求地看著安然。

安然依然沒有一絲表情。「我已經說過了，賣給雙福樓的那些菜譜不可能再給別家酒樓，姑父要替我付那筆巨額的賠償金嗎？」

「這……安然哪，妳看，我們是自家人不是？這菜譜用在自家的酒樓，薛家也不好追究不是？」俞老爺依然不肯放棄。

「自家人？哼！」林姨娘嗤了一聲。「妹夫，前陣子你抱病在家不見人，我們家老爺只好向別人借了一筆銀子，這自家人的，你看看是不是先幫著還上。」

「我……咳咳……」俞老爺尷尬得老臉羞紅。

安然心中卻是一凜，對啊，冷府現在可是囊中羞澀，下一步要打她手上那幾間鋪子的主意了吧？別說在這孝大於天的古代，就算是在現代，她也不能夠對祖母、父親、兄弟姊妹不聞不問。雖然那些鋪子是她母親留下的嫁妝，可以不給他們，卻不能不管他們。

社會輿論總是同情當下的弱者，尤其是處於弱勢的長輩，即使有著眾所周知的前因。何況冷弘文剛剛「捐款賑災」，人家會以為他是因為慈善、捐出錢財才變窮的，畢竟一個知府明面上的俸祿並不是很多。

安然淺淺一笑。「如果真是自家的店吧，我倒可以再想一些沒有給過雙福樓的菜譜，但是……」

俞老爺和冷幼琴剛笑開的臉被「但是」兩個字打住了。

安然繼續道：「我可以給出三十道新菜譜，每月一道，偶爾還能給你們出幾個點子，但香滿樓要分出四成給我父親。這樣才能算是我自家的店，跟薛家也才好說得過去。至於具體怎麼操作，你們跟我父親談。」

冷弘文聽得心花怒放，感覺百般熨貼啊，差點沒有老淚縱橫，畢竟是自己的親生女兒不是？再怎麼記恨，這心還是向著自己的。

俞慕雪先怒了。「憑幾道菜譜，就要我們酒樓的四成，想得真美！」

安然淺笑依舊。「你們可以不接受，我們不勉強的，是吧，父親？」

冷弘文和藹地笑著，愛惜地輕輕拍了拍安然的肩，轉向俞家幾人時卻是一臉冷傲。「當然，我們不勉強，若不是然兒心善，想幫幫你們俞家，我還真是看不上你們香滿樓呢。」

俞老爺的嘴蠕動了半天，好不容易才吐出話來。「這四成，真是太多了。兩成吧？我們的香滿樓可是開了二十年了，而且資金和人力可都是我們俞家的。」

「呵呵，」安然輕笑。「現在的香滿樓，哪裡還有當年的名聲？而且有雙福樓在的地方，你們要爭一流的高檔客人是爭不過的，如果你們把目標客人轉向二流的、中高層的客人，倒是還有多發展幾家的可能。我可以給出食材成本低、做法獨特的菜式，可以讓客人覺得酒樓高貴但不貴，資金和人都容易解決，而我的菜式才是吸引客人的支柱，如果找別家酒樓合作，我一定會要五成的。你們慢慢考慮吧，願意的話就跟我父親去談。說起來，這些年，你們可是沾了我父親不少光呢。」

「然姊兒，我是妳親姑姑，我們俞府一大家子呢！」冷幼琴一臉抱怨。

安然藉著喝茶，沒看她，淡淡地回道：「您是我姑姑，所以我才沒要五成。您也知道，我父親現在缺錢，冷府需要用錢的地方也多著呢。」

「哼，妳不是有妳娘留給妳的那麼多店鋪嗎？」俞慕雪冷哼。

「妳也說了，那是我娘留下的嫁妝，用來貼補家用的話，我父親在朝為官可不被人笑話？對了，姑姑頭上這支釵，泉表姊手上的鐲子，還有表妹妳的這對耳璫，也都是我娘的嫁妝呢。你們俞家也占了我娘不少便宜不是？」昨天劉嬤嬤看見這些東西可是嘀咕了半天。

「妳……妳……妳……」冷幼琴母女三人滿面通紅，似乎馬上就要窒息過去。

「行了，不要妳妳妳了，你們自己考慮，願意就找我談契約，不願意就回平縣去吧。」冷弘文心裡煩躁，很不耐煩地對冷幼琴喝道。這個女兒，先堵住了他的嘴啊，不過現在有大將軍王府盯著，還真是不好打那些嫁妝的主意，不如想辦法先得到這香滿樓的四成利潤，至少，安然在這一塊願意出力幫他不是？

安然也不管眾人多彩的臉色和心思，站了起來。「父親，我要回靜好苑了，小王爺和小郡主還等我一起用早餐呢。」

冷弘文現在對著安然的時候總是笑得一派慈愛。「嗯，去吧，照顧好小王爺和小郡主，需要什麼跟父親說。」

安然點頭應下，帶著舒安和舒敏走了。

冷幼琴只好再次求助冷老夫人。「娘，這幾年俞家的產業越來越少，鋪子也就指著這兩家香滿樓了。」

冷老夫人這兩日已經被嚇得心悸，更清楚兩個兒子一大早盯在這裡是為了什麼，大長公主府的人就住在府裡呢。只能長嘆一聲，擺了擺手，讓青豆和紅豆扶著自己進去臥房了，眼不見為淨。

冷弘文冷冷地看著冷幼琴。「你們回去吧，以後不要再來冷府了，放心，我不會再找你們俞家借錢，也對你們的香滿樓沒有興趣。只請妳看在冷府畢竟是妳娘家的分上，以後不要再來慫恿娘對然兒做什麼，我們冷府真有個三長兩短，你們俞家也脫不了干係。」

「是啊，妹妹，昨天和今天兩天，你們一家人就幾次差點惹出大禍，你們還是回平縣去吧。真惹出了什麼，大家都躲不過。」如今對冷弘宇來說，這個妹妹和外甥女就像是吸引禍害的源頭，不知什麼時候就會招出禍事。

這是要斷了來往？俞家五人駭住了。冷幼琴張嘴想說什麼，被俞慕泉拉住。

俞老爺趕緊陪上笑臉。「別，別呀，兩位舅爺可別生氣，這女人就是嘴快，無論如何都是自家兄妹不是？大舅爺，我們這就去書房談合約的事，你可別跟你妹子計較，她就是見識少眼皮子淺。」

俞慕泉也笑道：「兩位舅舅放心，我會看著我娘和妹妹，她們不會再亂說話了。」

冷弘文冷哼了一聲，不置可否，帶著俞老爺去了書房。

此時，安然也在靜好苑的廳房內見了兩個莊子上的大管事，昌大管事和水莊頭。因為外祖父夏老將軍跟安然談起二人時稱為阿昌和阿水，安然就稱呼他們做昌伯和水伯。

昨天二人已經將帳本和帶來的莊子上自產的蔬菜、野味，和一大桶活魚送進了靜好苑。當然，安然讓劉嬤嬤安排分了一些送去大廚房，莊上送來的鮮果，各院也都分送了一些。

昌伯和水伯都曾經是老將軍的護衛親兵，又感念夏芷雲對他們一家的照顧和信任，在這過去的五年多時間裡一刻都不敢背義，這點安然從昨天送來的帳冊、銀票數目還有莊規上都可以看出來。

安然前世就一直都是在城裡生活的，對於農事一竅不通，這兩個莊子都是肥田，其中一個莊子還有一片山林，產出一直很不錯，兩位大管事又管理得好，安然就不想多插手了。術業有專攻，她又何必瞎指揮？純粹只會幫倒忙。

安然將老將軍帶的禮物給了昌伯和水伯，又照著店鋪的前例把莊子上五年得利的百分之一給了他們作為獎金，兩個近五十歲的老男人激動得直抹眼淚。老將軍惦記著他們，小主子又信任他們，還給予這麼好的待遇，能不激動嗎？對他們這樣的人來說，有一種信念比銀子更重要，那就是——士為知己者死。

昌伯抬手用袖子擦眼淚，突然「啊呀」一聲，從袖袋裡掏出三個小紙包。「看我這記性，差點把這些東西給忘了。上次聽夏青說小姐喜歡買番邦的東西，還說能做菜，今天我在路上正巧碰見一個番人，他只會說幾句漢話，其他嘰哩咕嚕的我也聽不懂。好像是第一次來大昱，跟人走散了，要把這幾包東西賣給我，我比劃著問他這是不是能吃的，他點頭，我看他也可憐，就給買下來了，小姐看看得不得用？」

安然打開一個紙包，不是調料，似乎是什麼種子，聞了聞沒有特別的味道，倒是包種子的紙上印了很多字，竟然是英文。

安然把種子倒在自己的帕子裡，展開那張紙看上面的內容——

天哪，竟然是番茄的催芽、育苗、種植方法，難道那些種子是番茄種子？

安然狂喜，趕忙把另外兩個紙包打開，其中一包看著像葡萄籽，紙包上印的內容果然是葡萄的種植方法，另一包是石榴種子。

安然樂得大眼睛笑得彎彎的。「昌伯，你可撿到寶了，等這幾樣東西種得了，我們可要發一筆大財嘍。」

昌伯、水伯二人眼睛亮亮地盯著那三包種子看。「小姐，這些是種子？長出來的東西很好吃嗎？可我們都沒人見過，不會種啊！」

安然呵呵笑道：「你們放心，我會把它們的催芽、種植方法和注意事項寫出來，你們找一個可靠的人負責，把試種的地方圈起來，以免洩漏出去。昌伯，你那個莊子上有山林，更容易找一個隱蔽的山凹來種植，你們莊子就負責這兩樣，葡萄和石榴；水伯，你們莊子負責這個番茄。」

昌伯二人趕忙應下，心裡感慨他們小姐懂的東西可真多，連那鬼畫符似的番文都能看懂。

第三十八章 爆

回到冷府的第五天，一早去向冷老夫人請安時，安然跟冷弘文說今天要帶瑾兒和瑜兒出門，去義弟夏君然府上。

自從冷幼琴一家跟冷弘文簽了合作契約，帶著冷弘文特派的一個帳房先生、一個二掌櫃，以及冷安然首月給的三道菜譜、一個「韓式泡菜」方子、一個「越早越便宜」的促銷計劃回平縣後，冷安然早上到慈心院請安就清靜多了。

冷弘文現在對安然可謂百依百順，何況那個什麼夏君然是大長公主的義孫，他們來往也很正常，就非常爽快地答應了。不過他也不可能不答應啊，小王爺和小郡主要義姊帶著去探望義兄，他能攔住嗎？

冷弘宇掙扎了很久，才狀似不經意地問道：「安然，聽說妳那個義弟長得跟妳一模一樣，真的嗎？妳嬸嬸可好奇了，什麼時候也讓他來府裡玩玩？」

正要進門的林雨蘭猛然頓住了腳。

安然笑笑。「二叔從哪兒聽來的？一男一女怎麼會一模一樣？如果我是男孩，或者君然是女孩，我倆才是一模一樣。」雖然是玩笑話，卻是等於默認了自己和君然長得很像。

君然下個月就會進薈華堂進學，到時候不得不曝光於人前，聽說冷安松年前也剛進了薈華堂。

大昱最出名的書院有三間，京城的清暉書院、福城的薈華堂，以及湘州的博雅苑，都是需要帶著推薦函、經過考試才能進的。謝言博大學士很看好君然，本來是要推薦他進清暉書院，謝大學士自己就在清暉書院任「博講」，相當於現代的客座教授。但是君然堅持要與安然一起回福城，謝大學士從夏燁林處知道君然的真實身世，倒是很欣賞這一份姊弟親情，也沒強求。他相信以君然的天賦和努力，很快就能在京城再見到他。

冷弘文也勾起了興致，笑著隨口湊上一句。「一模一樣？雙胞胎也很少一模一樣的，說起來妳娘當年懷妳的時候，也有郎中說是雙胞胎的。」

話音未落，就聽到「砰」的一聲，門旁邊的架子倒了，架上的花瓶摔碎，瓶裡的水、瓷碎片、花瓣……一片凌亂，滿地狼藉。原來是林雨蘭虛晃了一下，不小心把手撐到架子上，結果把架子推倒了，自己幸好被錦秀拉住才沒摔下去。

冷弘宇意味深長地看著林雨蘭，心底的問號不斷變大，變得越來越清晰，卻令他越來越恐慌，要不要同大哥談談呢，還是繼續暗中查探？

冷弘文則是不耐煩地瞪了林雨蘭一眼，這個女人真是越來越離譜，現在連基本的儀態都失了，平地上走路也會走成這麼狼狽？

安然心裡冷笑，面上依然平靜地告退出去。

冷弘文對著林雨蘭哼了一聲，一甩袖子，也出門上府衙去。

這一插曲並沒有影響安然的心情，早餐過後，她就帶著瑾兒一行坐上馬車往夏府而去，車行至半途，突然停了下來。

舒安打開車簾，只見一個王府侍衛提著兩個人丟到車前。「安然小姐，這兩個人鬼鬼祟祟跟了我們一路。」

劉嬤嬤也從後面一輛車上下來，看了那兩人一眼，對安然說道：「一個是丁嬤嬤的兒子，另一個是大管家和菊香的兒子，都是林姨娘的人。」

安然揚了揚眉，對那個侍衛說：「你把這兩個人送到知府衙門，交給我父親處置吧，就說擔心他們行為不軌，危及小王爺和小郡主的安全。」

侍衛拎著那兩人領命而去。安然在舒安耳邊小聲說了幾句，舒安點頭下車，走入旁觀人群，很快就消失了。

安然等人繼續前行，約莫又行了一刻鐘左右就到了。

這還是安然第一次到這個宅子，看到大門上「夏府」兩個字時，心裡就生起一種寧靜親切的感覺。這裡才是她的家，有那個冷府給不了她的歸屬感。

來開門的是黃伯，安然笑咪咪地問了他和黃嬸的身體狀況。剛進門沒走幾步，倏地從裡面闖出三隻大狼狗，正是小雪、大猛和嬌嬌。瑾兒和瑜兒嚇了一大跳，都躲到安然身後。

三、四個月沒見，三個小傢伙已經長成大傢伙了，竟然還認得出安然，都靠在她腿邊撒嬌呢。安然依次撫摸了牠們的腦袋、揉捏了一下脖子，三個小傢伙才心滿意足地站起來，朝著安然身後一眾人搖了搖尾巴，吠了幾聲，可愛得不得了。

安然轉身笑道：「牠們仨在對你們表示歡迎呢。」

瑾兒又興奮又害怕地指著三隻狗狗問安然。「大姊姊，我能摸摸牠們嗎？」

安然牽著瑾兒的小手放在小雪的脖子上，瑾兒見小雪沒有咬他，還把腦袋往他手上湊，開心地格格笑得歡實。

此時君然、福生、何管家等人也迎出來了，君然看見瑜兒羨慕地看著瑾兒和小雪，也把大猛和嬌嬌招到身邊，牽著瑜兒的小手去撫摸牠們的腦袋。

等兩個小姐弟玩開心了，眾人這才齊齊跪下向小王爺和小郡主行禮。瑾兒小大人似地說道：「這裡是哥哥和大姊姊的家，就是我的家，你們不用跪了。」

瑜兒也嫣然笑道：「正是，你們怎麼對哥哥姊姊的，就怎麼對我們好了。」

眾人齊聲應下。

大家一起向內行去，邊走邊看，何管家則一路為安然介紹整座宅院的結構。

這是一座兩進的大院子，狹長的外院就有兩個廳房和大大小小二十多間屋子，內院則由四個對稱排列的正院和東西兩個小跨院組成，安然、君然、福生各一個正院，還有一個作為備用客院。在這四個正院之間，還有一個花園。

「這裡的花園比平縣府裡那個花園大一些，也裝了秋千架，還有一個荷花池，只是現在花都還沒開呢。」君然笑道，他從在平縣開始養成的習慣，早上晨練後就在花園裡讀一會兒書，誦記效果特別好。
瑾兒和瑜兒一聽到秋千就很好奇，安然讓小端和小諾幾個帶著他們倆一起去花園玩，三隻狼狗也帶去了。當然，青鴻四婢自然不會離了兩位小主子。
君然也跟許先生去了書房，還要準備進薈華堂的考試。
繞著整個宅院轉了一圈，安然很是滿意，多了一座豪宅欸，還是大城市中的豪宅，自己也算是個有豪宅、有旺鋪、有肥田、有大筆積蓄的小富婆了吧，呵呵，這可是前世的她作夢都夢不到的景象。
眾人回到外院的廳房，何管家開始彙報這幾個月的情況和人員的安排。美麗花園已經完全打開了市場，現在孫掌櫃正在京城籌備新店，福城和平縣的兩家店則由福生負責，何管家主要張羅兩個府裡的事情。
安然對何管家做事很是放心，當下也沒多問，說了一下以後的方向和近期內的安排，就讓大家各自忙碌去了。
福生和何管家留下，安然同他們說了一下自己和君然目前的狀況，以及同大將軍王府、大長公主的關係，還有「康福來藥膳閣」和「紅紅火火」的事，讓他們心裡有底，以後都會參與相關工作。
安然笑道：「何管家，你留意一下，如果有合適的田產，我們也可以多添置一些。」現在安然手上攏共有近五十萬兩銀票，白白放在那裡也是浪費，還是要添一些生息的產業。

「好咧，小姐，我會關注的。」何管家興奮地答道。想他們一家到小姐身邊還不到一年，妻子的身體越來越好，一家人的日子越過越好，夏府也越來越興旺，這是之前幾乎要面對妻喪家散的他所不敢想像的。小姐就是個福星，他相信，跟著小姐，他們家即使三代都脫不了奴籍，也能過得很好。

此時，知府衙門裡，那兩個跟蹤安然等人被逮住的小廝正跪在後院瑟瑟發抖、冷汗直流。內堂，冷弘文兄弟二人在密談。

冷弘宇來跟大哥談祠堂的事，結果他前腳才進府衙，後腳那兩人就被侍衛提溜來了。侍衛只說這兩個人跟蹤小王爺的車隊，危及小王爺、小郡主的安全，請知府大人審問過後給大長公主府一個交代。

涉嫌危害王爺、郡主？這個帽子太大了，不說那兩小子嚇得差點沒尿褲子，就是冷弘文兄弟倆，也捏了一把冷汗，因為這兩人都招出是奉夫人，也就是林雨蘭的命令跟蹤安然等人的。

那個大管家的兒子木兒才十三歲，還是個孩子，禁不起嚇，兩下半就全都說了出來。

「夫人讓我們跟著二小姐他們，看看二小姐的那個義弟是不是真的跟二小姐長得很像，我們什麼也沒做啊！」

「是啊是啊，老爺饒命，奴才二人真的只是奉命看那夏公子的相貌和年齡，給奴才一百個膽子也不敢危害王爺和郡主，請老爺救救奴才啊。」丁嬤嬤的小兒子今年已經十七了，相對更鎮定一些。

冷弘宇皺了皺眉，把冷弘文拉到內堂。「大哥，你有沒有覺得大嫂不對勁？」

冷弘文撇嘴。「她就是跟二丫頭過不去，眼皮子淺的東西。」

「不是的，大哥，有很多人在大長公主的認親宴上親眼見到過安然和那個夏君然，真是長得非常的像，聽說他們還是同齡。大哥，世上真有這樣的巧合嗎？我回來那天提到夏君然，大嫂的杯子就摔了，今天早上還摔了花瓶，現在又讓人去偷看夏君然的外貌和年齡。大哥，你一點都不覺得奇怪嗎？還有一件奇異的事，秀瑤記得當年給冷府接生的一直是一個叫花娘子的穩婆，而我前幾日暗中查了一下，那個穩婆在安然出生那晚，家裡突然起火，全家都被燒死了……」冷弘宇一口氣把自己憋了許多天的疑慮都倒了出來。

冷弘文一屁股摔在身後的椅子上。「你……你是什麼意思？不……不會吧？」他猛然想起府裡之前確實一直是用同一個穩婆，後來突然換了一個，林雨蘭說之前那個穩婆找不到人，也許回鄉去了，現在想想，好像夏芷雲生安然的時候確實還是那個穩婆。

冷弘宇嘆道：「大哥，之前我也不敢這樣想，可是幾次提到夏君然，大嫂的表現都太奇怪了。而且你沒想過嗎？那個夏君然那麼剛好也姓夏？還是後來改的？安然，君然？連名字都如此相似。如果姓名都是後來改的，那他之前的姓名呢？他家人呢？可以允許他連姓名都擅自改了嗎？」

「這……這……」冷弘文被自己弟弟的問題和大膽的想法嚇到了。

「大哥，你還是好好查查吧，如果真如我所想，你……唉！而且當年嫂子確實說過有大夫說她懷的是雙胞胎。」冷弘宇一番分析下來，更加覺得自己的推斷大有可能。

「如、如果真如你所想，他們倆又是怎麼知道的？連雲兒都不知道，又是誰告訴然兒的？你……你不是說那個穩婆全家都死了嗎？」冷弘文擰緊了眉頭。

「大哥，我也只是把所有疑點串起來分析，但我真的回答不了你的問題。對了，那個穩婆村裡的一個人好像說了一句——那個穩婆家四口人，卻只有三具燒焦的屍體，有一個肯定是燒成灰了，真可憐。」說到這裡，冷弘宇好似想到什麼，突然從椅子上跳了起來。「大哥，會不會……有一個人根本不在那起火的屋子裡？」

冷弘文心下一沈。「你回去，讓弟妹找個藉口把菊香找去，然後偷偷帶過來，不要驚動娘和雨蘭。」

冷弘宇應下，轉身離去。

屋頂上，舒安一個縱身，也離去了。

不到半個時辰，兩頂不起眼的小轎從後門進了知府府衙。冷弘宇下了轎，看了一眼從另一頂轎子上下來的菊香。「進去吧，我大哥在裡面等著呢。」

菊香哆嗦著腿腳，跟在冷弘宇後面。「二老爺，木兒不會有事吧？他還那麼小，膽子也小，絕對不敢做什麼危害小王爺的事。」

冷弘文的貼身長隨冷貴守在門口，見二人過來，開了門讓他們進去。

一進內堂，菊香看到緊繃著一張冷臉的冷弘文，就嚇得跪了下來。「老爺，老爺，求求您，您救救木兒，他沒膽子幹什麼危害王爺郡主的事，一定是誤會了！老爺，求求您，救救木兒！」

「他被人家大長公主府的侍衛當街抓著，誤會？妳朝誰說去？要是說不清楚，我只好把他交給大長公主的人，讓他們處置了。」冷弘文冷冷地看著她。

「不是，不是的，我知道，是夫人讓木兒跟蹤二小姐的，他們只是要看看那夏公子的相貌，沒有其他意圖。老爺，您一定要救救木兒啊！」菊香只覺得自己全身都在打抖。交給大長公主的人，以謀害王爺郡主安危的嫌疑處置，那還不是死路一條？她生了兩個女兒才有這麼一個寶貝兒子，他才十三歲啊！

「啪」地一聲，冷弘文把墊茶杯的木墊子摔在菊香面前。「夫人又不認識夏公子，她為什麼要關注人家的相貌，而且那夏公子是二小姐的義弟，早晚都會上我們府裡拜訪，有必要那麼好奇嗎？明明是妳那兒子受了什麼人唆使欲危害小王爺小郡主，妳還在這裡一派胡言，胡亂牽扯上夫人！罷了罷了，我還是先處死了木兒，再送去給大長公主一個交代，免得到時候你們又胡亂攀咬。」

「不要啊，老爺，真的是夫人安排的啊，夫人擔心那夏君然就是當年小姐生下的親生兒子。」菊香大急，脫口而出。

冷弘文一怔，只覺得心臟猛烈地撞擊，耳邊也轟轟作響，暴喝道：「還在胡說，雲兒總共只有安然一個女兒，哪裡生過什麼兒子?!」

菊香就像一灘爛泥伏在地上。「真的！是真的啊！小姐當年生下的是一對龍鳳胎，不過那小少爺一出生就讓花娘子抱出去溺死了。」菊香嚎啕大哭。報應！一定是報應！她當年害死小姐的兒子，現在她自己的兒子也要沒命了。

冷弘文就像被人當頭狠狠敲了一棍，癱軟在椅子上，半天沒有反應。

冷弘宇雖然事先有所猜測，但乍然聽到真相還是無比震驚。「既然溺死了，為什麼大嫂又擔心夏君然就是那個孩子呢？」

「當年是那個花娘子把少爺抱走的，我們誰也沒跟著，夫人擔心，花娘子是不是沒有溺死少爺而是賣到哪兒去了，否則天下哪有那麼相像的人，還正好差不多大，所以才讓木兒他們偷偷去看那夏君然的相貌。」菊香呆呆地回應。

「菊香，妳是嫂子的陪嫁丫鬟，妳怎麼能夠害死嫂子的孩子？」冷弘宇冷聲問道。

「當……當年，我……我與木兒他爹有……有了大妞，被……被夫人發現了，她……她說只要我幫她做……做了這事，就……就讓老爺把……把我許配給木兒他爹。」菊香的聲音都在發抖，是啊，是她對不起小姐，所以現在遭到報應了，一定是小姐在天有靈，找她報仇來了。

冷弘文的腦袋一直嗡嗡作響，那些年他對夏芷雲的心結，除了她沒有為他去求父兄之外，就是沒能給他生下一個嫡子。現在卻突然得知他的嫡子一出生就被他的表妹姨娘給害死了，這個姨娘，現在是他的妻子。

這件事若是爆出去，他如何面對別人的目光？嫡妻嫁妝充入公中、嫡女遭苛待的傳言已經對他的仕途不利，如果再傳出嫡子被害？不，絕對不可以！

「妳先回去吧，記住，以後不許再提此事，給我緊緊閉上妳的嘴，關於這件事，不許再向任何人透露一個字。」冷弘文狠狠地看向菊香。「否則，別說木兒，妳一家人都不要想有活命的機會。」

「砰」地一聲，門被推開了，一男一女幾乎長得一模一樣的兩個人站在門口，那個女孩，正是他的女兒安然。

冷弘文、冷弘宇都看呆了，除了那個男孩子更高大一些，氣質陽剛俊朗，而安然看著嬌柔清雅之外，這兩人簡直像一個模子裡刻出來的。而且，兩人的眼睛和額頭都像冷弘文，偏偏兩人今天這麼默契地又穿著安然設計的天青色姊弟裝，真是……

說他們沒有血緣關係，只是義姊義弟，誰信？

第三十九章　選擇

菊香看到面前一雙酷似夏芷雲的姊弟，轉身朝著他們就不停地磕頭求饒。「二小姐、少爺，你們饒了我，饒了木兒，求求你們。」

安然冷冷地看著她，嘴角揚起一絲譏諷。「菊香，妳背叛我娘，謀殺我弟弟，我說饒了妳，妳信嗎？妳認為我外祖父外祖母會放過妳嗎？我三個舅舅會放過妳嗎？我娘在天有靈，會放過妳嗎？」

菊香身體一僵，繼而什麼也說不出來，只是不停地磕頭……

在平勇的帶領下剛剛趕過來的夏青、夏春看到這一幕，還有什麼不明白的？夏青拉起菊香就是一巴掌。

「夫人是如何待妳的？大將軍王府又是如何待我們一家的？妳竟敢做出如此叛主、弒主的事？妳的良心被狗吃了嗎？」

冷安然看向一直盯著君然看的冷弘文。「父親，菊香是大將軍王府的家生奴才，現在外祖母要把她帶到京城大將軍王府問審，夏青、夏春是來帶走她的，父親沒有意見吧？」

「不行，菊香現在是我們冷府的奴才，誰也不能帶走她！」門口傳來林雨蘭的聲音，丁嬤嬤和容嬤嬤攙著冷老夫人跟在後面。

「木兒和栓子只是好奇，跟著二丫頭他們而已，憑什麼說他們謀害小王爺、小郡主？管家和丁嬤嬤一直對我們冷府忠心耿耿，老爺您可一定要救……」林雨蘭最後幾個字還沒說完，就像遭雷擊一樣定格了，她看到了安然身邊的那個少年。

「你……你是誰？」林雨蘭面色蒼白，喃喃問道。

冷老夫人這才看到君然，也呆了一下，隨即驚嘆。「呀，這就是二丫頭那位義弟吧？長得還真是像！我們竹兒和蘭兒是雙胞胎都沒有這麼像。」

君然面對自己的親祖母和父親，還有那個害自己一出生就離開親娘離開家、甚至差點死了的仇人林姨娘，竟然相當平靜。當他知道他們如何對待安然的時候，就已經對他們不抱希望了，剛才在門口聽見冷弘文在知道當年真相後卻要菊香閉嘴不准再提此事的時候，更是徹底心涼。

他沒有理會冷老夫人和林姨娘，冷冷地看著冷弘文。「冷大人，我是冷二小姐的義弟夏君然，我們是來看您審問嫌犯的結果，以確保小王爺和小郡主的安全，也好給大長公主祖母一個交代。不想這麼巧，聽到冷大人的家事，呵呵，冷大人就決定這麼讓您的原配所出嫡子枉死嗎？那可是一個剛剛出生，還沒見過自己爹娘的嬰兒呢。」

冷弘文、冷弘宇看見君然說話時臉上的譏諷和冷笑，都不由自主地打了個寒顫，他們心裡都幾乎已經確定，這個一臉嘲諷的男孩就是他自己嘴裡那個枉死的嬰兒，是他們的親生兒子和親侄兒。

冷老夫人也聽見了君然的話。「什麼嬰兒？什麼枉死？你在說什麼啊？」

林雨蘭則跳了起來。「你胡亂咧咧什麼？什麼嬰兒？不要以為你長得和二丫頭像就亂認親，這世上長得像的人多得去了。」

「閉嘴！」冷弘文一巴掌將林雨蘭搧倒在地。

冷老夫人則越發迷惑。「什麼認親？夏公子不是認了二丫頭為義姊嗎？這跟什麼枉死的嬰兒有什麼關係？你們到底在說什麼啊？」

君然看都沒看他們，拉了一下安然的手。「姊，我們走吧，這裡的味道不好，臭烘烘的。」

夏青也拿出菊香的身契展示給冷弘文看。「冷大人，菊香可是大將軍王府的奴婢，恕奴才冒昧，今天是一定要帶走她去京城交差的。冷大人是朝廷命官，通熟律法，應該不會為難我們吧？」

冷弘文看著並排而立的安然姊弟。「然兒，夏……夏公子，我們到書房談談好嗎？」

君然撇了撇嘴。「不好，我與冷大人不熟，對你們冷府的家務事更沒有興趣，沒什麼好談的。」

安然對上冷弘文帶著點祈求的目光，扯了扯君然的袖子。「君兒，給姊姊一個面子，他畢竟是我的父親，你就當是陪著姊好了。」

君然這才不情願地點頭應下。

冷弘文看了冷弘宇一眼，冷弘宇了然，對他點了點頭。

冷弘文三人向後院最東邊的書房走去，舒安也跟了過去，守在門口。

舒敏則點了菊香的軟穴，自個兒拿了一張椅子坐在內堂門口守著，冷弘宇知道，要把菊香帶走是不可能的了。

書房內，冷弘文緊盯著君然。「你到底是誰？」因為君然是男孩子，所以那額頭和眼睛看起來就更像冷弘文自己了。「你和然兒是親姊弟，對不對？」

「冷大人真健忘，我剛剛已經說過，我是我姊的義弟。」君然嘲諷地瞥了冷弘文一眼。

「我姊的親弟弟不是讓您的姨娘給害死了嗎？您不去找您的姨娘為嫡親兒子報仇，反而來問我這樣的問題，太可笑了吧？」

「不，當年那個花娘子沒有溺死你，是不是？」冷弘文看見君然左耳垂上的那顆痣，更加確定他是自己的兒子，他自己的左耳垂上也有一顆痣，安然的痣是在右耳垂。冷弘文基本確定了自己的判斷，轉頭問安然。「然兒，妳說，是不是？」

「父親，您又何必糾結這個問題呢？您又不是沒有兒子？現在非要再認一個兒子，您怎麼跟世人解釋呢？還是，您準備為我弟弟討回公道，休了那林姨娘？」安然似笑非笑。

「妳——」冷弘文一聽這話就知道自己的判斷是對的，夏君然確實是安然的雙胞胎弟弟，自己的親生兒子。「混帳話！妳弟弟既然是我冷家的嫡子，怎麼能不認祖歸宗？妳這是在為妳弟弟考慮嗎？一個連父親都不認，沒有家族沒有祖宗的人，還有什麼前途？」

「有父親、有祖宗又怎樣，還不是一出娘胎就被害死？小命都沒有了，何談前途？」安然不屑地哼了一聲。「父親，您還沒回答我的問題呢，您準備休了那林姨娘，為我弟弟報仇嗎？」

「妳，休了雨蘭，這種事傳出去，我們冷家的臉面還要不要？再說安梅、安松他們也是你們的兄弟姊妹，妳就不為他們考慮一下？他們母親的事情傳出去，還被休棄，他們以後還怎麼做人？」冷弘文狠狠瞪著安然姊弟。「就這樣，君然是被那花娘子和菊香害的，她們就由我處置，給你們外祖父外祖母一個交代，今日起君然就認祖歸宗回冷家，關於這件事，以後誰也不要再提了。」

「嗤！」安然冷笑了一聲。「只怕父親難以如願，那花娘子去年已經死了，留下一份血書和林姨娘送給她的陪嫁釵子，現在東西都在我外祖父手裡。父親要不要看看那血書的內容？」安然說完從袖袋裡掏出一張紙，遞給冷弘文。「這是我照著那血書，一字不漏抄下來的，父親看看？」

冷弘文臉色死白，扶著身旁的椅子癱軟下去，手裡是安然塞過來的那張紙。他深深呼吸了兩下，直直盯著安然許久，才去看那紙上的內容，然後「噗」地吐出了一口血。「妳……你們，是一定要看冷家敗落嗎？你們一定要害安松他們四個抬不起頭嗎？」

到這時候了，知道了事情的全部真相，還只掛念著冷安松四人，把所有責任都推在安然姊弟身上，憤怒加上心寒，令君然全身都在打抖。他正要張口，被安然拉住了。

「父親，其實這事也很簡單，您就當作什麼都沒發生，什麼都不知道，繼續你們的夫妻恩愛、父子情深，不要來打擾君然，那麼我外祖父是不會把那些東西拿出來的，反正您有兩個好兒子，也不差這一個。」

冷弘文用惡狼一般的眼神狠狠地盯著安然，安然卻是毫無畏懼地冷然一笑。「至於君然的身分，外祖母請雲祥師太算過了，我娘因為沒有兒子心裡一直有遺憾，為了讓我娘在天之靈安心，君然將成為我娘的養子，隨母姓夏，獨立成戶，不入冷家。」

本來大將軍王府是想讓君然記在夏燁偉名下入夏家族譜的，但君然不想變成安然的表弟，他們可是一母同胞的親姊弟，他以後還要做安然可以依靠的娘家。

安然這個現代靈魂的宗族觀念本來就不強，只是覺得在古代家族的庇護很重要而已。但冷家並不是什麼大家族，而且在她看來，冷家不但不能給君然什麼庇護，就那些個極品家人，還指不定帶來什麼麻煩和拖累。何況，君然不是孤立一人，他有她這個姊姊，還有大將軍王府和大長公主兩大靠山。

因此，見到君然決心已定，安然也就不再勉強，甚至幫他一起說服外祖父和外祖母。

「不可以，君然是我的兒子，怎麼可以不入冷家？」冷弘文暴喝。「君然，難道你連自己的父親都不認嗎？」

君然冷哼一聲。「我從小就沒有父親，好幾次都差點死了，父親是什麼東西，對我來說，一點都不重要。冷大人，這世上不是所有的事情都能由著您的心意，就像我小時候跟著花娘子去要飯，她就告訴我，要填飽肚子，就要捨棄臉面。不挨餓和不丟臉，我只能選擇一樣。」

「你……你們……」冷弘文拚命忍著胸口翻滾上來的血腥味，用手強力按著自己的胸口大力喘氣，才沒有再吐出一口血來，或者就這樣暈死過去。

安然覺得差不多了，他要真暈死過去，他們姊弟也不好說話。她淡淡地說道：「父親心情不佳，我們就先告退了，菊香今天是必須要送去京城的。另外，三天之內，我們需要傳信給外祖父。」說完，安然拉著君然轉身出去了。

走到內堂，安然看向一臉問號的冷老夫人和冷弘宇。「老夫人、二叔，我要回君然的府裡接小王爺和小郡主，就先走了。」然後跟君然一起，頭也不回地走了。夏青、夏春也架著癱軟的菊香，跟了上去。

冷弘宇正要過去書房看一下他大哥，就見冷弘文慢慢走過來。那步子，彷彿雙腿被綁了巨石；那臉色，陰霾中透著陰狠；那眼眸，像染了血。

「回去吧……」冷弘文沙啞著聲音。「冷貴，去跟師爺交代一聲，我病了，先回府，有什麼事他看著處理，那木兒和栓子先押進大牢。」

冷老夫人張了張嘴，被冷弘宇拉住，朝她搖了搖頭。林雨蘭則是心裡有鬼，一聲都不敢吱。

一行人回到冷府，剛進了慈心院，冷弘文揮手對著林雨蘭就是一巴掌，未等她嚎哭出來，反手又是一巴掌，然後對著摔倒在地的林雨蘭，抬起右腳當胸踹了過去。

冷弘文是文官，手無縛雞之力，這麼三兩下折騰下來，自己也累到了，扶著椅背喘著粗氣，眼睛還像淬了毒一樣，發散出陰森森的光，惡狠狠地盯著林雨蘭。

在場之人都沒見過這個模樣的冷弘文，一個個自覺不寒而慄，冷老夫人的聲音也禁不住有些顫抖。「文兒，你這是怎麼了？雨蘭她做了什麼？是不是那二丫頭又說了什麼？」

冷弘文瞥了一眼容嬤嬤，容嬤嬤趕緊帶著所有丫鬟婆子退下。

冷弘文把安然給的那張紙甩在桌子上。「弘宇，你唸給娘聽，看看林雨蘭都做了什麼？」

那血書的內容本是花娘子寫給大將軍王說明當年真相的，從林雨蘭如何用她的女兒威脅她，如何許諾她，如何讓人放火害死她全家，到她如何帶著小男嬰逃跑四處流浪，以及林雨蘭一開始就知道夏芷雲懷的是雙胞胎並收買了葉大夫和菊香的事，都詳詳細細地列了出來，還提到有林雨蘭賞給她的嫁妝簪子為憑證。

冷老夫人驚呆了，無論她多麼不喜歡夏芷雲，可那男嬰是她的嫡孫子啊！「妳……妳……妳……」她指著林雨蘭，卻說不出來什麼。

她突然想到了安然身邊那個義弟夏君然，就算她再怎麼愚笨也回味出一點什麼來。「文兒，那個夏君然，就是那個被花娘子抱走的男嬰對不對？他是你的親生兒子對不對？」

冷弘文苦笑。「是又怎麼樣，人家根本就不想認，除非休了這個女人。」說完實在氣不過，又上前踢了林雨蘭兩腳。

林雨蘭也顧不上疼了，爬上前抱著冷弘文的腿，被踢開後又爬向老夫人。「娘，姑姑，不能休了我……我錯了、我錯了！不要休了我！」

冷老夫人看著髮髻散亂、涕淚交錯、全無半點形象的林雨蘭，又氣又憐。畢竟是她的親侄女，又是疼了這麼多年的媳婦，而且還有四個寶貝孫兒孫女。

老夫人嘆了口氣。「事情已經這樣了，還好那孩子也沒事，把這封信撕了，就這樣揭過去吧。雨蘭再怎麼錯，你也要為梅兒他們四個考慮啊，君然那孩子，還能真不認父？他也只是說說氣話罷了。」

冷弘文恨聲道：「撕了？這張只是二丫頭抄的，真正的血書和簪子都在大將軍王府呢，只要他們一捅出去，我們就全完了。」

「這……這……」冷老夫人也慌了，這要是傳出去，別說冷弘文的官還能不能做，就是冷家的那麼多孫兒孫女，都不要想談個好親事了。當然，不包括安然和君然兩個受害者，何況他們還有強大的靠山。

死定了……死定了！林雨蘭也被嚇到了，東西在大將軍王府，他們還能不為夏芷雲報仇？不為夏君然報仇？

「大哥，你要三思，夏家三爺可是經常在皇上面前走動，只要哪天隨口提到一個字，我們家……大哥，做了惡事的人，就要自己承擔責任，不能讓我們家這麼多人為她受過啊。」

冷弘宇真是恨不得一刀殺了林雨蘭，他們二房可是還有四個兒女呢，安和今年秋天就要下場考舉人了。

林雨蘭狠狠瞪了冷弘宇一眼，又撲向冷老夫人。「娘，您救救我，要是休了我，還不如殺了我！娘，姑姑，如果真休了我，我就死給你們看，我不會離開冷府的，死也要死在這裡。」

冷老夫人窒了一下，渾濁的眼睛再次看向冷弘文。「文兒，能不能再想想辦法？」可是語氣中明顯底氣不足。

「娘……」冷弘宇的眼裡有驚、有怒，還有不可思議。

在旁邊一直沒有吭聲的李氏，在冷老夫人面前跪下了。「娘，請讓我們二房分出去吧。」對著冷老夫人憤怒的眼神，李氏第一次沒有畏懼。「娘，我知道您一向不喜歡我，可是和兒他們四個也是您的親孫子孫女，您不能不為他們著想啊。」

「秀瑤妳……」冷弘宇驚愕地看了自己妻子一眼，隨即也似乎想明白了什麼，在李氏身旁跪了下去。「娘，大哥，讓我們分出去吧，我們什麼也不要，反正家裡的東西都是夏家嫂子的嫁妝。我們淨身出去，一樣奉養娘，大哥若有需要，我們也會盡力幫忙。大哥，我這也是為了幾個孩子啊！」

冷弘文渾身冰涼，跌坐在椅子上，整個人似乎一下子蒼老了十歲。

「你，你們……」冷老夫人也閉上了眼睛，如果只是李氏，她會破口大罵，可是兒子也……

更糟糕的是，他們的擔心都是明顯的事實，那四個，也是她的親孫兒啊。

林雨蘭這時才意識到自己的事情曝光會影響到她的四個兒女，冷安松馬上也要參加童生試了，冷安梅的親事本來齊家就不樂意……她，癱了。

氣氛，凝固……

過了很久，冷弘文終於開口。「娘，讓弘宇分出去吧，孩子們也都大了，而且弘宇一家都在京城呢，只要我們不去認君然，他們就不會再提這件事，至於林雨蘭，貶為姨娘吧。」

「大哥，君然可是你的嫡子！」

「文兒，君然是冷家的骨血。」

「老爺，我不要再做妾……」

「就這樣決定了，弘宇，明日就到府衙去戶籍主簿那兒簽了分家別籍文書吧。」冷弘文不再理會廳堂裡的幾人，一甩袖子，走了。

這是他目前最好的選擇，現在要是前事曝光，休了林雨蘭，對他和四個兒女都是災難，而且看君然那樣子，也不會同自己親近。罷了，罷了，就當從來不知道有這個兒子。君然從小跟著那花娘子四處流浪，估計大字都不識幾個，即使現在有大將軍王府和大長公主罩著，至多能多得些富貴罷了。

安松和安竹則不同，他們是在自己身邊長大的，而且資質非常好，尤其是冷安松，明年就要考童生了，要不了幾年一定能夠金榜題名、光宗耀祖。

至於把林雨蘭貶為姨娘，一是他難忍心中憤怒，這個女人竟敢謀害他的嫡子，還有把他放在眼裡嗎？二來，他也算是留個後路，萬一有一天這事曝光，主謀是個妾或主謀是個正妻，差別大了。

對安松四個來說，庶子庶女總比母親被指控謀害嫡子和被休棄好多了，萬一以後事情曝光，希望他們已經成家立業了。對於大將軍王府的誠信，冷弘文還是相信的，只要如他們的意讓君然獨立門戶，這件事應該就會揭過去了，否則夏家自己也不好自圓其說。

當天傍晚，安然一回到冷府，就被請去了冷弘文的書房，出來的時候臉上洋溢著勝利的笑容。冷弘文的選擇在她的意料之中，但二房分家和林姨娘又從妻被貶做妾倒是她沒想到的。

大將軍王府的動作很快，正在福城巡察的御史大夫張大人受大長公主和大將軍王府的請託，作為孤兒「花醜醜」自願改名換姓成為夏芷雲養子夏君然的見證人，帶著文書上門請冷弘文正式簽名確認，文書簽訂的時間是去年的十二月。從此，夏君然可以光明正大地稱夏芷雲為母親，但跟冷家沒有關係。

冷弘宇一家也分了出去，因為他們二房長期住在京城，而且此次回來主要是冷老太爺三十年祭拜和修建祠堂的事，所以還是住在冷府裡。聽說李氏準備用自己的嫁妝銀子買一個小院子，一是冷安和備考方便，二是以後回福城可以住出去。

林姨娘又回到妾的身分，不過不是以前的貴妾，只是一般的良妾，還被冷弘文禁足半年，困在自己的院子裡。

冷弘文說了，以後李氏回京，管家權就交給現在最受寵的芬姨娘。芬姨娘是冷弘文一個上司寵妾的妹妹，而且，芬姨娘剛剛被診出有了身孕，這在冷弘文看來，就是一個霉運盡、好運來的徵兆，對這個未出世的孩子，也就多了一分期待。

而出乎安然的意料，無論是冷老夫人還是冷安梅幾個，都沒有因為林姨娘的事找她麻煩，想必是冷弘文跟他們談過其中的利害關係吧？或者是因為瑾兒、瑜兒還沒離開？

冷安然在花園裡，一邊想著這個問題，一邊看瑾兒和瑜兒盪秋千，小雪也興奮地搖著尾巴，衝瑾兒叫喚著，似乎在鼓勵「再高一點、再高一點」。因為瑾兒和瑜兒喜歡，安然才讓人在冷府的花園裡也裝了兩架秋千。

幾人正玩得高興，徐嬷嬷走過來，給安然一封信，是大長公主的飛鴿傳書。

大長公主派去阿依族的人，比預想中的順利，已經找到郭年瀚夫妻倆合葬的墳塋並將骸骨裝殮好。他們留下兩人在阿依族首領的幫助下處理阿茹一家的事以及為他們修建祠堂，其餘人護送骸骨回京城，現在已經出發了。大長公主安排了船，讓瑾兒、瑜兒這兩天就動身回京，以趕得及迎接他們父母的骸骨和參加骸骨下葬儀式。

本來安然和君然作為義子義女也是應該要去的，但大長公主考慮到他們姊弟剛重逢，這第一個清明節是一定要去夏芷雲墓前祭掃，以慰母親在天之靈，就決定等十一月郭年瀚生忌日快到的時候再接他們進京補上儀程。

因為安然一直在做瑾兒的思想工作，加上大長公主說了年底會接安然姊弟進京，瑾兒這次倒是乖乖地按照祖母的安排回京了，一點沒鬧騰。

第四十章 禍心

送走了瑾兒等人，安然又開始忙碌起來，除了原來的日常安排，她現在又增加了三項功課。一是跟著桂嬤嬤學習各種規矩、禮儀，二是學習桂嬤嬤最拿手的樂器古箏，安然前世學過幾年小提琴，雖然那時看的是五線譜和簡譜，而現在面對的是奇怪的減字譜，但是音樂的共通性讓安然學起古箏來還是很快上手，令桂嬤嬤簡直把她當天才來看待。

第三件事，就是整理前世的記憶。安然的記性一直很強，穿越到大昱後可能是得益於穿越女的金手指定律，簡直就是過目不忘，甚至前世看過的東西，只要有一點點印象，閉目努力回想一下，那些文字就像有人在暗中敲鍵盤打字一樣，一個個地在她腦海中顯現出來。

安然是無意中發現自己這項「特異功能」的，一天午休，她閉著眼睛躺著，突然想起前世曾在飛機上看過一期雜誌，用了大半的篇幅介紹滿漢全席，當時她這個吃貨還滿感興趣地瀏覽了一下，不過只挑了幾道覺得自己能夠嘗試的菜式細看兩眼。她想著，要是早知道自己有一天穿越到古代，當時把那些做法全背下來多好，自己不會做可以讓廚子做啊。

正當安然努力回憶的時候，神奇地發現那篇文章的內容開始出現在她腦海裡。大喜之下，她嘗試著回憶巨著《紅樓夢》的內容，結果那本書就像刻在她腦袋裡似地一個字一個字蹦出來。反覆試了幾次，安然發現，只要是她前世看過的文字，哪怕只是溜了一眼，只要她現在還有一絲絲印象，都能完完全全「回憶」起所有內容。

安然一直是個沒有安全感的人，她擔心哪時這個特異功能沒有了，或時間長了，她自己想不起來有哪些可以「回憶」的東西。於是，她一有時間就開始回憶，不管衣食住行，只要能用得上的，都先「回憶」起來記下再說。當然，安然是用英文記錄的，用鵝毛筆寫的小字，然後把紙裁成書本大小，裝訂成冊，記滿一本就放回夏府自己臥房內的暗格裡。

安然忙得不亦樂乎，除了每天固定去向冷老夫人和冷弘文請安以外，也沒有時間去關注那些個所謂家人，可是這並不意味著那些人也肯「忘記」她。

自從知道安然開始跟著桂嬤嬤學習，冷安梅就纏著冷老夫人讓她和安蘭同安然一起分享桂嬤嬤這個從太后宮裡出來的教養嬤嬤，心想經過這一層「鍍金」，不但在人前更有面子，將來嫁到齊家去，齊家也會更高看她一眼。

不料桂嬤嬤一點沒有給冷老夫人面子，當著冷弘文的面，兩句話就擋了回來。「朝廷有令，正四品以下官員的女兒，是不能聘用七品以上宮嬤為教導嬤嬤的，正三品以上府邸，才能聘用六品以上宮嬤。安然小姐是大長公主正式設宴收認的義孫女，大將軍王府的嫡親外孫女，太后娘娘才特別將我恩賜給安然小姐，不在此例。冷大人，奴婢沒有妄言吧？恕奴婢放肆，冷大人現在應該是正五品沒錯吧？」

難堪至極的冷弘文將害他丟了顏面的冷安梅怒罵了一頓，還丟下一句。「不許再慫恿妳祖母找然兒的麻煩！」

羞惱交加的冷安梅氣呼呼地跑到林姨娘的院子裡歇斯底里地摔東西，冷安蘭都被她的樣子嚇到，躲在林姨娘的身後。

直到冷安梅自己摔累了，坐在椅子上喘氣，林姨娘才問冷安蘭。「出了什麼事？是那賤丫頭不肯讓妳們一起跟著宮嬤學習嗎？」

冷安蘭翻了個白眼。「二姊姊倒是沒反對，那個什麼桂嬤嬤太拿自己當回事了，不就是個宮裡出來的奴才嗎？說什麼爹是五品官，我們沒資格讓她那個六品宮嬤教導。」

冷安梅突然直直地看向林姨娘。「娘，您到底做了什麼？爹把您禁足也就算了，還貶妻為妾，害我們又從嫡出變回庶出。爹還說如果不這樣做我們會被您牽連得更慘，您說啊，您到底做了什麼？」

「閉嘴！」林姨娘受不了自己親生女兒質問的口氣，厲聲喝道：「我無論做什麼，還不都是為了你們四個？害你們變成庶女的是冷安然那個小賤人，總有一天我……」話還沒說完，就見錦秀急急走了進來。

「姨娘，親家老太太和大舅太太來了，好像有什麼急事。」

緊跟著林雨蘭就聽見她娘的哭聲。「雨兒啊，快救救英俊，救救妳的侄兒啊！」林雨蘭的大嫂包氏攙著林老太太進了屋。

冷安梅一見這外祖家的人就煩。「大舅母，這英俊表哥是不是又去賭了？妳們又想向我娘要多少銀子啊？我娘現在沒管家，還在禁足呢，可幫不了妳們。」

包氏一怔，尷尬笑道：「梅兒這話說的，妳娘是正經知府夫人，她不管家誰管家？」說著說著突然想起剛剛一路上聽到幾個丫鬟在說什麼「林姨娘」、「禁足」之類的話，大急。「妹子，怎麼回事，妳不是已經扶正多年了？為什麼有丫鬟還在說什麼林姨娘？是不是妹夫又納了一個姓林的姨娘？」

林老太太一聽，也急了。「弘文他又納妾了？真是糟蹋銀子啊，養這些卑賤女人。雨兒，妳可得把家財攥緊了。對了，先拿三千兩出來救英俊，要不那些人就要割他耳朵了。那些喪天良的，說是三天不還上銀子，就要割耳朵、割鼻子、切手指，我可憐的俊兒啊！」

冷安蘭一拍桌子，指著包氏罵道：「三千兩？妳們當我家是開錢莊的，隨時想要就來取？都是妳們這些人三天兩頭來要銀子，又老是在外面惹事，我爹才會惱了我娘，一點事就把我娘貶成姨娘了，妳們害得我們還不夠？還敢再來要銀子？」

林雨蘭拽住安蘭。「怎麼說話的？沒大沒小。梅兒，妳帶蘭兒回院子去，我跟妳外祖母和大舅母說說話。」

冷安梅梗著脖子說道：「娘，您千萬別再惹著爹了。」說完對著林老太太和包氏冷哼一聲，拽著冷安蘭走了。

林老太太和包氏都愣住了，林雨蘭又變成妾了？他們林家怎麼辦？

「雨兒，這怎麼可能？」林老太太拉著林雨蘭的手。「妳姑姑呢？她怎麼會讓妳做妾？妳可是她的親侄女啊。」

「如果不是姑姑，我已經被休了。」林雨蘭心再壞，對冷老夫人還是感激的。

「怎麼會這樣？妳做了什麼事？怎麼會被休？妳搞什麼啊？那妳現在還有銀子嗎？妹夫沒有都搜走吧？」包氏尖叫起來。

林雨蘭示意丁嬤嬤和錦秀帶著丫鬟婆子們退下，這才壓低聲音說道：「花娘子沒有被火燒死，她帶著那個賤種跑了，還寫了什麼血書，血書現在在大將軍王府，還有我給花娘子的嫁妝簪子。」

「什麼花娘子？不是……啊……是當年那個穩婆？不會吧？這可怎麼辦？」林老太太醒悟過來，一時嚇得手腳發軟。

包氏也嚇得一張大餅臉發白。「大將軍王府都知道了？這……這可怎麼辦？快、快把那個什麼菊香處理了，妳就一口咬定什麼都不知道，那個花娘子是自己想偷男嬰，現在又來誣陷妳，對，就死咬著什麼都不知道。」

林雨蘭苦笑。「菊香已經被帶走，送去京城了，連葉大夫都不見了。不過妳們也不用太擔心，姑姑說夏家的目的是那個夏君然要跟冷家撇清關係，不入冷家而已。只要冷家不去找那夏君然的麻煩，夏家就不追究這事。」

「那就好，那就好。夏君然？就是那個男嬰？他不回冷家不是更好，所有的東西都是松兒和竹兒的。」林老太太慶幸地拍了拍胸口，這個夏家，太傻了吧？有毛病！

「哼，冷府現在有什麼？都賣光了。那兩個賤種現在可是大長公主的義孫、義孫女，要什麼沒有？才不在乎冷府這些破爛呢！」林雨蘭想想就怨恨老天不公平，憑什麼她的子女沒有這麼好的運氣？

「什麼？公主？皇家的人？哇……」包氏雙眼泛光。「妹子，妳上次可說了，要想辦法把那二丫頭給英俊，可別忘了啊。」一解除了危機感，包氏的心又活了，那冷安然可是個香餑餑啊，能賺錢，又有有權有勢的外祖父，現在又搭上皇家。

「哪有那麼容易？我現在被禁足，六個月都不能出這院子，老爺他現在又寵著那狐媚子，半步也不肯踏進這裡。再說了，那個什麼大長公主發話了，小賤人的親事以後要請皇上賜婚，不許冷家插手。」林雨蘭一想到「皇上賜婚」這四個字就妒忌得椎心般地疼，一陣暈眩，眼前一黑，什麼都不知道了。

待她醒來的時候，發現自己躺在床上，冷老夫人和四個兒女都在她的屋裡，林老太太一臉笑容地坐在她的床邊。「雨兒，妳可醒了，妳看妳，都是四個孩子的娘了，自己有了身子也不知道。」

「什麼？」林雨蘭愣了愣神，右手撫上自己的小腹。「我又有了？」

「可不是，大夫說有兩個多月了。」林老太太笑咪咪地說道，這個孩子來得真是時候。「弘文已經解了妳的禁足，大夫說妳年齡大了，近段時間又太過傷神，對孩子不好，要好好養著才行。」

「嗯，我會小心的。」林雨蘭心情愉悅，她不用禁足了，而且有了這個孩子，她是不是有機會可以挽回表哥的心？

「娘，您好好休息，我們先回去了。」冷安松不耐煩見到那外祖母和舅母，她們看到他就像是狗看到肉骨頭。

冷安梅三個跟著冷安松一起退了出去。

冷老夫人最近煩心得很，也不想看到這些只會要錢的娘家人。「雨蘭妳就好好養著吧，我也回去了。」

包氏一見冷老夫人走了，立刻來了精神。「丁嬤嬤，妳們都下去吧，不要讓人進來，我們跟姑奶奶有話要說。」

丁嬤嬤看向林雨蘭，見她點頭，這才帶著幾個丫鬟退下。

包氏壓低了嗓門。「妳上次不是說那二丫頭身邊的人懂毒，給她下藥不容易嗎？現在有一種東西比毒更厲害，無色無味，恐怕整個大昱都沒人發現得了。」

林雨蘭冷哼。「這樣的東西就算有，妳能找得到？」

「妹子還真別小看我，很早的時候就有高僧說我福大運氣好，是旺夫旺子的命。我前兩天真遇上了一個貴人，是苗疆那邊來的，他看上了一個青樓妓子，需要一筆錢給那妓子贖身。他有一種苗人才懂的叫做『情蠱』的東西，只要把英俊的血滴兩滴餵給那什麼『情蠱』，再把那蠱給二丫頭服下，嘿嘿，這一輩子她都離不開英俊了。只要她自己纏上英俊，不管是大將軍王府，還是那個什麼公主，還不都只能乖乖接受？呵呵，到時候我們家英俊就是皇上賜婚了，多大的榮耀啊！說不定那個公主還能給他弄個大官當當！」

包氏說著，就覺得榮華富貴都向她奔來了，她似乎看見自己坐在金銀堆裡，成群丫鬟婆子端著燕窩、魚翅、人參各種補品圍著她叫老夫人。真是得意啊，她哈哈大笑起來……

「真有這樣的東西嗎？」林雨蘭很懷疑。

「真的，真的，那個苗人是我表哥介紹的，我表哥的主子在昆城的時候就用這情蠱娶得了一個什麼大堡主的女兒，才發家致富的，他發達了以後就讓我表哥做了他們家的大管家。」包氏信心十足。

「那苗人要多少錢？」林雨蘭有點心動，要真能把那丫頭捏在手裡，那大將軍王府和大長公主不都能為她所用？對了，夏芷雲那賤人留下的嫁妝可不能讓她帶去大哥家，那是安松他們兄妹四個的。還有冷安然那賤丫頭會賺錢，要先跟大哥大嫂談好分成才行。嗯，這些到時候都要先白紙黑字訂下契約。

「不多，五千兩。對了，妹子，妳還得多拿三千兩替英俊還了賭債才行。這八千兩算大哥大嫂向妳借的，等那二丫頭過了門，要多少銀子還不都是容易的事？到時候我們雙倍還妳。」包氏一副財大氣粗的樣子。

「八千兩？我現在八百兩都拿不出來。前陣子老爺官場上出了點事需要一大筆銀子，府裡能賣的東西都賣了，姑姑和我的私房錢也都拿出來了。」林雨蘭白了包氏一眼。

「那、那現在怎麼辦，去哪裡找八千兩銀子喲？」包氏頓時像癟了氣似地癱軟下來。

「要不，先把那莊子賣了？」林老太太想了很久，只能想到這一個法子。

包氏搖頭。「我們一家十幾口人就靠著那莊子活呢，再說了，賣得那麼急，價格就賤。」

林雨蘭道：「這麼多年，我也偷偷給了你們不少好東西，賣了也能值當不少錢，我是真正拿不出銀子了。別說我，就是爹求到姑姑那兒，也求不出幾兩銀子來。」

林老太太和包氏看林雨蘭的話不像是作假，也只好死了心，回去想辦法了。「妹子，我們少不得傾家蕩產買那情蠱，妳要是沒辦法讓那二丫頭服下去，我們可就全都沒活路了。」

林雨蘭蹙眉。「妳確定那什麼情蠱無色無味？我就擔心那賤丫頭身邊的丫鬟能發現。」

包氏萬分肯定地說道：「這點妳放心，我表哥說了，除非是會用蠱的苗人，否則絕對發現不了。」

「那就沒問題了，清明節冷家祠堂開祠，全家都要在一起吃頓飯的。要不然平時那賤丫頭的吃食都是在靜好苑小廚房做的，還真難下手。」林雨蘭恨啊，她做了那麼多年冷府女主子，從來沒享受過小廚房的待遇。

「好，那就這樣定了，我們回去想法子籌錢，那天就靠妳安排了，聽說那情蠱是立時見效的。」包氏真是巴不得馬上就讓冷安然服下那情蠱。

一刻鐘後，課間休息的安然看到舒安的眼神暗示，轉頭對安卉二人說道：「我有些鋪子裡的事情要處理一下，很快回來。卉姊姊和三妹妹隨意些，可以用些茶和點心，也可以到院子裡走走。」

安卉忙道：「然兒妹妹儘管忙去，我和菊兒省得。」

安然帶著舒安去了小書房，舒敏在外面守著。書房的門一關上，舒全就現身了，把林姨娘屋裡發生的事詳盡說了一遍。

舒安驚呼。「這些人竟敢想著對小姐下蠱？太陰險了！幸好小姐讓舒全盯著那邊，否則……不知道舒敏對這什麼蠱的懂多少？」

安然冷笑。「沒有幸好，只有謹慎。永遠不要小瞧這些後院裡的女人，她們的眼睛只盯著那一畝三分地，就像隻護食的狼狗，狗急了，會跳牆的。舒全，你盯著那個包氏，不要驚動她，我還等著看那什麼情蠱的效果呢。舒安，妳通知夏明，讓他安排人把林家的莊子和那些東西買下，估計大部分都是我娘的嫁妝。告訴他，狠狠地壓價。如果有其他買家，你們想辦法，但輕易不要傷人。」

「是，小姐放心，這點小事我們一定處理得漂漂亮亮。」舒安、舒全齊聲應下。

舒全朝窗外一個躍起，悄無聲息，不見人影。舒安跟舒敏耳語了幾句，也出門去了。

安然的嘴角泛起一抹冰冷的笑意，樹欲靜而風不止？好吧，她還真要親眼見識一下這蠱毒的厲害。

接下來的幾天，林家就開始賣房賣地賣莊子，以及不少珍奇古玩、名貴字畫、高檔首飾……賭場的人看到林家大張旗鼓地籌錢，倒是多給了他們兩天時間，沒有立刻送上林英俊身上的「物件」。

若是冷弘文看到，必定氣得吐血，這林家從冷府搜刮的東西，並不比留在冷府的少，他的娘和姨娘對娘家可比對他大方多了。

當這些東西送到夏府安然的院子裡時，安然和君然看著那些滿滿當當擺了三個大木箱的寶貝，以及幾張房契、地契，不由得為夏芷雲掬了一把傷心淚。

「姊，妳說娘這是為了什麼？太不值得了！」君然憤慨地舉起拳頭，砸在了面前的一張檯子上。

「娘是感情至上的人，在她的眼裡，這些東西只是俗物，怪只怪她看錯了人，對方不懂得珍惜這份感情。」安然感慨道。陷入愛情的女人又有幾個是理智的？更何況是在「丈夫是天」的古代。

「明叔，這些東西共花了多少錢？」安然看向夏明。

「總共五千兩。他們賣得急，我們先後派出了六、七個『買主』，一個比一個狠命地壓價，還說這些東西不值錢、有瑕疵、是贗品，林家人本來就不識貨，全被唬住！」夏明得意地哈哈笑。「其他有意向的買主不是被告知那房子、莊子鬧鬼，嚇壞了，就是在半途上出了點『小意外』。倒是有幾個識貨的，可惜一碰到那些東西，手就發痛發麻，有的直接暈死過去，都說那林家的東西帶著邪氣呢，要不也不會出一個敗家的嗜賭兒子，弄得要賣家產、賣房子。」

何管家也笑瞇了眼。「其實那個莊子很不錯，挺大，都是肥田，至少值六千兩。他們的院子加上兩個豆腐坊店面也值個三千兩，這些寶貝少說也要八、九千。」

「那他們不是還差著三千兩？」安然笑問。

「啊喲，我的小姐，您還替他們著急呢。」舒安嘿嘿壞笑，她知道他們家小姐才沒那麼濫好心。「聽說老太太和那包氏把私房錢都拿出來了，林姨娘也湊了一千兩，結果還差四百兩，實在沒辦法，跟那個苗人討價還價，那個苗人也急著要錢贖人，最後以四千六百兩成交。不過，嘿嘿，少給了一味藥。」

安然冷哼。「他們林家倒是很團結一致嘛！」

舒安一撇嘴。「哪裡？林家還未分家，據說那林家二房對這次大賣家產很不滿意，但是老爺子老太太堅持，大房又信誓旦旦，好說歹說，把在平縣的小院子和豆腐作坊的地契給了二房作為私房才作罷，不過那也值不了多少銀子，頂多三百兩。那大房作著發財夢，倒也不爭，只要二房不鬧就行。」

「舒敏，那個什麼情蠱妳真的看黎軒哥哥解過？」安然細細看著一扇鑲玉坑屏，嘴裡似不經意地問道。

「是的，小姐，其實也不是太難。」舒敏回答得很是自信。「比很多稀奇古怪的毒好解多了。」

第四十一章 清明

清明又稱為鬼節、冥節，是掃墳祭祖極為重要的日子，在大昱這個特別講究孝道的朝代，清明是僅次於春節和中秋的重要節日。

自清明節前三日算起，稱「大寒食」、「二寒食」、「三寒食」，第四日為清明，人們於這四日內掃墓、祭祖。

冷家的祠堂定於清明那日開祠，安然在早晨請安的時候提前告知冷老夫人和冷弘文，她要在「三寒食」那天去泉靈庵祭拜母親夏芷雲，再去夏芷雲墳前祭掃。

冷老夫人道：「妳母親的靈位也要進冷家祠堂，不必特意去一趟泉靈庵了，跑來跑去距離怪遠的，直接跟大家一起去祖墳祭掃吧，也好先拜祭妳的祖父。泉靈庵裡為妳娘供奉的長明燈也移到祠堂吧，放在庵裡太費錢了，沒有必要。」

安然冷冷答道：「那一點路程不算什麼，謝老夫人體恤，我已經五年沒有拜祭我娘了，我朝最重孝道，如此行徑，容易讓人質疑冷家的規矩。何況君兒剛剛被收為我娘的養子，我們姊弟已經跟雲祥師太預約了一場法事，告慰她在天之靈。」

看著冷老夫人臉上難掩的羞惱以及冷弘文的尷尬神情，安然暗自諷笑。「至於長明燈，當年我三舅舅已經捐足了五年的香火錢，我從京城回來的時候又讓人去添了足夠的香油錢。

本來都是我娘嫁妝中拿出來的銀子，為她在泉靈庵中供奉長明燈談不上費錢。泉靈庵的燈位可不容易搶到，我們卻要移出，豈不讓人笑話？而且我外祖父家也不會同意的。」

冷老夫人面色青白交加，牙槽咬得生疼，可是她能罵什麼？夏芷雲的長明燈冷家確實沒花錢，她能說即使是夏芷雲的嫁妝也不能浪費在夏芷雲的長明燈上嗎？她能說做法事太浪費銀子嗎？那個宮裡出來的桂嬤嬤和大將軍王府出來的舒霞此刻都站在安然身後呢。

冷弘文也尷尬極了，這個二丫頭從來不給他們留一點點情面，偏偏她所說的你又挑不出一點錯處來。「行了，然兒妳就按照自己計劃的時間去吧，路上小心些。」

安然應聲告退，甚至沒有抬起眼眸看老夫人一眼。

冷弘宇夫妻對冷老夫人無端的要求也實在無語，李氏更是在心裡冷笑——這小家小戶出來的，就是眼皮子淺，碰壁了這麼多次，還沒認清形勢，總想著擺祖母的款拿捏安然。

冷老夫人眯著眼，掌心被緊握著的指甲刺得生疼。雨蘭說得對，二丫頭對冷家心懷怨恨，若是不想辦法拿捏住她，她再能幹、再富貴，對冷家都沒有幫助，她的強大靠山反而還令冷家受到牽制。

「三寒食」這天一早，安然姊弟先去了泉靈庵，跟雲祥師太約好了給夏芷雲做一場祭祀法事，同行的除了安然的人之外，還有冷弘文派來的容嬤嬤。

安然姊弟跪在夏芷雲的長明燈前，以他倆為中心點了一圈白燭，共七七四十九根，雲祥師太親自帶著八位弟子誦經，意在告慰夏芷雲在天之靈，讓她知道安然姊弟已經團聚。

如在前世，安然一定不會相信這些，但是經過自己穿越時空這件離奇狗血的事實，再有雲祥師太這麼個「半仙」級大師，安然還真有點動搖了。

她想，如果夏芷雲和她女兒冷安然真有靈魂存在，又沒有穿越到其他時空去的話，也許已經相遇了。她閉上眼睛在心裡默唸。「冷夫人、冷小姐，如果妳們真的能夠聽到我的話。請相信，我既然借了冷小姐的身體留在大昱，就會好好珍惜，活得精彩。我會照顧好弟弟君然，會孝敬外祖父外祖母，會替妳們討回公道。」

就在安然睜開眼睛的時候，那長明燈的燈芯騰地閃了一下，接著再閃了一下，然後，明顯地變得比之前亮了很多。

在場的人都不淡定了，據說長明燈閃爍是表示往生之人感受到親人的心意，表達愉悅，而突然變亮是在天之靈再無遺憾。

聽說歸聽說，卻沒有人真正見證過這樣的情景，包括雲祥師太和她的八位弟子。雲祥師太欣慰地看著安然姊弟，會心一笑。

劉嬤嬤則激動得淚流滿面。「夫人！夫人！您來了是不是？您看見少爺和小姐了是不是？您有兒子了，有一對優秀的兒女，您很高興是不是？夫人，您留給少爺小姐的嫁妝柚香和冬念都保護下來了，現在小姐把它們打理得越來越好。少爺和小姐都很聰明懂事，他們都會很有出息的，夫人您可以安心了，奴婢一定會好好照顧少爺和小姐的。」

夏君然也「砰砰砰」磕了三個響頭。「娘，我雖然沒有見過您，但我能感受到您，您放心，我和姊姊都會好好的，我會照顧好姊姊的。」

話音剛落，只見長明燈又非常明顯地閃了一下。

劉嬤嬤再也控制不住，伏地大哭起來，這麼多年的艱難和委屈，全都在淚水中抒發出來，就是現在立時死了，她也瞑目了，她可以開開心心地去與夫人相聚。

安然從眾人激動的議論中大概知道了長明燈閃爍和變亮所代表的徵兆，心裡也很開心，這是不是表示夏芷雲接受了她這個異世來的靈魂，贊成她的所為？

整場法事進行了一個半時辰，安然姊弟跟雲祥師太一起用了齋飯才離開，前往夏芷雲的墓地。安然感覺自己已被這個身子的母親接受和認可，一直以來「冒名頂替」的心虛消除了，突然有了一種身心合一的輕鬆和愉悅。

君然也是一臉燦爛的笑容，他與親娘「相認」了不是嗎？在場那麼多人都見證了他們母子、姊弟三人相認的場景。他夏君然不僅有親姊姊，還有親娘了。想到這兒，君然轉頭看向並排走著的姊姊，傻乎乎地嘿嘿笑出聲來。

「傻孩子。」安然噗哧一笑，牽起君然的手。

君然如今已比安然高一個頭了，十四歲的男孩子覺得自己已經是個成年人，是個可以保護姊姊的大人了，被安然這麼牽著，臉一紅，有點不好意思。「姊，我是大人了。」

安然嫣然一笑。「你就是個八十歲的老爺爺，也是我弟弟，我想牽就牽。」

君然臉依然很紅，卻沒捨得掙脫姊姊的手，那種感覺太溫馨太美好了。

因為泉靈庵也在城郊，距離夏芷雲的墓地倒不是太遠，馬車行了半個時辰就到了。

墓地周圍五十畝地都被圈了起來，作為冷家的祖墳。

安然姊弟到的時候，冷弘文他們正準備離開。除了冷弘文兄弟和林雨蘭，其他人都是第一次見到夏君然，一群人頓時都石化了。義姊弟？親姊弟都沒有這麼相像吧！

冷弘文走過來。「先過去祭拜一下你們祖父吧。」

安然點頭，拉著君然向冷老太爺的墳頭走去。死者為大，君然作為夏芷雲的「養子」，拜一下也是應該的。

冷弘文見兩人依照他的要求而做，非常高興，進一步要求。「明日開祠，君然你也要回來。」怕他們不願意，還加了一句——「你娘也會希望你回來的。」

君然漠然答道：「冷大人，作為我娘的養子，拜一下冷老太爺是應該的。但我畢竟不是你們冷家的人，去祠堂不好。冷大人，我姓夏。」說完就轉身走去夏芷雲的墓前。

安然看著額上爆筋的冷弘文。「父親，今天在泉靈庵的法事很成功，娘顯靈了，她很贊成我和君兒的決定。父親，我要過去祭拜我娘，您先回府吧，明日開祠，還有很多事要忙呢。」

夏芷雲顯靈？冷弘文驚得忘記了生氣，很想拉住安然問個明白，驀然看到不遠處還有那麼多人，只好先作罷。他看向容嬤嬤，示意她也跟著先回府。

安然和君然把夏芷雲墳前的祭品移到一旁，擺上他們自己帶過來的東西。這時，劉嬤嬤帶著看守祖墳的婆子走過來。「然姊兒，這是吳婆子，您還記得嗎？當年夫人仙逝，她主動提出要到這邊來照看祖墳。」

吳婆子一家死於水災，被夏芷雲收留，只因為無意中得罪了林姨娘一次，林姨娘就總是以她晦氣、「剋夫剋子」為由要趕她出府。夏芷雲死後，吳婆子也不想留在冷府，主動提出去守祖墳，以便看顧夏芷雲的墳塋。

安然感激地說道：「吳婆婆，這幾年辛苦妳了，我們姊弟二人在此謝過。」

吳婆婆連忙擺手。「二小姐折煞奴婢了，都是分內事，哪敢擔小姐和少爺的謝？」

吳婆子看著面前的兩姊弟，心裡不斷驚嘆，太像了，不知道的人肯定以為他們是雙胞胎呢！

劉嬤嬤遞了一疊佛經給安然，是手抄的《地藏經》和〈往生咒〉。「這是在吳婆子屋裡看到的，是三小姐抄的。」

吳婆子接過話。「夫人仙逝這麼多年，也只有三小姐每年過來誠心祭拜，有時候是清明，有時候是夫人的忌日或生忌日。哦，對了，頭兩年二老爺還沒去京城的時候，二老爺一家也都會過來。其他人……哼，即使有人過來，也只是祭拜一下老太爺。」

「噢？三小姐每次過來都要帶這些佛經嗎？」君然好奇地翻看著手裡的佛經。

吳婆子點頭。「是啊，我們這裡有一種說法，扔下幼齡孩子過世的女人，心裡都會懷著不捨和不甘，在天之靈難於安心。如果子女連續五年將《地藏經》和〈往生咒〉燒給過世的母親，則可以化解這種怨念，讓在天之靈安寧，也會給子女帶來庇佑。三小姐每年都會抄十三遍經來燒給夫人，署的都是二小姐您的名，邊燒還會邊跟夫人解釋您在莊子上來不了，所以她代替您來。如果有林姨娘那房的人跟著，三小姐就會偷偷請我過後幫她燒給夫人，今年是最後一次了，三小姐剛才讓我把這些交給您，讓您親自燒給夫人。」

劉嬤嬤又想起多年前的一件事，嘆道：「說起來三小姐也是個可憐的，這幾年應該沒少受欺負，她那姨娘懦弱老實，遇事只會掉眼淚。對了，然姊兒，當年我們被送去莊子的時候，她還偷偷跑來送我們，拿了幾個包子和白麵饅頭，還有一個裝了三兩銀子和一些大錢的荷包，到了莊子上秋思給我的，那時她也才七歲呢！」

「是嗎？」安然似乎沒有相關記憶。「我倒是沒有印象。」

劉嬤嬤嘆了口氣。「當時妳誰也不理，就一個人發呆，我們也就沒跟妳說這些事。自從林姨娘接手管家，就沒少剋扣趙姨娘母女的月例錢，那個荷包，估計是三小姐當年所有的積蓄了。」

安然點點頭，若有所思地接過劉嬤嬤手上的佛經，姊弟倆一起把佛經燒了。

幾人圍坐在夏芷雲的墳塋前說話，劉嬤嬤最誇張，一個人在那兒不停地燒紙錢，不停地跟夏芷雲叨叨著這幾年發生的事。

安然笑道：「嬤嬤，我娘會不會嫌妳嘮叨啊？連君然吃魚總是被骨頭卡到也要說？」

劉嬤嬤頭都沒回。「哪能呢，夫人一定想多聽聽你們姊弟倆的事呢。」說完又繼續忙自己的彙報去了。

「姊，妳沒看嬤嬤正忙著呢，哪有空理會妳？哈哈哈。」君然第一次看到自家姊姊遭到劉嬤嬤的「冷待」，很不厚道地笑成一副「幸災樂禍」樣。

與此時這兒帶著親情和懷念的輕鬆氛圍不同，冷府裡聽故事的人各懷心思，總之，都不是愉快的。

容嬤嬤正是那說故事的人，她詳細說了長明燈前後閃了兩次，並明顯變亮的經過，包括劉嬤嬤說的話。「在場的人都親眼看見了，其他殿裡祭拜的人聽說後也跑來看，那盞長明燈確實變得比其他長明燈都亮。」

冷老夫人突然打了個冷顫，這個時候的人都很相信鬼神之說，而且容嬤嬤在她身邊侍候了快二十年，她很清楚容嬤嬤是不會誇大其詞的。再說了，泉靈庵是什麼地方？太后都親自賜匾「聖地靈庵」，誰敢有絲毫的懷疑？

冷弘文心裡波濤起伏，雲兒真的有靈在天？她也贊成君然不認冷家、不認他這個父親？她是不是也恨他了？不，她早就恨他了，否則也不會在死前把嫁妝處理得那麼隱蔽。她是他的結髮妻子，怎麼能恨他？怎麼能不認他？他是她的天啊……冷弘文莫名地煩躁起來。

冷老夫人和冷弘文此時都沒有心情去糾結柚香當年到底把嫁妝藏在哪兒了，她又是怎麼告訴冬念的。

林姨娘雖然剛開始一瞬間心裡有一點兒發毛，但當她看到冷老夫人和冷弘文的神情時卻忘記了害怕。就算夏芷雲那賤人真的在天有靈又怎樣，這麼多年冷家不照樣是她和她子女的？哼，有靈更好，很快，她就能讓那賤人的靈魂親眼看著她那賤丫頭被他們林家控制，看那賤丫頭怎麼不要臉地纏著她林雨蘭的侄兒，怎麼乖乖地把那些嫁妝都交出來，怎麼為林家和她的四個兒女賣命賺錢。想到這些林雨蘭就覺得渾身舒暢，恨不得大笑一場。

不知道是不是她太過亢奮，小腹突然猛地抽了兩下，痛得她忍不住齜牙咧嘴，雙手撫摸著還未隆起的腹部，後背突然有一種冷颼颼的寒意。

林雨蘭整個人縮進大大的太師椅裡，緊張地四處張望……

李氏正好轉過頭，見了林姨娘這模樣，心裡不住冷笑，拉著女兒冷安卉的手大聲說道：「卉兒別怕，不做虧心事，不怕鬼敲門。妳伯母是我們的親人，又一向最是良善，在天有靈是好事，會庇佑她的子女，妳看妳然兒妹妹的福氣不是越來越好了？只有做了壞事的人才要擔心，善惡到頭終有報。」

冷老夫人這一次沒有斥責李氏，她真的有點害怕，此刻忙著在心裡給自己對安然的苛待找各種理由，哪裡還顧得上李氏說了些什麼？

冷安梅卻按捺不住。「二嬸，您說這話什麼意思，誰又做了壞事了？」

安卉「嗤」了一聲。「大姊這麼激動幹麼？我娘只是說了一個眾所周知的道理，又沒有特指誰，若真有人做了昧了良心的事，日後遭了報應不就知道了。」

「妳……」冷安梅還想說什麼，被弟弟冷安松拉住了，順著弟弟的視線看見林雨蘭臉上的惶恐和滴溜溜亂轉的眼球。

冷弘宇也對妻女喝道：「少說兩句！妳們不累嗎？回去歇著，明天還有得忙呢。」

眾人各懷心思，終是散了，只不過當天晚上，有幾間屋子的燈火點了一晚上，還有幾個膽小的丫鬟婆子偷偷在偏僻處燒紙錢，祭拜夏芷雲和柚香主僕倆。

第二天，冷府上下不少人都氣色不好，頂著明顯的黑眼圈，剛剛從平縣趕過來的冷幼琴一家很是詫異。

冷幼琴替冷老夫人端過青豆手裡的茶盞。「娘，這修建祠堂祭祖的事很複雜嗎？為什麼連您都累到了？瞧你們一個個，好像多久沒睡覺似的。那些個管家、管事的，這麼點事都做不好？不行就趕出去唄。」

冷老夫人嘆了口氣。「行了，就妳話多，休息一下潤潤口，今天的開祠儀式上午下午加起來要三個多時辰呢。」

冷幼琴撇撇嘴，她是外嫁女，又不能進祠堂，在周邊觀禮而已，也累不到她。

今天請來主持開祠儀式的是已故冷老太爺一位堂叔的兒子，冷家人稱他為二叔公。

祠堂裡目前供奉的牌位只有三代、四人——第一代冷老太爺的父母，第二代冷老太爺，第三代即冷夏氏夏芷雲。

冷老太爺，也就是冷弘文三兄妹的父親，早年孤身一人從東北逃難到平縣投奔這位二叔公，包裹裡只帶著自己父母的靈牌。後來經人介紹娶了在家守望門寡的冷老夫人林氏，用林氏二十兩銀子的嫁妝和自己一手做豆腐的絕活開了一個小作坊，日子還算過得不錯。

可惜冷弘文十二歲那年，冷老太爺病死了。林氏做豆腐的手藝比冷老太爺差很多，豆腐坊的微薄收入加上林氏為人洗衣，才勉強支撐下來，也正因為如此，冷弘文兄弟一直都特別孝順。

祠堂裡面眾人跪著聽族規家訓，祠堂外面冷幼琴站煩了，四處瞧了瞧，看著站在邊上的林姨娘蔑視地一笑，輕聲說道：「表姊，妳還真是做姨娘的命，這扶正才沒幾年，怎麼又被打回原形了？啊不對，原來怎麼說還是個貴妾呢。」

林姨娘恨得咬牙，不過祠堂外還圍著不少來觀禮的親朋好友，她只能死命咬住自己的下唇，扭頭看見自己的大哥一家，那肥豬似的林英俊今天一來，眼睛就直圍著冷安然那個賤丫頭轉，口水都快滴下來了。

林姨娘的心情頓時陰轉晴，繼而陽光燦爛。很快，她就能讓這些人看看，只有她林雨蘭才是最後的贏家，才是冷府的女主人。冷幼琴，她很快就會讓她嚐嚐得罪她林雨蘭的後果，沒有那賤丫頭的菜譜，冷幼琴還能笑得這麼開心嗎？

整個儀式到申時末才結束，眾人回各自院子裡去梳洗換裝，一天跪拜折騰下來，都出了一身薄汗。

回到靜好苑，安然提起裙襬，解下膝蓋上的「跪得容易」，感嘆自己有先見之明，否則這會兒膝蓋肯定要青紫一片了。

舒霞端了一杯蜂蜜水給安然，接過「跪得容易」。「就數小姐您的花樣多，這東西可不能讓桂嬤嬤見著了，否則肯定要嘮叨一番。」宮嬤對禮儀規矩什麼的最為嚴格了。

安然喝了一大口蜜水，舒服地眯起眼睛。「桂嬤嬤就是紙老虎，我要是把膝蓋跪壞了，她肯定心疼死了。上次她打我手板，結果自己躲著哭，半夜還偷偷來檢查我的手心，給我抹藥呢。」

舒安和舒敏噗哧一笑，沒有吭聲，她們都已經看見不遠處側牆後面桂嬤嬤的衣襬一角。

第四十二章 惡報

梳洗完畢，安然換了一身月白色的錦緞衣裙，外罩湖藍色的輕紗，美麗又不張揚，更顯清雅飄逸。

走進慈心院的時候，宴席已經擺好了，安然直接進了內廳。內廳裡擺了三桌，都是女眷，俞慕泉見安然進來，帶著一位貴婦走到主桌這邊。「外祖母，我婆婆一定要過來給您見禮呢。對了，婆婆，這位就是我表妹安然。」

那位貴婦田夫人匆匆給冷老夫人行了個禮，就親熱地看向安然。「啊呀，多水靈的姑娘，看著就是個有福氣的好孩子。」說著就褪下手上的一只白玉鐲子要給安然戴上。

安然趕忙籠起手、順勢福了個禮。「田夫人好，夫人這只鐲子價值不菲，恕安然不能接受。表姊妳看，已經開始上菜了，妳趕緊送田夫人過去吧。」說完就坐下與鄰座的安菊說起話來。

田夫人尷尬地收回手，只好先回位子上去了。

現在冷府的下人少了很多，今天的宴席內廳外廳加起來共有八桌。這不，林姨娘的貼身大丫鬟錦秀都幫著上菜了，她上的是鮑魚山雞湯，一人一小碗分好的。小丫鬟端著盤子，錦秀按順序一份一份放在各人面前。

舒安敏銳地看到其中一只碗側邊上那只有她才看得懂的記號，跟舒敏交換了一個會心的眼神，輕輕幫安然把掉在前額的頭髮拂到耳後，安然明白她的暗示，放心把湯喝了。

坐在對面的林姨娘看到安然的湯碗空了，情不自禁露出興奮的神情，桌下的手用力掐著自己的大腿以克制激動的情緒、避免失態。站在林姨娘身後的錦秀，朝另一桌的包氏丟了個眼神。包氏兩眼放光，找了個由頭朝外走去。

約莫一盞茶的工夫，包氏帶著林英俊進來了，招呼了還在飯桌上的兩個女兒一起走到主桌這邊來。「姑姑，我們家裡還有些事，要先走了，過來跟您老人家告別呢。英俊，跟各位姊妹打個招呼。」

「噗！」俞慕雪嘴裡一口茶噴了出來，幸好這個姑娘還懂得把頭扭向外邊噴。

「你叫英俊？哈哈哈，英俊?!哈哈，你們林家可真逗！」俞慕雪看著那個又黑又肥、還長著一對綠豆眼的林英俊，簡直樂不可支，旁邊桌子上客人們的視線也被吸引過來，不少人也忍不住跟著笑起來。

包氏臉黑了，心裡暗罵——這個沒教養的小賤蹄子。

林雨蘭和冷老夫人也不大高興，她們都是林家出來的姑奶奶呢，這麼多客人在，不是打她們的臉嗎？

林英俊作為當事人則沒有反應，他的心思全在安然身上——美人啊！真是個小美人！只是看看都能讓他酥了半邊身子。他雖然剛剛十七歲，卻是風月場的老客，美人也見了不少，可都沒有這個妹妹有味道啊。想到美人已經中了他的情蠱，他就恨不得上前去把她摟在懷裡。他按照那個苗人說的，在包氏側身的遮擋下，右手按著心口，小聲召喚著——「妹妹，過來，妹妹，過來，過來，來做我媳婦。」

包氏和林雨蘭都興奮地看著安然，她們特意挑這個時候，一是按捺不住、急於看到效果，二是存心想讓眾多客人見證安然的「癡情」，給大將軍王府和大長公主來個措手不及。可是，安然依然淡淡笑著，小聲和安菊討論桂嬤嬤的課程安排，一點都沒有什麼異常。

林雨蘭瞪了包氏一眼，包氏也急了，四千六百兩銀子啊，他們林家可是什麼好東西都賣了。她掐了兒子一下，說道：「大聲一點點，手要緊緊按著心臟的位置。」

話音未落，低著頭的她卻見一個姑娘的腳步向他們移過來，她狂喜，猛地抬頭，見到的卻是一臉通紅的冷安蘭。

冷安蘭在眾目睽睽下拉著林英俊的袖子。「英俊哥哥，我來了，我願意做你的媳婦。」

「蘭兒，妳做什麼，妳喝酒了？趕緊回去。」林姨娘幾乎要瘋了，冷安梅也趕緊過來要把安蘭拉走。

冷安蘭大力甩開安梅的手。「妳們幹麼？我喜歡英俊哥哥，英俊哥哥也喜歡我，我一定要嫁給英俊哥哥做媳婦。」

可憐俞慕雪剛喝進嘴的一口茶又噴了出來。娘啊！不能怪她啊！實在是今天這些人太逗了。

「哈……哈……哈……難怪他叫英俊，你們林家的人喜好真是與眾不同啊！啊喲娘欸，笑死我了！」俞慕雪笑得腰都直不起來了。

安然也驚奇地看著緊緊抓住林英俊手臂的冷安蘭。這什麼情蠱？要不要這麼給力啊？這也太狗血了有沒有？不過看到林雨蘭那樣，實在太歡樂了。她冷安然可不是聖母，如果不是她夠謹慎，這會兒的冷安蘭就是自己了。

這時冷弘文同冷弘宇、冷安松也聞訊趕進來了，看見安蘭的雙手緊緊扒在林英俊的手臂上，瞬間臉就黑下來，那副神情簡直就像要撲上去把冷安蘭剁碎了。

「妳，一定是妳這個小賤人，是妳害蘭兒變成這樣的！」林雨蘭突然指著安然大聲嘶吼。

「林姨娘妳沒事吧？然兒哪裡又礙妳眼了？這也能扯上她？然兒平日裡就沒跟你們幾個說一句話，而且這林英俊也是你們林家的人，他們這表哥表妹的，跟然兒什麼關係？」李氏快步擋在安然身前，大聲駁斥。自從分了家，她底氣就足了，而且安然不計前嫌，讓卉兒跟著學習，聽說三個姊妹現在相處得不錯，雖然還沒有那麼親熱，但已經很好了，感情是需要慢慢培養的。

旁桌的夫人們也都「竊竊私語」起來——

「就是，這兩廂情願的事，別人豈能控制？」

「自己女兒不要臉，也能扯到別人？」

「這姨娘生的，就是沒教養。」

「聽說他們處處苛待二小姐，這也做得太明顯了吧！」

「真是太過分了，難怪大將軍王府不待見冷家。」

冷安梅和冷安松尷尬得簡直想找個地縫鑽進去，娘也太沒頭腦了，要賴上安然也要找個好的由頭，這也能扯得上？這安蘭今天是瘋了嗎？她不是最討厭林家那些親戚？

冷弘文隨手給了林雨蘭一巴掌。「閉嘴，帶著妳女兒，給我滾回院子去。」

冷安蘭整個人幾乎扒在林英俊身上。「不要，不要！你們誰也不能把我和英俊哥哥分開！」包氏和林英俊早都呆了，這會兒也沒能回過神來，怎麼回事？弄錯人了吧？

冷安蘭的話刺激得林雨蘭幾乎要瘋狂了。「就是她，就是她這個黑心的賤丫頭，她身邊的丫鬟最善於用毒了，她們在蘭兒的菜裡下了毒。」

「呵呵，太可笑了，這麼幾十號人都吃著同樣的東西，就你們家四小姐中毒？再說了，她哪有中毒的樣子了?!」一位夫人忍不住大聲說了出來。

「她、她們把毒下在鮑魚雞湯裡了，那是事先分好的。她們用的是蠱毒，看不出症狀的，你們知道什麼？」林雨蘭瘋狂地大叫。

「我們是什麼也不知道，不過這什麼蠱毒的，妳怎麼這麼清楚呢？妳又怎麼確定妳女兒是中了蠱毒？」田夫人也大聲反問。

「就是！而且然兒的丫鬟從頭到尾就沒離開過她身邊，一直站在這兒，她們怎麼下毒？

再說了，那鮑魚雞湯不是妳的丫鬟錦秀負責分的嗎？連給錦秀幫忙的小丫鬟，都是妳的人。然兒的丫鬟什麼時候碰過四小姐的雞湯了？難道她們還能分身，一半站在這兒，一半去廚房？」李氏氣極了，轉頭對冷老夫人身後的容嬤嬤說道：「既然林姨娘說是雞湯有毒，把錦秀和那個小丫鬟，還有廚房的人都給我抓起來審！」

在場的眾位夫人有不少都是宅鬥高手，聽了李氏的分析，再加上林雨蘭之前那麼肯定的說法，都揣測出點什麼來，紛紛起身告辭。

田夫人離開前特意走到安然身邊。「好孩子，妳不要害怕，如果需要，我可以為妳作證。」

眾多夫人和小姐也紛紛開口道：「對啊對啊，我們都能為妳作證的。」她們的夫君、父親都再三交代要與冷二小姐交好，正愁沒機會呢。

冷弘文趕緊拱手。「眾位夫人，我夫人早逝，這姨娘和庶女沒有管教好，讓眾位見笑了。我這嫡女安然最是良善懂事，我們又豈會讓她被冤枉，改日我讓小女再設宴答謝大家對她的關愛。」

冷弘宇拉了一下李氏的衣袖，使了個眼色。李氏也趕緊上前。「唉，這一個府裡沒有正頭夫人坐鎮就是容易折騰，我這大伯又成日忙於公務，讓大家見笑了。還請大家幫幫忙，不過就是一個姨娘和庶女罷了，改日我和然兒再請各位過來玩。」

安然也給那些夫人小姐福了個禮。「謝謝各位疼愛，父親疼我，不會冤枉我的。蘭兒畢竟是我妹妹，她還小，請各位看在我父親和我的分上，讓這事過去可好？」

多好的閨女啊，差點被姨娘毒害，現在又遭此誣陷，還不忍心看庶妹壞了名聲。一位夫人拉著安然的手。「好孩子，妳太善良了。妳放心，既然妳有這份心，我們會成全妳的，今天我們只是來觀禮，開開心心吃了一頓飯而已。」

其他人也笑著點頭附和，今天能來的至少都是冷家的拐彎親戚或一向交好的人家，也不會願意跟冷家鬧出不愉快。

冷弘文看著安然，頓感老懷安慰，畢竟是自己嫡親的女兒，平常冷冷淡淡的，甚至拿話噎他，關鍵時候還是站在他這個父親身邊的。再看看林雨蘭和冷安蘭，倍感嫌惡，這小家小戶出來的姨娘，怎麼能跟雲兒那樣的大家閨秀相比？生出來的女兒也是天差地別。

此時林雨蘭被兩個婆子控制住，還被掩著嘴，只有那雙眼睛惡狠狠地瞪著安然。

李氏連聲稱謝地送客人們出去，冷弘宇也去前院送客了，前面這會兒可只有冷安和一個，撐不起場面。

待女客們都出了內廳走遠了，冷弘文才讓婆子放開手，啪地一巴掌搧在林雨蘭臉上。「瞪什麼瞪？妳還敢瞪然兒？真是女兒肖母，都是上不了檯面的東西。妳看看妳教出來的好女兒！還有，誰讓林英俊這隻豬跑到內廳來的，你們林家成天算計著冷府，這下好了，把妳女兒都算計進去了。」

冷老夫人忍不住想開口，林家也是她的娘家呢。冷幼琴眼尖，趕緊拉住她娘，大哥正在氣頭上呢！她還從來沒見過大哥發這麼大的火，甚至動手打人。

林雨蘭大聲嚎哭。「就是她，就是她害了蘭兒，要不然明明該在她碗裡的情蠱怎麼會被蘭兒吃了。」

眾人愕然，什麼情蠱？又為什麼該在安然碗裡？

剛走回來的李氏聞言大驚。「什麼情蠱？妳……妳真敢對然兒下毒？」

冷弘文一腳踹飛了林雨蘭。「說，你們做了什麼？」

林雨蘭慘叫一聲，眼前一黑，昏了過去，身下立時鮮血直流，一瞬間就紅了一大片。

冷老夫人大呼。「孩子，有孩子啊，快，快叫大夫。」

冷弘文這才想起林雨蘭有孕在身，不過這麼惡毒的女人就不配做母親！他面色不變。「容嬤嬤，把丁嬤嬤和錦秀綁過來，還有那個端雞湯的小丫鬟，都給我往死裡打，打到她們全招了為止。」

錦秀和那個小丫鬟看到林姨娘都被打得流產，哪裡還需要逼供，唏哩嘩啦把所有事情都倒出來了。丁嬤嬤本來還想否認，可是見既成事實，也只能點頭認下了。

錦秀哭道：「我是按照姨娘的要求把舅太太拿來的那瓶子東西倒進二小姐湯裡的，可是，可是……對，一定是夫人顯靈了，一定是夫人用法術換掉了二小姐的湯。夫人饒命，夫人饒命啊！」錦秀不斷地向四面磕頭，狀似癲狂。

冷老夫人之前就覺察到林姨娘要對安然下藥，但不知道具體是什麼，她也很氣安然，所以睜隻眼閉隻眼當作不知道，反正林姨娘不敢一下毒死安然，只要不牽連冷府所有人就行。要是安然真的「病」死，夏芷雲那些嫁妝又可以回到她這個老夫人手裡了。

可是這會兒聽到錦秀說了事情的經過，又聽到那句「夫人顯靈」，頓時嚇得面色發青，渾身顫抖起來，很快也暈死過去。

大夫這時剛好趕到，連忙先弄醒了老夫人，才去看那林姨娘。「孩子是已經掉了，不過這位姨娘身體底子好，沒什麼大礙，將養將養就可以了。」

冷弘文指著冷安蘭。「大夫，給她看看。」

冷安蘭嘟起嘴。「爹，我又沒病，為什麼要看？」可是看到她爹那張拉長了的黑臉，還是鬆開了林英俊的手臂，走了過來。

大夫給她把了脈，又仔細查看一番。「冷大人，這位小姐確實很健康，沒有問題。」

冷弘文無力地揮了揮手，容嬤嬤給了大夫銀子，讓人送他出去了。

包氏趕忙拉過林英俊。「姑爺，那苗人說了，這情蠱沒有異常症狀，也無藥可治，我們英俊娶了蘭兒就是。」現在要想娶冷安然是不可能的了，能扒著安蘭也好啊，他們林家現在可是連住房都賣了。

此時趕過來的林大當家也連聲附和。「是啊是啊，妹夫，我們親上加親也很好嘛。」

冷弘文沒有理會他們，讓容嬤嬤拿了筆墨紙硯來，很快把一張紙丟給林大當家的。「這是林雨蘭的放妾書，你們林家的人以後都不許出現在我府裡，否則我就以下毒謀害的罪名把你們全家弄去流放，現在帶著林雨蘭都給我滾出去。」

剛剛醒轉的林雨蘭大吼。「冷弘文，你休想，除非我死，我是不會離開冷府的，我為你生了四個兒女，這裡永遠都是我家。」

「妳想死就死吧，免得害妳自己的兒女，安梅已經到了出嫁的年齡，安松明年就要下場考試，今天的事已經讓他們抬不起頭了，妳還想怎麼害他們？」冷弘文無所謂地放下手中的筆，一副等著看林雨蘭尋死的態度。「還有，四丫頭就是死，也不會進你們林家的，容嬤嬤，把四丫頭帶回蘭苑去，要死要活隨便她。」

「不要、不要！」冷安蘭聞言緊緊抓住林英俊的袖子，林英俊趕緊摟住安蘭，安蘭雖然沒有安然漂亮，可也是個小美人，而且他娘已經把家裡值錢的東西都賣了給他還賭債和買那個情蠱，不扒住冷家他們吃什麼？住哪裡？

林雨蘭不知哪來的力氣，從坐榻上站了起來，衝過來對著林英俊就是一巴掌。「你這個小畜生，放開蘭兒。」

待兩個婆子把冷安蘭拉到一邊，林雨蘭跪在冷弘文腳下。「老爺，求求你，你找大夫治好蘭兒，她好了我就離開，到時候我去出家，我去出家好吧？」

「沒用的，那個苗人說無藥可治的。」包氏陰惻惻地說道。

「那也不一定。」舒敏突然開口。「冷大人，我師父曾經幫一個人去過情蠱，不過我要看一下那個裝蠱毒的瓶子，確認是不是同一種東西才行。」

容嬤嬤趕緊把一個青色小瓷瓶遞過來。「這是剛剛從錦秀身上搜出來的，姑娘看看是不是這個？」

舒敏接過瓶子，打開看了看，又嗅了一下，笑了。「正是同一種蠱毒，不過這裡似乎少了一味藥，林太太，妳是不是少給人家銀子了？妳要知道，少了那味藥，服下情蠱的人就永遠不能有孩子了。」

「妳、妳……」林雨蘭撲向包氏。「我打死妳，我打死妳！」兩人頓時扭成一團。

「這不能怪我，我實在湊不齊五千兩銀子，那苗人是說了少一味藥不能有孩子，這又沒什麼，大不了找兩個妾來生孩子不就行了。」

冷弘文厭惡地瞟了她們一眼，看向舒敏。「那現在還能救嗎？」

「蠱毒是可以去掉的，不過毒已經傷了胞宮，以後要孩子是不可能的。」舒敏走近冷安蘭檢查了一下她的掌心，又圍著林英俊轉了一圈。

「能去掉蠱毒就行，其他不用管。」冷弘文斬釘截鐵。

舒敏寫了一張藥方。「容嬤嬤，妳讓人抓了藥煎好送過來。另外，找人弄一茶盅童子尿過來。冷大人，還需要一茶盅至親之人的血液和一茶盅餵蠱之人、也就是那位林英俊公子的血液，您看？」

冷安松走上前。「爹，用我的血吧。」

冷弘文拍了拍他的肩。「不用，你去把那小畜生的血接一茶盅來。」

林英俊想跑，舒安揀起桌子上一根筷子扔過去，定住了他的穴位。冷安松上前劃破他的一根手指就開始放血，嫌太慢又劃破了一根。林家的人想上前攔著又不敢，冷弘文正在氣頭上，只要一茶盅血還是順著他吧，那茶盅好像並不大。而且那丫鬟一根筷子就能定住人，估計他們也跑不掉。

冷弘文讓婆子割破林雨蘭的手指接一茶盅血，林雨蘭倒是很配合，那畢竟是她最疼愛的親生女兒。

一切備好，舒敏道：「安蘭小姐的蠱毒很快就能清除，可有一點要說明，因為母蠱在林公子身上，也就是你放血餵蠱前喝下去的東西。安蘭小姐體內的蠱毒清除後，林公子體內的母蠱也會吐出，但是……」

話還沒說完就被包氏打斷。「什麼，我兒子身上也有蠱毒？那殺千刀的苗人竟敢騙我？原來那碗黑黑的東西就是蠱毒。妳但是什麼啊？還不趕緊把我兒子體內的蠱毒弄出來？」說完就要伸手搶桌上的藥。

舒敏右手一拂，讓包氏摔了個狗啃泥。「妳算什麼東西，敢使喚我？」

舒敏拿出一顆藥丸。「容嬤嬤，把這藥餵到安蘭小姐嘴裡，然後把那盅童子尿灌下去。」

片刻工夫，只見冷安蘭皺緊眉頭，雙手拚命按住心臟的位置，開始吐了起來。

舒敏喝道：「快，快把林公子那盅血端到她的面前，放在口鼻前面。」

很快，冷安蘭哇地又吐了一大口穢物出來，裡面竟然有一隻幾近透明的蟲子，還是活的。圍在安蘭四周的人都開始反胃，俞慕雪湊得最近，看得真切，哇地一聲也開始大吐特吐。

舒敏把林雨蘭的血倒進熬好的藥裡。「快給安蘭小姐趁熱喝下去。」

冷安蘭喝下藥後不多久，眼神漸漸清明起來，似乎在回憶什麼。「爹，我……」然後突然跑向林英俊。

眾人愕然，林英俊大喜。「蘭兒妹妹……」

「砰」地一聲，安蘭手上的茶盅重重地砸到林英俊的腦袋上，虧得她個兒小，加上剛剛經歷了一番折騰，即使使出了吃奶的勁兒，也沒多大力氣，不過仍是頭破血流了……

包氏衝過來抓住安蘭的手。「妳這小蹄子，忒的狠心，英俊是妳的親表哥啊。」冷安松拉開包氏的手，讓婆子帶安蘭回院子，轉頭對包氏怒喝。「我爹剛才的話妳沒聽到嗎？你們林家的人都給我滾出去，以後不許出現在我們面前。」

冷弘文讓大管家帶著幾個小廝和力大的婆子過來，把包氏一家「請」出去。

林大當家大喊。「姑娘姑娘，我兒子的毒還沒解呢。」

舒敏冷哼一聲。「過半個時辰，他身上的穴道自動解開，自然就會把那東西吐出來。」

冷老夫人張嘴想說什麼，冷弘文搶先道：「娘，您是冷家的老夫人，冷家才是您的家，以後不要再提起林家了，我今天沒有把他們全部丟進大獄，已經是看在您的面子上最後一次放過他們。還有，這個林雨蘭，看在四個孩子的分上，今天再留她休息一晚，明天就送到城外的普渡庵去吧。」

冷弘文轉向安然。「然兒受驚了，今天又累了一天，回靜好苑去好好休息，其他的都不用理會，讓守院子的婆子看好了，什麼人都不許去打擾妳。這兩天也不用請安了，早上多睡一會兒。」今天田老爺捉空找他提了幾句，他估計冷幼琴母女又要找安然說項。他這個女兒現在豈是那田家可以配得上的？

「是，謝謝父親。」安然應下，帶著舒安和舒敏告退離開。

「欸，欸，安然哪……」冷幼琴急了，可是看到冷弘文正警告般地瞪著她，閉起嘴不敢再叫了。

第四十三章 福星

林姨娘的院子裡，丁嬤嬤扶著剛擦洗乾淨，換了衣服的林姨娘上床躺下。「姨娘，您休息吧，我去收拾行囊。」冷弘文看在四個孩子的面子上，讓丁嬤嬤繼續跟著林姨娘。

「收拾什麼，我是不會走的，這小月子還需要好好調養著呢，我看他冷弘文敢不敢真把我扔出去？」林姨娘撫弄著自己的手指甲。

「您不走，是想讓我們四個跟您一起死嗎？」冷冷的聲音從門的方向傳來，冷安松帶著冷安梅和冷安竹走了進來。

「松兒，你怎麼能這麼跟娘說話，娘還不是為了你們四個。你很快要備考了，梅兒的親事也要張羅了，娘現在離開，你們怎麼辦？難道你們也要把娘趕出去？」林姨娘的心頓感悲涼，她的親生兒子也想趕她走？無論她做了什麼，不都是為了他們四個？

「子不言母過，我們是不能趕您走。但您不要說什麼備考了，您認為有您這個娘在，我還有臉去薈華堂讀書嗎？」冷安松瞥了林姨娘一眼，自己遠遠地坐在靠近門的椅子上。「大姊的親事？您就慢慢瞧著，會有什麼好人家願意跟您的子女結親？當然了，也許您本來就喜歡林家那樣下三濫的人家。」

「你，你……」林姨娘指著冷安松，只覺心口梗著一團氣，上不來下不去。

「娘，我們跟您說了多少次，不要跟林家那群人糾纏，您就是不聽，看看現在鬧成啥樣？蘭兒差點就被您賣給林英俊那隻豬，現在蠱毒是清除了，但一輩子不能生育對她來說意味著什麼？她才十二歲啊！」冷安梅的眼裡也是濃濃的埋怨。「就是我們三個又好到哪兒去？昨天那些夫人小姐看我們的眼神都是那麼的鄙視。我拉了一下榮軒哥哥的大姊，她竟然當著我的面用帕子擦手，遠遠躲開，好像我帶著毒似的。」冷安梅說到這兒，鼻子一酸，忍不住哭了起來。

冷安竹猶自憤憤不平地告狀。「不只呢，您走以後，她還跟旁邊那個女人說什麼歹竹出壞筍，說那麼惡毒的娘會教出什麼好女兒，還……」

「夠了……」林雨蘭用力摁著胸口喘著粗氣。昨天那些人的表情她不是沒有看到，那些話她也聽到不少，可是……現在她的兒女們硬生生揭開那層皮，逼著她面對血淋淋的現實。

她是惡毒，她不是好人，但她愛她的子女，她願意為他們做任何事，但是……她似乎把他們推到了一條布滿荊棘的路上……不，她不想這樣的……難道真有報應？

林雨蘭閉著眼睛想了很久，才睜開。「我不在府裡，誰為你們算計，沒有娘的孩子……」

冷安松嘆了口氣。「娘，您到現在還沒弄明白嗎？不需要算計，我們也沒有那個資本算計，現在的冷安然已經不是前幾年被丟在莊子上那個隨您苛待的小女娃了，她精得很。還有，您能算計得過她身邊的宮嬤嗎？您能對付得了那兩個會武功會毒術的丫鬟嗎？還是您能與大長公主和大將軍王府對抗？」

林雨蘭滯住了。「就因為這樣，如果她要對付你們……」

「您真是多慮了。」冷安松冷冷笑著打斷了她的話。「她清高得很，根本不屑於對付我們。她回府這麼久了，您見過她主動看我們一眼，還是先跟我們說一句話？她有大長公主和大將軍王府為她撐腰，她有她娘留給她的豐厚嫁妝，她自己還那麼能賺錢。連爹都要看她的臉色，我們在她眼裡算什麼？不過是幾個卑微的庶子庶女罷了。」

「不，你們不是庶出，是嫡出的少爺小姐，冷府是你們的，這府裡的東西都是你們的！」林雨蘭發瘋般地嘶吼。

「行了，娘，人家不稀罕，否則人家不會寧願放過您，也不願意認祖歸宗。這個冷府裡本來有點什麼也是人家夏芷雲帶來的，現在同樣還得沾她冷安然的光，您還沒搞清楚嗎？」冷安松不耐煩地踢翻了一張杌子。

「你……」林雨蘭見鬼似地盯著冷安松。「你知道了什麼？」

冷安梅也奇怪地看著安松。「什麼意思？誰不願意認祖歸宗，冷安然嗎？」

冷安松看看兀自在那兒津津有味地吃酥餅的安竹，對丁嬤嬤說道：「丁嬤嬤，妳送安竹回院子吧。」

待二人出了門，安松才開口道：「因為您被降妻為妾的事，我去找爹，爹和二叔正好在書房裡談話，我聽到了。那夏君然根本就是夏芷雲的親生兒子，冷安然的雙胞胎弟弟。」

「啊？」冷安梅瞪圓了眼睛，想起昨日站在安然身邊的少年，那個與安然幾乎像是一個模子出來的人，果然是親姊弟！

此刻，安梅想起父親說過娘有把柄在大將軍王府手裡，還有剛才安松說「否則人家不會寧願放過您」，她嚇得面色青白。「娘，您……難怪爹他……」

林雨蘭淚如雨下。「我做什麼還不都是為了你們四個？」

冷安松拿出一個荷包放在林雨蘭床上。「娘，這是我的所有積蓄，您在普渡庵先住下吧。我本來想給您租個小院子的，可是又怕林家那些人繼續糾纏。娘，您現在可養不起他們那麼多人了。」

「是啊，娘。」冷安梅也拿出一個荷包。「您不要再理會那些人，這麼多年您給他們的還少嗎？可是他們除了向您要錢要東西之外，又為您做過什麼？我們有機會會去看您的，等以後安松有出息了，我們再想辦法接您回來。」

林雨蘭咬了咬牙。「好，既然你們都想讓娘離開，娘就走，娘做一切都是為了你們。以後你們要懂得為自己打算，要照顧好弟妹，不要去招惹那賤丫頭。」

「娘您放心，我們不會招惹她，還要想辦法跟她多親近，只有跟她走近了，才能跟大長公主和小王爺走近，才能跟大將軍王府走近，她手上的好處我們才能共用，甚至奪過來。娘，現在她明顯比我們強勢，與其想著怎麼對付她，不如好好利用她，等到有一天我們有機會、有能力對付她了，就一次把她踩進爛泥，永世不得翻身！」冷安松冷聲說道：「君子報仇，十年不晚，娘，有些事需要慢慢籌劃，急不得的。」

林雨蘭被自己兒子陰狠的眼神嚇了一跳，然後便是欣慰和得意，她的兒子從小就聰明，比她考慮得更深更遠，比她有手段，一定能把夏芷雲的那兩個孽種壓得死死的。

「好吧，娘明白了。」林雨蘭拉著安梅的手。「現在齊家恐怕更不樂意娶妳進門了，妳要先在那賤丫頭面前伏低做小，跟她搞好關係，借著那賤丫頭的勢讓齊家低頭。有什麼事多跟安松商量，這些銀子你們自己收著，那些下人都是扒高踩低，勢利得很，你們手邊有銀子才好說話，娘自己多少還有點小積蓄的。」

第二日，出乎所有人的意料，一大早，林雨蘭就帶著丁嬤嬤跟冷老夫人辭行。「娘，以後雨蘭不在您身邊，您要好好保重自己，梅兒、松兒他們四個就拜託給娘了。」說完給冷老夫人拜了三拜就匆匆離去，她怕自己遇見冷安然或是冷弘文又會怒上心來，忘記了「忍辱負重」。

冷老夫人嘆了口氣。「容嬤嬤，妳說文兒他是不是太狠心了？雨蘭畢竟為我們冷家生了四個兒女，辛辛苦苦持家這麼多年。」

容嬤嬤招呼丫鬟過來侍候冷老夫人洗漱。「老夫人，老爺也是不得已啊，經過昨天的事，再留著林姨娘，冷府會變成眾人口中的笑話，老爺要出門為官、我們的少爺小姐也都要談婚論嫁呢。」

「就是啊，娘，那個林雨蘭黑心爛肝的，她昨天對二丫頭做的事若是傳到京裡，我們全都要吃不了兜著走，您不想為了那麼個外甥女把您的兒子孫子都賠上吧？」冷幼琴帶著兩個女兒走了進來，憤憤不平地嚷道。「而且啊，林雨蘭明明對二丫頭下毒，那個什麼情蠱卻讓四丫頭給吃了，為什麼？報應啊，一定是大嫂顯靈，救了二丫頭唄。所以，娘，您可千萬別摻和。」

「行了行了，不要再說了，妳這一大早的過來幹麼？」冷老夫人已經兩個晚上沒有睡好覺了，她現在只要一聽到「夏芷雲」、「顯靈」、「報應」幾個字就渾身發冷，忍不住要顫抖。

冷幼琴親自為母親拎了帕子。「娘，是這樣的，泉兒的婆婆田夫人下個月生辰，想請二丫頭去參加壽宴，您看……」

「琴兒啊，妳也看到了，二丫頭的事我作不了主，妳就不要再湊著了，別說她不會去，就是妳大哥他也不會同意的。」冷老夫人又是一聲長嘆。

「外祖母，您放心，我跟我公公婆婆說了，安然妹妹的親事由大長公主作主，他們只是想跟安然妹妹談談合作的事。」俞慕泉趕緊接過話。「您老不知道，安然妹妹真的是做生意的天才，自從我們香滿樓推出那三道新菜式和『一桌送一碟泡菜』的優惠，生意一天比一天好。還有安然妹妹定下的那個什麼『越早越便宜』的活動，現在所有客人都怕錯過下個月新菜推出的時間呢。」

冷老夫人訝然。「那丫頭真的這麼厲害？什麼是越早越便宜？」

「可不是？要早知道二丫頭這麼能幹又這麼有福氣，我早早就應該把她訂給我們家海兒了。」冷幼琴一想起這個，腸子都悔青了，要是安然剛退親那會兒就把她訂了，她娘和大哥一定不會有意見，那大將軍王府也來不及反對不是？

俞慕泉瞪了她娘一眼止住了她的牢騷，要是讓冷弘文聽到了，又要趕她們走。

冷幼琴在平縣家裡被俞老爺和俞慕泉「教育」了很久，已經知道不敢再妄想安然做兒媳婦了，她訕訕地笑了笑，開始跟冷老夫人解釋「越早越便宜」。

香滿樓對顧客作出承諾，每月推出一道新菜式，所謂「越早越便宜」，就是新菜式在推出當天，頭八位點這道菜的顧客獲得七折優惠，第二天的頭八位八折優惠，第三天的頭八位九折優惠。

眾人擁著冷老夫人走到廳堂，冷幼琴還在繼續興奮地說著——

「娘啊，您可不知道，有些被雙福樓搶去很久的老顧客回到我們香滿樓來，竟然是為了那泡菜，後來嚐了我們的新菜式後，覺得也很不錯，就時不時地又開始到我們香滿樓來了。不過我們那泡菜還真的是絕品，現在許多店在模仿，可是都做不出那味道。幸好二丫頭精明，一開始就讓我們家老爺把做泡菜的工作放在府裡，由我身邊的阮嫂負責。老爺說，照這樣下去，我們很快就可以在別處多開分店了。呵呵呵，這不，田老爺知道我們的生意好起來全靠二丫頭，就老是跟泉兒叨叨著想見見她。娘，泉兒畢竟是田家的媳婦，您就……」

「當然不行，我女兒豈是誰想見就見的？」門口，與冷弘宇一家一同走進來的冷弘文打斷了冷幼琴的話。「然兒很忙，有很多東西要學，還有她娘留下的嫁妝店鋪要打理，時不時大長公主還要接她去京城小住，哪有時間管別人家的事。」

冷弘文今天一大早收到秦大人的飛鴿傳書，說他升調冷弘文的摺子沒有回報，正在守孝的慶親王爺，竟然在皇上去祭拜老王爺的時候為冷弘文說了情。

慶親王爺與他從無交集，甚至冷弘文自己也從來無緣見過那位傳說中英勇神武的小王爺，能幫他說話定是因為大長公主的原因，大長公主可是慶親王爺的親姑姑，關係一直很親厚。這種小事無須大長公主出面，所以慶親王爺就代為提一下了。

那大長公主肯幫忙，自然是因為安然不是？上次瑾兒小王爺離開的時候還說了年底要接安然進京來著！其實瑾兒的原話是——「冷大人，我不在，你們不許欺負我大姊姊。我祖母說了，很快就會接我大姊姊回京。如果你欺負我大姊姊，我就讓我祖母用鞭子打你。」

冷弘文一激動，「父愛氾濫」，就早早跑過來慈心院，要再跟冷老夫人好好談談，讓她多多關愛一下安然，結果才一進門就聽到冷幼琴說什麼田老爺想見安然。笑話，別說安然是大長公主的義孫女，就算只是他冷弘文這個正五品知府的嫡女，也不是誰想見就見的，而且誰不知道那田家打的什麼主意？

「大哥，不過是一個壽宴罷了，大家都是親戚，多走走有什麼不好？二丫頭去了平縣就住我們府裡，您放心，我保證好吃好喝地侍候著，然後再完好如初給您送回來，一根頭髮都不掉。」冷幼琴信誓旦旦，就差拍胸脯了。

切，住在你們府裡就更不讓人放心了！冷弘文心道。安然的親事有大長公主作主，能讓皇上賜婚，將來的親家絕對不會差，冷府也就多一個強勢姻親。可若萬一中了田家或俞家的圈套，惹惱大長公主和大將軍王府不說，他自己就虧大了。

「我已經說過了，然兒很忙，她將來是要進名門大家做主母的，大長公主特意讓桂嬤嬤這個六品宮嬤到然兒身邊教導妳沒看到嗎？冷幼琴妳別總想著扯她後腿。不過就是一個有點錢的商人而已，連皇商都還不是。」冷弘文不屑地冷哼了一聲。

冷幼琴一急，脫口而出。「不就是希望二丫頭進門，有了那雙面繡，又有大長公主撐腰，這皇商的資格還不就是一句話的事？」

俞慕泉想拉住她娘已經來不及，冷幼琴語速極快，話已經說完了。

冷弘文「啪」的一聲，一掌拍在茶几上，杯具應聲落地。「這就是妳說的一個壽宴而已？就憑你們，也想算計然兒？立刻給我滾回平縣去！讓田家歇了這心思，大家還能當個遠房親戚偶爾走動；想算計我們冷府？我冷弘文也不是吃素的！」

俞慕泉一驚，慌忙上前跪下。「舅舅息怒，沒有沒有，無論是田家還是俞家，都不敢算計安然妹妹，您誤會了。只是我公公欣賞妹妹的才幹，婆婆又喜歡妹妹，想多親近親近而已。如果妹妹真的願意嫁入田家，我公公說了，她一進門就是田家的當家主母，而且田家願意拿出三十萬兩銀子作為聘禮，妹妹的嫁妝也由田家負責。」

冷弘文不屑地冷哼了一聲，他冷弘文要的是步步高陞、榮登朝堂，才能光耀冷家門楣。

之前會貪墨那些銀子也是為了孝敬上面、走關係。現在因為安然，他的前途已現光明，以後只有人家孝敬他，哪需要他成天削尖了腦袋討好上面？為了這區區三十萬賣了他的「福星」？他有再多的銀子也討好不了大長公主、慶親王爺這些人啊？而且要再次惹惱了那大將軍王府，他們能不給他使絆子？切，除非他瘋了才會做這樣的虧本買賣。

「行了，該說的我都說過了。我家然兒的親事由大長公主作主，妳讓田家不要再想著這茬了。」冷弘文強硬地甩出幾句話，然後滿面得色地走了。

冷弘宇看傻子似地看著冷幼琴。「琴兒，你們不會以為隨便找個人，就能讓大長公主請皇上賜婚吧？大長公主把然兒當親孫女，小王爺又跟然兒親，以後然兒必定是要嫁到京裡，離他們近些的。大長公主能看上的人，至少都得是朝廷一、二品大員家的嫡子吧？哪輪得到田家這樣一個商家？真惹惱了大長公主，給你們俞府招來什麼大禍，到時候沒得找地哭去。」

「二……二哥，真的這麼嚴重？二丫頭只不過是她的義孫女嘛。」冷幼琴不甘願地咕噥著，但心裡還是打起了哆嗦。

冷弘宇不耐煩地白了她一眼，甩甩衣袖，帶著妻兒也走了。

第四十四章 情之一字

不得不說，最瞭解冷弘文的還是鍾離浩。

在鍾離浩的書房內，總喜歡從宮裡出來「透氣」的皇上鍾離赫手指輕敲著書桌。「冰塊，上次話沒說完就被老王妃給打斷了。你倒是說說，為什麼覺得冷弘文適合諫議大夫一職？不是你抓到他貪墨銀子的證據嗎？竟然還贊成升他的職？這不像你的風格。」

鍾離浩冷然一笑。「升職？諫議大夫這個位置，皇兄您信他，他就算升職了，您若不信他，只怕是明升暗貶，好看而已。冷弘文不是幫皇兄您解決了救災款的問題嗎？您就給他這個『好看』的面子，一來鼓勵那些官員以後多多出這種風頭，二來也把他放在眼皮底下，斷了他繼續貪墨的機會，那福城知府其實是個油水豐厚的肥差呢。」

鍾離赫放慢了手指敲擊的速度，抿著嘴，似乎認可了鍾離浩的說法。

鍾離浩玩轉著手中的茶杯，繼續道：「那冷弘文飽讀詩書，能文善辯，但無發展經濟之能。而福城是發展商業貿易的要塞之地，實應該選一位有經濟頭腦的官員去，讓福城為大昱經濟發展發揮出更大的作用。

「再則，冷弘文是個貪名勝於貪錢的人，之前貪墨也是為了走關係升官，他的生活並不奢侈，否則還真沒辦法那麼快填補帳冊虧空。這個人一心想著升官進爵，擺脫他卑微的出身，光宗耀祖。在諫議大夫的位置上，為了早日做出成績，應該也要比很多人更敢說、敢諫吧？」

「言之有理。」鍾離赫一拍桌子。「你這個小冰塊，還總說自己不善朝堂之事，成天給我推三阻四的，我看你做個宰輔都綽綽有餘，守完這二十七個月的孝期，可不許你再躲懶。」

鍾離浩趕忙擺手。「饒了我吧，皇兄，弟弟我還真對這些費腦操心的事沒有興趣，只是因為一個朋友，多關注了那冷弘文幾眼罷了。」

「噢？什麼朋友能讓我們的冰塊這麼上心，關注到福城去？」誰說皇帝不能「八卦」了？鍾離赫敏銳地注意到自己最愛重的小堂弟下意識地握了握腰間的荷包。「對了，我最近怎麼總看見你用著這一個荷包，不會是你那個朋友送的吧？哈哈哈哈，那一定是個紅顏知己！」

鍾離浩一張臉騰地紅了起來。「皇兄，那小丫頭還小，還不懂這些呢，再說我還在孝期，您可別……」

「難得難得，我們的小冰塊也開始動情了，這下母后不用再擔心了，哈哈哈。」難得看到此景的鍾離赫哈哈大笑。

看見鍾離浩不斷探頭向外張望，又窘迫又著急的樣子，鍾離赫總算「善良」地放低了聲音。「好好好，不說了，等過了這三年孝期，朕再給你和那個什麼……小丫頭指婚就是。哈哈哈，你也別擔心，外面那麼多人守著，沒有人敢靠近的。」
鍾離浩咧著嘴，摸了摸耳後。「謝皇兄，還請皇兄跟皇伯母說一聲，別再給我張羅了，我不喜歡那些矯情虛偽的『世家閨秀』。」太后她老人家看到適齡的閨秀就總往他這兒想，老慶親王生病那會兒，太后還想過給他指一門親沖喜呢，據說是什麼侯爺的嫡女來著，好像太后還沒死心，可別真讓那姑娘等三年，那就真麻煩了。

鍾離赫一見他這樣更樂了。「也不知是什麼樣的小丫頭，能讓你這個冰塊如此上心？不過，朕可是知道，你這府裡最近住進來不少漂亮的『表妹』喲。那吳老王妃可謂用心良苦，不知到時是終成一場空呢，還是真能把你這冰塊化到她碗裡去，呵呵。」

「別提那些無謂的人，反胃。」鍾離浩冷哼一聲。「對了，衍兒怎樣了？好些了嗎？沒有再上吐下瀉了吧？」

「好多了，現在搬到太后宮裡去了。幸虧你懷疑是中毒，讓黎軒進宮診治，否則……太醫院的那些庸醫個個都說是胃寒引起的。」鍾離赫一拳砸在桌子上，大內皇宮裡，竟然有人敢對他的兒子下毒。雖然他不是最愛重三皇子，但畢竟是正宮所出的唯一嫡子。現在，皇后憂傷過度，也跟著病了，母后更是氣得昏倒，現在整個後宮不是恐慌就是哀傷，害得他也躲出來了。

鍾離浩心情複雜地看著盛怒的鍾離赫，心裡有些疑問不敢問，有些懷疑不敢說，雖然鍾離赫一直對他疼愛有加，但畢竟君是君，臣是臣，而且鍾離浩對鍾離赫一直是敬愛的。

鍾離浩四歲進宮，幾乎是鍾離赫看著長大的，對他來說，鍾離赫這個大他十六歲的太子哥哥如父如兄——當今的大皇子鍾離旭澤也只比鍾離浩小一歲而已。

那些年，鍾離赫是最儒雅德厚、最勤奮的太子，孝敬皇上皇后、勤學政事、與太子妃夫妻情深。雖然太子妃接連生了三個女兒後才有了如今的三皇子鍾離旭衍，但鍾離赫與太子妃是青梅竹馬，並沒有因此而冷落太子妃，兩人一直是鶼鰈情濃。

直到六年前的那次刺殺事件，當鍾離浩拚死把太子救出來的時候，他已經中了毒箭昏死過去，足足昏迷了三天三夜才醒過來。剛醒來的太子看誰都是一副茫然的眼神，太醫說怕是摔了腦袋短暫失憶，很快就會恢復。

果然，第二天太子就恢復正常，什麼都想起來了，依然勤奮、依然孝敬、依然寬厚……可是，慢慢地，大家就發現了太子的變化，他依然尊重太子妃，卻沒有了之前的親密，倒是突然寵愛起平日不起眼的葉良媛來，登基後更是立葉良媛為德妃，位居四妃之首，連帶著德妃所出的二皇子鍾離旭瑞都備受重視。

沒有人不奇怪，可是沒人敢問，因為這是皇上的私房事，他並沒有做出什麼出格的事，對皇后也尊重愛護，誰還能管得著皇上愛誰、寵誰？

只有從小視皇后如母如姊的鍾離浩實在不忍心看著皇后背地裡傷心，有一次趁著鍾離赫和自己都喝「醉」了的情況下大膽問了一次。鍾離赫當時的回答是——「朕也不知道，自從朕上次昏迷醒過來後，總覺得記憶中缺失了一大塊，怎麼也想不起來，而德妃就在那塊記憶裡。朕拚命地想，又不知道到底要想什麼，但只要看到德妃，朕就會莫名地安心、開心，朕想，那空白的記憶肯定與德妃有關。只是德妃也不知道那是什麼，她所說的我們之間的所有事，都是朕記得的。」

鍾離浩也不忍心看見鍾離赫用力敲擊自己腦袋試圖喚醒記憶的樣子，從此再也不敢問了。

就這樣，一晃眼，鍾離赫登基都四年了。

此時，鍾離赫見著鍾離浩眼裡的疑惑，苦笑道：「冰塊，你是不是也懷疑是德妃下的毒？只是因為她有二皇子，一有風吹草動你們就總是懷疑她。衍兒是朕的嫡親兒子，他中毒了，難道朕不心疼嗎？如果真是德妃做的，朕怎麼可能包庇於她？你們看著，朕一定會揪出下毒的凶手來。」

「皇兄您記得嗎？我四歲那年中的毒，到現在也沒有查出來是誰。」鍾離浩倒了一杯茶給鍾離赫，又倒了一杯給自己，喝了一口茶後幽幽地說道：「皇嫂就衍兒一個兒子，如果真的有什麼意外，估計她也……咳咳……」

「冰塊，我知道你心裡一直覺得我慢待你皇嫂了，可是自從那年醒來後，我心裡一直有一種空虛的感覺，只有看見德妃，我才能安心，甚至說，只有跟她在一起，我才能睡得踏實，你……你不明白那種感覺。無論如何，我一直都是尊重你皇嫂的，你皇嫂的位置，沒有人可以替代。」鍾離赫心中又升起了一種無力的茫然，甚至忘記了用「朕」自稱。

「皇兄，您……您很愛德妃娘娘嗎？那您現在不愛皇嫂了，只有敬重？」鍾離浩忍不住問出口。

「不知道，我只是覺得德妃的相貌似乎深深刻在我心裡，看見她在我身邊我就很安心，但有時又覺得她跟刻在我心裡的那張臉不是同一個人……到底哪裡不同呢？我心裡那個影子到底是誰呢？」鍾離赫又開始用拳頭敲擊自己的腦袋。

「皇兄，您別再想了，別再想了，我不問了，再也不問了。」鍾離浩趕忙拉下鍾離赫的手，他心疼皇嫂，可也心疼皇兄啊。

這時，南征敲了門進來。「爺，武信鏢局的大當家石冰已經給那個叫筱蝶的妓子贖身，安置在石冰家裡，據說她是石冰失散多年的妹妹。葉二公子已經同石家約好，三個月後納筱蝶進門。」

這時候認妹，然後送進清平侯府為妾？鍾離浩擰了一下眉。「讓人查一下那個石冰和筱蝶。對了，葉子銘對他夫人還好吧？」

南征很快回答。「聽說葉二奶奶，嗯，就是陳家小姐進了侯府後沒有再尋死，兩人看起來相敬如賓。」

「葉子銘？不是德妃的侄兒嗎？」鍾離赫奇怪地看向鍾離浩。「冰塊，你查葉子銘幹麼？你跟清平侯府沒什麼過節吧？」

鍾離浩揮揮手讓南征出去。「皇兄，您可別誤會，這事跟清平侯府或者德妃娘娘都沒半點關係。葉子銘的那個新婚妻子陳之柔是小丫頭最好的手帕交，小丫頭從小就沒有什麼朋友，所以很關心陳小姐。葉子銘跟那個妓子鬧出的事您也知道，我只是替小丫頭關注一下而已。」

「呵，原來如此。」鍾離赫恍然大悟。「愛屋及烏，看不出來，你這個冰塊也會用情至深嘛，哈哈哈。」

這天，在福城的安然也恰好收到陳之柔的信，是跟著瑾兒的信一起來的。

安然先打開瑾兒的信，瑾兒他們剛到京城的時候，大長公主有飛鴿傳書，說瑾兒他們路上遇刺，是兩個扮作船員的刺客，不過瑾兒姊弟身邊侍衛、暗衛眾多，有驚無險。

雖說瑾兒平安無事地到達了京城，安然還是很擔心，那麼小的人兒，有沒有嚇到了？心裡會不會留下什麼陰影？

瑾兒的信足足有六頁，連寫帶畫，只有安然看得懂，而且上面除了瑾兒稚嫩的筆跡，還有至少兩個不同人的字跡，有的是幾個字，有的是一整段話。瑾兒還小，很多字不認得，應該是讓瑜兒或其他人代寫了其中部分，有的內容甚至也不找人寫，自己畫出來了。

信的內容比較像是日記，每天吃什麼、看到什麼、夫子表揚了他、大長公主指責了一句……安然看著就像是瑾兒近在眼前，一會兒興高采烈地手舞足蹈，一會兒嘟著嘴、委屈兮兮地告狀。就連對那次船上遇刺的敘述，都像是看了一場大戲，大讚誰怎麼怎麼厲害，誰怎麼怎麼英勇，他還要拜一個暗衛為師學武呢。

安然看得呵呵笑，終於放下心來，想來這孩子畢竟有他那對大將軍父母的遺傳，雖然年紀小，也不至於被那件事嚇到。

看了陳之柔的信，安然則是唏噓不已，葉子銘和那花魁的事果然有隱情。陳之柔在信中說，葉子銘對她很好，好到有點小心翼翼，還總喜歡在她「睡著」後，或者「未醒」時抱著她說一些「悄悄話」。但陳之柔從來不曾多問，兩人現在也算舉案齊眉、相敬如賓。

安然長嘆一口氣，這樣的相處模式能維持多久？那個花魁進門後能夠老實安分嗎？

正想著，有丫鬟來報。「薛大少爺和黎軒公子來訪，被二老爺迎到前廳去了。」

「薛大哥和黎軒哥哥？快，我們去前廳。」安然驚喜道，站起來就往門口走去。

「哎喲，我的小姐，好歹您也要先換了鞋啊。」舒霞拉回安然按在椅子上，讓小丫鬟拎了繡鞋過來，幫安然換下腳上的拖鞋。自己拿了一朵珠花、一支茉莉花頭銀簪子插在安然空空的髮髻上，看了看安然身上簡潔的藕色襦裙，又從妝奩盒裡挑出一串粉色珍珠項鍊給她戴上，這才鬆手放她出門。

安然在自己屋內一向不喜歡戴飾品，又喜穿拖鞋，想著剛才一激動差點就這樣「衣裝不整」地出門，她不好意思地吐了一下小粉舌，帶著舒安、舒敏出去了。

剛走出院門不到五十米，就看到迎面而來的安梅、安蘭兩姊妹。安梅笑道：「二妹妹這是要去哪兒，我和蘭兒正要去靜好苑看妳呢，還要多謝妳昨天讓丫鬟救了蘭兒。」

安然一如既往地淺淺一笑。「沒什麼，既然能救，舒敏自然不會袖手旁觀，即使是一個陌路人，她也會出手相救的。我還有客人在前廳，二位請自便。」

「二妹……」安梅本以為安然至少會說一句「自家姊妹」之類，沒想到安然連一句場面上的客套話都沒有，讓她完全無竿子可以順著往上爬，原來準備好的話都用不上，心裡暗自氣惱，還得想著什麼說辭可以套點近乎。

一聲「小安然」的呼喚聲打斷了冷安梅的思考，只見冷弘宇帶著兩位年輕男子朝她們走來——美啊！一位陽光俊朗，笑起來如春風撲面，而口裡喊著「小安然」的那位簡直飄逸如謫仙，美得無法用語言來形容。

冷家的人長得都很好，冷安梅一直自詡美麗優雅，眼光也挑剔，一定要同樣高雅的美男子才能配得上自己，所以才會想盡辦法從安然那裡把齊榮軒搶過來。可眼前的這兩位男子簡直比齊榮軒強太多了，尤其那位謫仙般的白衣美男，這世間的女子也沒有比他更美的吧？冷安梅姊妹都看呆了。

「薛大哥、黎軒哥哥，我正要去前廳找你們呢。」安然高興地上前行禮，笑得眉眼彎彎，讓薛天磊和黎軒明顯地感受到她的歡欣和喜悅。

「乖，不枉我們一到福城就直接來看妳了。」自從那次在雙福樓說自己也是安然的「有力娘家」後，黎軒現在見著安然都是一副兄長的模樣。

冷弘宇笑道：「然兒，妳這兩位兄長說要給妳個驚喜，所以我們沿途過來迎妳，現在妳帶二位轉轉吧，晚上留下來用飯。」

「不用不用，冷大人客氣了，我們三人還要去看君然，大長公主給他們姊弟倆帶了一些東西，晚飯後我會親自送安然回來。」薛天磊徵求似地看向冷弘宇，用的卻是肯定語氣。

安然心情很好，對著冷弘宇也是燦爛的笑臉，不似平日裡面具似的淺笑。「那麼煩請二叔幫我跟老夫人和父親說一聲，我帶兩位兄長去夏府看望君然了。」

冷弘宇連忙點頭應下。「妳去吧，早點回來。」

安然讓舒安去跟劉嬤嬤她們交代一聲，自己跟著薛天磊和黎軒往外走去，一路上像隻小麻雀似地問了一個又一個的問題。黎軒笑著用扇子敲了一下她的腦袋。「妳嘰嘰喳喳地問了這麼多，也要給我們回答的時間不是？」

安梅姊妹見兩位美男看都沒有看她們一眼就帶著安然走了，對著安然卻都是一副疼寵的笑容，妒忌得滿心泛酸。

安梅問冷弘宇。「二叔，那兩人是什麼人啊？看起來跟二妹妹很是熟悉。」

冷弘宇看著兩頰飄紅、一臉羞怯又激動的兩個侄女，冷冷答道：「一個是敬國公家的嫡長子薛大少爺，雙福樓就是他家的。另一位是名滿大昱的神醫黎軒，人稱毒公子。他們跟大將軍王府的三爺走得很近，據說也是大長公主比較喜歡的晚輩，自然跟安然熟識了。」說完就快步離去，明日他就要啟程回京，有些事還是要提醒一下大哥。

安梅眼睛一亮，拉著安蘭。「走，找安松去。」

另一邊，安然跟著薛天磊和黎軒出了府門口，就看到兩輛超大馬車停在那兒，薛天磊的小廝佳茗和黎軒的小廝秋分、冬至正坐在其中一輛馬車前聊天，旁邊還栓著幾匹駿馬。

黎軒指著後面一輛馬車。「小安然妳看，我們從京城過來總共就四輛馬車，給你們姊弟倆帶的東西就占了一輛。有妳外祖父家的、有大長公主的，還有偉祺的。妳那兩個舅母還嫌我們的馬車太小呢，可是我看她們那勁頭呀，就算再多加一輛車，她們也還能嫌小。」

「呵呵，我們姊弟倆招長輩疼唄。」安然笑得很得意。「不是說四輛車嗎？還有兩輛呢？」

黎軒親自扶安然上了馬車。「那兩輛車跟天磊的嬤嬤和兩個大丫鬟先回薛府去了。」

黎軒和薛天磊也沒騎馬，跟安然一起坐馬車，加上舒安、舒敏，共五人，還只是坐在馬車寬敞的外間。車廂中間橫著一座大屏風，屏風的內側是一張床和一個小衣架，看衣架上掛著的幾件白色袍子，這輛馬車應該是黎軒的。

屏風外，也就是安然等人現在坐的地方，就是一個小會客室，正中間一張圓桌六張椅子，兩側各一排櫃子，櫃子上面放著果盤、點心盒之類。

薛天磊見著安然眼中的驚嘆，笑道：「像我們這樣經常出遠門的人，馬車就像會動的家一樣，一定要舒適才行。這馬車不但寬敞，而且防震效果比一般馬車好很多，四個輪子都包裹著三層厚厚的牛皮，我和黎軒、偉祺各有一輛。安然若是喜歡，我也給妳訂製一輛。」

「好啊，好啊，謝謝薛大哥。」安然一點也不客氣，像她這種享受派的人，正需要一輛舒適的馬車，上次去京城就顛得夠嗆，虧得夏老太君那輛專用馬車已經算是比一般馬車好多了。

「黎軒哥哥，有紙嗎？」安然想起前兩天剛剛「回憶」起來的彈簧減震裝置。

前世因為看穿越小說看到女主改造馬車，無聊的時候跑去百度了一下，瞄了幾眼，嘿嘿，誰知道現在自己有這樣逆天的記憶功能，簡直比電腦還像電腦，那減震裝置的圖紙和原理說明就那樣清晰地顯現在她頭腦中。

黎軒從一個抽屜裡拿出幾張紙，安然拿出隨身荷包裡的自製簡易炭筆畫了起來，又把主要的步驟、原理和安裝方法簡單列了出來，然後笑咪咪地看著薛天磊。「薛大哥，這是我無意中在一本番人的書上看到的，你看看能不能讓人做出來安裝在馬車上，這樣減震效果會更好，下次我去京城，就不會那麼辛苦啦。」

薛天磊看著那圖和說明，眼睛越來越亮，他改造自己的馬車時，可是跟工匠再三研究和討論過，加上安然照本宣科地在一旁解釋，一下就明白了其中的奧妙，還修正了安然寫的一個步驟。

安然是照搬，那個步驟是從整段話中提煉出來的，但她這個文科生理解錯誤，在頭腦中對照了一下整段話的意思，薛天磊的理解才是對的。安然不得不佩服薛天磊的聰明，這古人的「六藝」教育可不是白瞎的，她這個現代人只不過占了穿越的便宜，現在還加上外掛特異功能，否則還真是差遠了去。

薛天磊是個天生的商人，他從安然的圖紙上，不僅看到了舒適，還看到了商機和銀票。他這次終於沒有忍住，伸手揉了揉安然可愛的垂掛雙髻。「黎軒說得沒錯，妳就是財神爺的女兒下凡，得，妳就等著數銀子吧。薛大哥自從認識妳，發現賺銀子還真不是件難事。」

安然一聽到數銀子就兩眼冒金光，不過被一個小弟弟揉腦袋還真是很囧欸，她的內裡可是比薛天磊大十幾歲來著，只好不斷給自己催眠——我是小妹妹，我才十四歲。

似乎為了回應自己的心理暗示，安然的身體自然而然地嘟起嘴。「薛大哥，你把我的髮髻弄亂了啦。」說完又笑得瞇起了眼。「你要賣這種減震馬車是吧？看在銀子的分上，我不跟你計較了。」

薛天磊興奮地點點頭。「這可是個大好的買賣，一定受歡迎，富貴人家誰家沒有幾輛馬車，誰不想出門不遭罪？」說著又向安然的髮髻伸出魔爪。

安然連忙偏過腦袋避開，格格笑道：「薛大哥，你再弄我頭髮，我要收費啦。」

薛天磊寵溺地看著笑顏如花綻放的安然，也哈哈笑了起來，眼裡的柔情都快滴出水來，如果他能夠每天這樣揉弄安然的烏髮，能夠每天守著她的笑顏，就是讓他把他的所有都奉上又如何？

舒安和舒敏都不是細膩的人，而且她們一直都覺得鍾離浩、薛天磊和黎軒三人如兄長一般疼愛安然，倒沒覺得有什麼特別。

黎軒卻不同，作為一個正飽受情愛之酸甜苦辣的男人，他太熟悉薛天磊的那種眼神，那是男人對著心愛的女子才會有的眼神。他心裡暗自搖頭，他的兩個最好的朋友愛上同一個姑娘，他該幫誰？祝福誰？即使沒有鍾離浩，薛天磊的這段感情也難哪，他早已訂親，難道要安然做小？別說安然那性子不可能做小，就是他這個已視安然為妹子的兄長，也不會願意讓安然屈居人下，何況，還有大將軍王府和大長公主呢！

唉，可憐的天磊！可憐的自己！情之一字，何其無奈！

第四十五章　還真敢想

安然一行到了夏府，君然見到兩位兄長，自然又是一場歡欣鼓舞，夏府別具一格的雅致和清靜吸引了黎軒，他很果斷地「喜新厭舊」，選擇住在夏府，不跟薛天磊回薛府了。

「我這個做兄長的自然要住在弟弟妹妹的府上為好，而且現在你們府裡鶯鶯燕燕太多，脂粉味嗆得我難受。」

薛天磊苦笑，如果可以，他也很想住到夏府來。國公府裡都在傳他的親事在年底辦，父親的那些姨娘們以及七大姑八大姨，全都想著在大少夫人進門前把自家的侄女、外甥女或女兒先送到他這個大少爺房裡，要是能先生下長子就更好。

雖然嫡庶有別，庶子和嫡子的待遇相差很大，但若不出意外的話，薛天磊就是未來的敬國公，而且家大業大，就算庶子能分得的家產少，也不是一般人家的嫡子能比的，庶長子就更不用說了。若是再來個萬一，那大少奶奶生不出嫡子呢，嘿嘿，有希望就有動力不是？

因此，在薛天磊這次南下前，好幾個「表妹」已經以各種五花八門的理由先住進福城的薛府了。

薛天磊和黎軒這次來福城，主要是為了福城「康福來」和「紅紅火火」的開業，當然，薛天磊還有大半精力在「七彩綢緞莊」上。

薛天磊對安然笑道：「康福來我交給一個妳熟悉的人來打理，對他，妳一定能放心的。」安然一下想到馬掌櫃，驚喜道：「是馬掌櫃嗎?他不在雙福樓做了?」

薛天磊苦笑地搖了搖頭。「我那庶兄覺得馬掌櫃是我的人，容不下他，老是找茬。而馬掌櫃跟著我多年，也不願意離開我，這不，聽說我們合作了這個康福來，就辭了雙福樓大管事的工作，主動請纓要過來。」

「呵呵，那敢情好。」安然確實高興得很，馬掌櫃可是經驗豐富老到的酒樓管理人才，人品也靠得住。「不過，你們家不會找他麻煩吧?」

「不會，馬掌櫃不是敬國公府的奴才，他本是我娘陪嫁店鋪的管事，十年前我娘就把他們一家的身契還給他們了。」薛天磊回答。「馬掌櫃和『紅紅火火』的李大頭李大掌櫃比我們早到一天，明日他們都會來拜見妳。」

「對了，薛大哥，你不是有個庶兄嗎?為什麼馬掌櫃他們都稱呼你為大少爺呢?」這個問題，安然在京城第一次聽說薛天磊那個庶兄時其實就想問來著。沒辦法，安然是典型的雙子座，真正好奇心害死貓的性格。

「我那庶兄的姨娘一開始不被我曾祖父和祖父祖母接受，做外室好多年，到他十歲那年我曾祖父過世了才進府。府裡對幾個少爺的稱呼都習慣了，也沒改，就一直這麼著。大家都稱他天其少爺，為此他耿耿於懷，把帳算在我這個嫡長子頭上，更加記恨我了。」薛天磊沒把安然當外人，很自然地解釋給她聽。

「哦，原來是這樣。」安然鄙視地一撇嘴，這古代的男人可真忙，稍微有點錢，府裡妻子、姨娘一堆的還嫌不夠，竟然還要養外室？

三人談得投機，時間飛逝而過，安然回到冷府的時候已經是酉時，剛進門就被請到了慈心院，又是眾人到齊。

冷弘文儼然一副慈父口吻。「然兒回來啦，累了嗎？帶妳的兩位兄長去哪兒玩了？」

安然恭順地答道：「謝父親關心，我們只是在君然的府裡小聚一下，並沒有去哪裡。外祖父家和大長公主祖母託兩位兄長帶了些東西給我，其中一些藥材和乾貨我帶過來了，給老夫人和父親補身用。還有一些宮裡出來的錦緞和珠花，也帶了些分與各位姊妹。」

「好，好，真是好孩子。」冷弘文現在看安然哪兒哪兒都順眼，他這個嫡女長得漂亮、人聰明、會賺錢，又有後臺，連結識的朋友都個個非池中之物。他冷弘文能不能發達，冷府能不能雄起，恐怕都要倚仗這個女兒了。

「對了，父親，有人讓我帶話予您，讓您近期要特別注意聲譽，別讓人抓了把柄，最好能做出一、兩件漂亮事，年中的考評對您很重要。」這是安然回來前黎軒悄悄對她說的，說是鍾離浩的交代。安然不知他們為何要對冷弘文這麼「善意提醒」，但她知道他們都是為她好。鍾離浩對冷府的事瞭若指掌，應該是知道了最近發生的事，在婉轉地警告吧。

這會兒她見眾人齊聚在此等她，心想著肯定又沒什麼好事，所以就趁這時說出來，也算是她的威脅。呵呵，有「幫凶」就是好啊！

「好，好，乖，父親知道了。」冷弘文激動地答道，還慈愛地拍了拍安然的肩，與早上收到的消息一對應，這「有人」是誰他自然是心知肚明。不過這是不好張揚的，女兒聰明，小小年紀就知道要說得隱晦。

看來，升遷回京之事是指日可待啊！現在有了大長公主這層關係，加上有安然這麼為他著想，大將軍王府也一定不會為難他。冷弘文似乎已經看到自己的面前鋪開了一條錦繡大道。

「咳咳，二丫頭，薛公子和黎公子既然是妳的兄長，明日請到府裡來吧，讓我也見見。還有君然，讓他明日也過來。」冷老夫人擺出一副老祖宗的姿態，那個君然怎麼說都是冷家的嫡子，怎麼能一直不認祖歸宗？

安然轉頭看了她一眼，一副「莫名其妙」的表情。「兩位兄長是大忙人，他們到福城都有要事在身，我也不好打擾的。君然過幾天要參加薈華堂的進學考試，忙著溫書呢。老夫人若想見他們，只能等以後了。」

老夫人正要開口，被冷弘文搶了先。「君然要考薈華堂？那不但需要推薦函，還必須是名士大儒，至少也是一州知名文人或者薈華堂裡資深授課先生的推薦函。」

「是的，父親，在京城的時候，謝言博大學士就給君然寫了推薦函，本來他是希望君然考清暉書院的。」安然悠悠地答道。現在君然身分已定，過分藏拙未必是好事。許先生說薈華堂的入學考試對君然來說沒有問題，正常發揮即可，不出意外的話，應該還可以直接進入二級院，到時就要同冷安松成為同窗了。

薈華堂的學員分屬五個級別的學院，剛剛考進去的學員正常情況下就在屬於初級班的一級院，第二年考試合格升入二級院，準備考童生試，中了秀才後進入三級院，考過舉人後就分流了，按照鄉試名次和自身資質分別進入四級院和五級院。一般情況下，進入五級院的那些「尖子生（注）」，基本上都是未來的進士。

「謝大學士啊！」冷安松和冷安和同時驚呼出聲來，在大昱，對於數十萬莘莘學子來說，謝言博那就是天王級別的偶像，絕對可以讓眾學子頂禮膜拜。

冷弘文也驚嘆。「謝大學士見過君然？」

「是的，君然有幸讓謝大學士指點了幾次。」安然談及君然，兩眼就如同星辰般閃閃發光，想低調都低調不起來，那是個足以令她驕傲的孩子，天資聰慧不說，更比其他人努力數倍。

「行了行了，不要再說妳那個什麼義弟，他再好也不是妳親弟弟。」冷安蘭很不耐煩地打斷了冷弘文正想說的話。「祖母讓妳請那個薛大哥和黎軒哥哥到府裡來妳沒聽到嗎？明天忙，什麼時間有空總能預定吧？」

暈，還薛大哥？黎軒哥哥？真是自來熟啊！安然心裡冷嗤，面上不動聲色地看著在一旁忙乎的舒霞把京城帶來的東西按人頭分成幾份，還小聲叮囑了兩句。

注：尖子生，即成績出類拔萃的學生。

安蘭見安然一副根本沒聽到她說話似的樣子，又急又惱。「喂，妳有沒有聽到我說話，到時候人沒有請來，看祖母怎麼罰妳！」

安然還沒反應，安松已經急急找了個藉口告退，將安梅和安蘭拉了出去。

回到安梅的院子，將丫鬟婆子都趕了出去，安松才「嗤」了一聲。「妳們還真敢想？那薛天磊和黎軒是什麼人妳們知道嗎？他們怎麼可能看上妳們？什麼都不瞭解，也敢作大夢？那薛大少爺自小訂親，未婚妻子是大昱首富的女兒，聽說那首富還是敬國公，也就是薛大少爺他爹的救命恩人。就算妳願意去做妾，人家都未必願意納妳。那薛家是太后娘娘的娘家，妳也不想想，妳之前就傳出和齊榮軒訂親的事，現在再加上娘的名聲，太后娘娘和薛家能同意納妳進門嗎？」

看著安梅姊妹蒼白的面色，冷安松沒有絲毫心軟，再不點醒她們只怕以後還會壞他的事。「妳又不是不知道，冷安然和薛大少爺在平縣就認識了，黎軒跟他交好，肯定那時也認識了冷安然。妳們也不想想，如果沒有那兩人的幫助，冷安然怎麼可能弄到齊榮軒的那封什麼信，又怎麼可能識破妳那條帕子上的香藥，還能偷走妳的帕子？還有，那兩個又會武功又會毒術的丫鬟哪裡來的？哪個牙婆那裡可以買到這樣的丫鬟？想明白這些，妳們還認為那兩人會看上妳們？」

冷安梅面無血色。「你……你怎麼知道他們的事？」

「我今天從薈華堂回來，去衙門找爹，想跟爹說讓我去教夏君然讀書識字，恰好二叔也在那裡，正跟爹談論那兩人的事。後來二叔似乎有話要跟爹說，我就回府去祖母院子裡，讓祖母找時間跟爹提提把我們記到夏芷雲名下的事。可是誰想到妳們……虧我還讓妳們去討好冷安然，跟她處好關係，妳們竟然把關係越弄越僵。」安松說著說著又狠狠瞪了安蘭一眼。

安蘭不服氣地撇嘴。「那死安然一副拒人千里之外的態度，怎麼搞好關係呀？還有，我們自己有娘，為什麼要記到夏芷雲名下去？大哥，你越來越沒有骨氣了，還要去討好那個什麼夏君然，他跟我們半點關係都沒有。」

「妳……」冷安松舉起右手，面紅耳赤地瞪著這個嬌蠻無腦的妹妹……終於，還是轉了方向，掌握成拳，重重落在了右側的桌子上。

此時在廳堂，安然已經離開，而冷老夫人確實在向冷弘文提起將冷安松四個記在夏芷雲名下的事。「要不是那兩人的條件好，我還看不上他們呢。我的梅兒、蘭兒哪裡差了？這福城裡，哪家小姐有我們梅兒長得俊俏？至於什麼庶女，把她們記在夏芷雲名下不就是嫡女了？還是大將軍王府的外孫女呢！」這樣她的四個寶貝孫兒孫女就個個都有好前途了。

李氏忍不住噗哧一聲笑了，她就沒見過這麼白癡還自以為是的人。「娘，這把他們記在夏芷雲嫂子名下的事，可不是大哥能說了算的，沒有大將軍王府點頭，這事可成不了。」

冷老夫人怎麼可能相信。「妳少糊弄我，這夏芷雲是我們冷家的媳婦，安梅他們四個是我們冷家的孫子，這把誰記在誰名下都是我們冷家的事，與他們夏家何干？」

冷弘宇搖了搖頭，長嘆一聲。「娘啊，您有時間讓安梅讀讀律法給您聽，別說大嫂的父親和三個兄弟都還在，就算百年後他們都沒了，大嫂娘家的當家侄兒不點頭，大哥都無權這麼做的。何況還有君然在呢，事情鬧大了，吃不了兜著走的一定是我們冷家。」

「這……」聽冷弘宇說得這麼嚴重，冷老夫人有點猶豫了，可是這也太沒道理了吧？她想不通啊想不通。

冷弘文聽到弟弟提及君然，更是心煩。他一直以為君然大字不識幾個，沒想到他竟然能得到謝言博的青睞。那謝大學士傲得很，不可能因為大將軍王府或大長公主的權勢而願意將石頭捧成寶玉，肯定是因為君然本身的才華。他選擇放棄這個嫡親兒子，是不是錯了？

冷弘文心裡煩，口氣也僵硬起來。「好了，就這樣，不該妄想的不要再提了。」說完徑直轉身而去。

冷弘文很鬱悶啊，這夏芷雲母子三人似乎都在他的意料之外，都不在他的掌控中。一直很乖順的夏芷雲，在生命的最後時刻竟然秘密安排了嫁妝；木頭似的嫡女被他扔在莊子上，卻出落得玲瓏剔透，而且屢遇貴人，還有非凡的掙錢能力；而那個一出生就被抱走、四處流浪的嫡子，本來不應該是渴望親生父母，渴望認祖歸宗的嗎？卻對冷家棄如敝屣，聯合夏家一起逼他為了安松四個放棄了這個嫡子。

冷弘文只覺得自己的心臟被什麼東西死死掐住，憋氣得很。

第四十六章　甲之砒霜，乙之蜜糖

過了幾天，果真傳來君然高分考進薈華堂的消息，不出許先生所料，君然直接被安排進二級院。

安然樂得眉開眼笑，靜好苑和夏府的所有人每人賞了一個月例銀。冷府裡有那頭腦活絡的下人知道了，見到安然就趕緊恭賀，吉祥話不要錢地拚命往外倒。安然也不吝嗇，不管是誰院子裡的，認識不認識的，每人一個五分的梅花銀錁子，弄得現在每次出院子，舒安、舒敏身上都要揣上一包銀錁子。

舒霞笑道：「少爺考進薈華堂本就在意料之中，拿小姐您的話說，就是『小菜一碟』，您這就賞得如此大方，趕明兒少爺中了狀元，您可不得大大破費？」

「呵呵，銀子的用途就是讓人吃飽穿暖心情好，這心情好了，才有精神賺更多的銀子。妳說，是銀子重要還是心情好重要？」安然笑呵呵地反問。

舒敏在一旁搖頭晃腦。「我只知道，小姐的心情好，少爺就更用功，少爺的成績越好，小姐的打賞越多，我就可以吃到更多百香居的點心。嗯，還是小姐的心情好最重要。」

舒安「噗哧」一聲。「妳這繞來繞去的半天，不就是念著百香居的點心？真真一個吃貨！」

在前面跑得歡實的小雪也湊熱鬧地回頭衝著舒敏「汪汪」叫了兩聲，舒敏笑罵。「好妳個小雪，枉我昨日還把那蛋糕分了一半給妳，妳竟敢跟舒安一起笑話我！」

主僕四人一路玩笑著去花園裡遛狗，遠遠看見安菊的貼身丫鬟小青抱著一個包裹悄悄地從花園西南角的小角門偷偷溜了出去。安然看了舒安一眼，舒安明瞭，幾個起落，悄無聲息地消失於高牆之外。

過了約莫半個時辰，舒安回來了。「小青先去了三里巷的一個小院子，將一些荷包和帕子賣給一個老婆婆，我在那條破巷子裡打聽了一下，老婆婆是母子兩人，她兒子是貨郎，就是挑著貨郎擔兒賣些小玩意兒的。」

見安然明白了「貨郎」的意思，舒安又繼續道：「從三里巷出來，她就去布莊買了幾塊布料和絲線之類，又繞到後門，花了幾個銅錢從一個小夥計那裡買了一大包碎布。看她跟那小夥計的交談，應該很是熟悉，小夥計特意挑出能做荷包的大布片給她留著的。」

安然蹙了蹙眉。

「這是在繡帕子換錢呢。」

劉嬤嬤長嘆道：「三小姐也是個可憐的，老夫人和老爺一定不會為她張羅多少嫁妝，趙姨娘又是個沒用的，她可不得為自己攢些銀子？現在二夫人當家還算好了，至少不會剋扣她們娘倆的月例錢。」

安然突然想到什麼，轉頭問舒霞。「妳們從美麗花園帶回來的那些活兒還有嗎？」

「有啊，這幾天我們還真沒什麼時間呢，才做了三、四個。」舒霞答道。

京城美麗花園開業的時候，安然準備在三家店同時推出一系列各式形態的「蒂蒂貓」——Hello Kitty公仔。因為人手緊張，舒霞她們幾個有空時也幫著做一些。

「嗯，妳拿一個小號的成品以及可以做五、六個小號蒂蒂貓的材料出來，再找兩疋適合做嫁衣的面料，我們去看三妹妹。」清明節之後，安然刻意找了些由頭同安菊多了些交流，她還是滿喜歡那個總是淡淡的、沒有什麼存在感的庶妹。就像她前世的一個小助理，文文靜靜的不愛說話，人群中在不在都不會有人發現。

那個小助理做事認真謹慎，勤勤懇懇，但從不刻意討好安然，不會像其他新進下屬那樣經常找她討教、談心、提建議……安然就曾經笑稱小助理是個容易讓人忽視的存在。

可是後來安然負責的一個大專案出了問題，只有小助理堅定地站在她身旁，幫著她從蛛絲馬跡中理出頭緒。當一切塵埃落定，頂著接連幾天熬夜加班帶來的濃重黑眼圈，小助理又恢復成了那個默默無聲、埋頭做事的「零存在」。

安然幾人到菊苑的時候，安菊和小青正在院子裡裁剪一塊米白色的細棉布衣料，看款式、大小，應該是男子的裡衣。

安菊顯然沒有想到安然會來，趕緊讓小青收了布料，自己領了安然到屋裡。菊苑很小、很簡陋，跟安然在平縣住的那個小院差不離，除了小青，菊苑裡只有兩個做粗使的小丫鬟。據安然所知，安梅姊妹倆院子裡都是一個嬤嬤、兩個大丫鬟、四個小丫鬟。

舒安讓小丫鬟將帶來的東西放在桌面上。

看著安菊疑惑的目光，安然笑道：「聽說三妹妹和小青女紅很好，想請妳們幫忙做點東西。」

安菊連忙點頭。「有什麼我們能做的，二姊姊儘管說就是。」她見到那一整紙袋的棉花很是奇怪，這天氣漸漸轉熱，眨眼夏天就要來了，不會是要做棉襖吧？

安然從包裹裡拿出小公仔。「就做這個小東西，需要的材料都備齊了，三妹妹看看能做嗎？」

安菊一看就喜歡得不行，拿在手上細細看了。「我們就照著做，應該沒有問題的，二姊姊要得急嗎？」

「不是太急，妳們有時間就做吧，不白做，這是君然店裡賣的，做好一個的工錢是八十文。」安然喝了一口小青端上來的白開水，對著小青囧囧的臉微微一笑。這菊苑裡的處境真不是一般的差，連茶葉都沒有。

「八十文？這麼多？」安菊小聲地驚呼出來。「二姊姊，我知道您是想幫我，而不是純粹讓我幫忙吧？這樣吧，我確實需要攢些錢，很願意接這活兒做，妳們就給我二十文一個已經很好了。」

「放心吧，三妹妹，我不會做虧本生意的，人家也是八十文的工錢，妳幹麼不要？不過做工一定要非常細緻才行。妳們做好這六個就讓小青送到靜好苑，再帶其他的回來做。」安然就知道安菊肯定不會願意接受施捨，給她合適的機會讓她自己花氣力掙錢是最好的幫助。

安菊紅了眼圈，淚水已經在打轉了。「謝謝二姊姊，我們一定會做得很仔細的。」她做荷包，連工帶料一個才五至十二文錢，帕子一條八文。

「傻瓜，妳要自己花時間花精力做活，又不是白收錢的，哭啥呀？還有，這兩疋衣料是京城裡送過來的，妳留著給自己做衣裙用。」安然本來想說做嫁衣用的，可是總覺得這「嫁衣」二字會觸及安菊的痛處，讓安菊傷心，她要嫁的是一個傻子欸！

沒想到安菊倒是大大方方地說道：「謝謝二姊姊，這料子做嫁衣一定好看，我都沒見過這麼好的面料呢。」

安然看著安菊那自然而然、不似作假的笑容，不由得問出口。「三妹妹，妳怪我嗎？如果不是我，妳也許就不會被逼著嫁到秦家。」

「二姊姊，妳可別這麼說。」安菊連忙搖頭。「這跟妳沒有關係的，即使不是秦家，他們也不會給我張羅什麼好人家。妳還在平縣的時候，林姨娘就差點把我許給一個四十歲的老鰥夫，就為了給大哥弄一張薈華堂的推薦函，後來還是人家嫌我太小才作罷。」

見安然一臉驚訝，安菊苦笑。「像我這樣的庶女，又不招父親喜歡，不嫁秦家，以後也必定是給人做妾，或者嫁個老頭什麼的。其實秦家二少爺也沒有什麼不好，他只是燒壞了腦子，所以就像一個七歲的孩子。但他人並不壞，也不傻，跟他好好解釋，他就明白的。」

「三妹妹見過他？」安然驚問。

「嗯。」安菊點頭。「過定禮前，秦家太太請我去府裡賞梅。她希望我能真的接受這門親事，害怕再有人出來傷害秦二少爺。秦二少爺說話、行事就是一個孩子，但很有禮貌，也、也很喜歡讓我陪著他玩。」

「可是妳以後的人生就要跟他綁在一起，不僅僅是陪他玩啊。」安然嘆道。

「那也沒有什麼不好的，我就當帶著一個弟弟過一輩子了。我之前也擔心他是那種真正的傻子，會發瘋那種。可是他並不傻，只要妳當他是七歲，還會覺得他很聰明的。他識字、會看書、會下棋，還會捏漂亮的泥娃娃，妳看，這是他做了讓人送來給我的，好看嗎？」安菊指著左邊櫃子上一個上了色彩的泥捏的小兔子。

安然看了那維妙維肖的小兔子可愛的表情和怪異的姿態，不禁感慨——這「孩子」還真是很有想像力欸！

安菊看到安然眼裡的讚賞，臉上竟然有了一絲驕傲。「他書房裡有很多漂亮的泥娃娃，因為我說喜歡兔子，他第二天就捏了這隻兔子讓人送來，還帶了一瓶傷藥，說是看到我手上的傷。」去秦府的前一天，她在花園裡被安蘭推跌倒，手蹭到地上的砂石劃破了。

安菊臉上平靜的笑容感動了安然，看來她對秦宇風也有好感，是對小弟弟般的好感，像一種溫馨的親情。

「真的，二姊姊，妳不用覺得我可憐。甲之砒霜，乙之蜜糖，其實我挺滿意這樁親事的。秦太太說了，我們成親後，她就把二少爺名下的產業交給我，並親自教我打理。有了這些產業，他們百年後，我們也可以安安穩穩地把日子過好。她還說，如果……如果二少爺不……不會人……人事，以後我們就從族裡過繼一個男孩。總之，只要我真心待二少爺好，他們一定會保障我們這一房的生活。」安菊的臉上泛起一層紅暈。

「可是三妹妹，妳就不想有個人疼妳一輩子嗎？一個真正可以保護妳、呵護妳的人。」安然開始真心心疼這個恬淡柔和的女孩，她的慾望，也太單純了吧？只要衣食無憂？

安菊又淡淡地苦笑開來。「一個從來沒有正眼看過我、沒有對我笑過的父親，一個只會流淚的姨娘，一個視我為賠錢貨的祖母，本身又是一個卑微的庶女，二姊姊覺得，我有機會遇到那樣一個人嗎？與其到時候被隨便賣給一個齷齪的男人做妾，不如陪著秦二少爺安安穩穩過一輩子。而且秦夫人人也不壞，經常會讓人給我送些點心、衣物什麼的，說起來她只是想有個親近的人幫她照顧二少爺罷了。」

安然拉著安菊的手。「我們是姊妹，以後有什麼事需要娘家人幫忙的，不要忘記妳有我這個姊姊。」安菊八月分的生日，十四歲生日之後，她就要嫁到秦家去了。

「嗯，二姊姊，妳是這個府裡唯一會對我說這句話的人。」安菊感激地輕輕拍了拍安然的手背。

安然笑了。「我都還沒謝謝妳那麼多年一直堅持給我娘抄寫佛經呢。」

「那有什麼？妳娘也是我的嫡母，我那麼做不是應該的嗎？母親在的時候，是我在冷府過得最好的日子了。」安菊心裡對夏芷雲是真的感激和懷念。

以前安梅、安蘭她們欺負她的時候，姨娘只會抱著她哭，只有母親會出面維護她，會公平地斥責犯錯的人。母親從來不苛待她，衣食住行一應物什都是按照府裡小姐的標準給她安排，可是母親才下葬，所有的東西都被林姨娘以各種理由弄走了。

第四十七章 續弦

紅紅火火一個包間裡，鄭娘子向大掌櫃李大頭跪下。「李掌櫃救命之恩，請受我一拜，日後如有我鄭氏能幫到的地方，儘管開口。」

李大頭趕緊伸手扶起鄭娘子。「鄭娘子太客氣了，您是安然小姐的朋友，我們就是自己人，哪有視而不救的道理？不過您以後還是要小心些，出門多帶些人，昨日也是趕巧了，否則真是太危險了。」

昨日，鄭娘子出門辦事的時候遇上劫匪，不但劫財還要劫色，明顯是有人指使，要置鄭娘子於死地。若不是李大頭那麼巧遇上，後果不堪設想。像李大頭這種長期四處做生意的人，身上功夫都不弱。

安然今天一早剛聽到消息時也是嚇了一跳。「是誰這麼狠？」

鄭娘子冷冷一笑。「是田家。」雖然沒有直接的證據，但從昨日事前事後的種種可疑跡象看，她可以確定是田家幹的。

君然抓著安然的手，緊張地說道：「姊，妳以後也要小心些，去哪裡都要帶上舒安和舒敏。那田家不是一直妄想著讓妳嫁過去？」

舒安笑道：「少爺放心，我們一步都不會離開小姐的。」

李大頭聽到君然的話，眉頭緊蹙——敢妄想他們家爺的未來媳婦兒？他打定主意要趕緊將此重要情報傳給他家爺，話說李大頭最喜歡看他們家小爺收拾人了。

遠在京城書房裡寫大字的鍾離浩突然打了一個大噴嚏，他心裡臭美地想著，有沒有可能是小丫頭想他了？上次他打噴嚏的時候，小丫頭說了，打一個噴嚏是有人想著，打兩個噴嚏是有人在罵，打三個噴嚏，那是傷風了。哈哈哈，也只有他的小丫頭才能說出這樣一番「鬼話」。真不知道那個小腦袋怎麼長的，稀奇古怪的想法一大堆，不過，呵呵，聰明的點子也是一大堆。

想到安然，鍾離浩整個臉部線條都柔和起來，嘴角似有若無地微微上彎。

這讓此刻陪在外書房的柔瑩郡主喜不自禁——偉祺哥哥一定是喜歡她的，沒看他那從來冰冷生硬的臉上這會兒多麼柔和？真好看。他嘴上不說，心裡一定是喜歡自己這麼陪著他吧？嗯，這叫什麼？紅袖添香？柔瑩的臉上泛起羞澀的紅暈。

在一旁幫著鍾離浩磨墨的南征無意中看見柔瑩郡主一臉粉色，癡癡地偷望著他家爺的側臉，順著她的目光看去，見著自家爺的面色，心知這一定是又想起安然小姐了。再看柔瑩郡主含羞帶怯的小模樣，心想，壞了，他家爺在犯相思，卻勾起別人的單相思了。

「咳咳！」為了爺著想，南征毫不留情地打斷了沈浸在各自心思中的鍾離浩和柔瑩郡主。兩人都很不樂意地瞪了他一眼，真是不識情趣的傢伙！

南征無辜地抿了抿嘴，在鍾離浩的瞪視下，似不經意地瞥了柔瑩郡主一眼，然後半垂下頭，他容易嗎他？

鍾離浩這才想起書房裡還有外人，轉過頭去，正好看見柔瑩一臉羞怯地偷望過來，一張俊臉瞬間僵硬，他最討厭這些個女人盯著他的臉看，當然，除了他的小花癡。

柔瑩被鍾離浩突然變回的冰山臉打回現實，又恨恨瞪了南征一眼。都是他，咳什麼咳，平白破壞了偉祺哥哥的好心情，破壞了這麼溫馨美好的氣氛。如果南征是他們平國公府的下人，她一定讓人拖出去打二十大板。

柔瑩見鍾離浩放下筆，趕緊示意她的丫鬟拿了一個小布包過來，裡面是五個藏青色的荷包。「偉祺哥哥，你看你總用著這一個荷包，都洗發白了。吶，我給你做了幾個，這個都舊成這樣，丟了吧！」說著就伸手過來要解下鍾離浩身上的荷包。

鍾離浩往後一躲，右手護著自己腰間的荷包。「不用，我就喜歡這個。」

柔瑩眼裡頓時淚光閃閃，委屈地看著鍾離浩。

可惜鍾離浩從來不是憐香惜玉的人，他用一向冰冷的語氣說道：「收走吧，我從來不用別人做的荷包。」

關於這點，柔瑩是知道的，鍾離浩的所有衣物配飾都是他的奶娘玉嬤嬤做的。可是，她以為自己會有些不同，她從小被帶在皇后堂姊身邊，跟鍾離浩幾乎是一起長大的呀。而且鍾離浩最近好長一段時間一直用著這一個荷包，都洗舊了，她想著是玉嬤嬤事情多，忽略了。

沒想到鍾離浩這麼毫不留情面地直接拒絕，柔瑩一把抓起桌上的布包，掩著臉跑了出去。

南征指著外面。「爺，這……怎麼好？您要不要去解釋一下？」

「解釋什麼？難道要我隨便收別人的東西？我只是實話實說而已。」鍾離浩面無表情。

「不過，爺，您這個荷包確實舊了。」南征小心翼翼地提醒，這多虧現在幾乎不出門，要不也太丟面子了，堂堂慶親王呢，荷包洗白了都沒得換？

「是啊，確實需要新的了。」鍾離浩拿起筆，在一張信紙上寫了一行字——

小丫頭，荷包舊了，要五個，顏色妳定，還要茉莉。

寫完，他盯著信看了一會兒，臉上又泛起一絲暖和的笑容。他在想，他的小丫頭看到這行字時是什麼表情，是氣得跳腳？還是繃起小臉，叉起細腰，遙罵他一頓？或者，嘟起小嘴，對著信哇哇抱怨？哈哈哈……

把信紙摺好，他呼哨招來了鴿子。千里寄相思，是不是就是他現在這樣？

鍾離浩這次料錯了，安然看到信時只是呵呵一笑。「李掌櫃，浩哥哥很喜歡茉莉花嗎？」

話說這跟她還真像，她最愛茉莉了，潔白馨香，清新淡雅。安然尤其喜歡茉莉花那特別「忠貞」的花語——你是我的生命。

安然還喜歡用茉莉花沖茶、泡澡。嗯，今年茉莉花開的時候，要多曬一些乾花存著。

李大頭摸了摸腦袋。「嘿嘿，我是粗人，還真沒留意到我們家爺的那些細緻東西。安然小姐，十天後我們有人回京，您能不能辛苦些，做好幾個算幾個。我們家爺太挑剔，現在就用著您之前做的那一個荷包呢。」

安然愕然。「我做的荷包這麼好？」

「那當然，我也只用姊做的荷包。」君然在一旁理所當然地道：「書院裡的同窗都羨慕死了，說顏色配得好，花樣也獨特。」

「呵呵，那是，安然出品，豈有俗物？好，看在他這麼有品味的分上，我再給他做五個吧。不過李掌櫃，跟你們家爺說一聲，可別真把我當他的丫鬟用啊。下次再要，就得收費了。我親自動手，收費很高哦！」

安然一臉自得和財迷的樣子讓李大頭看了都歡喜，這安然小姐聰慧能幹又爽直可愛，可比那些扭捏作態的女人強太多，難怪連他們家爺那座冰山都被打動了。

「呵呵，我們家爺不知道多愛護安然小姐和君然少爺，哪能把您當丫鬟呢？」李大頭笑咪咪地應道。

送走了李大頭，鄭娘子也到了。安然基本上每三天到夏府一次，所有事情或者會面都安排在夏府裡，她可不想在冷府會客，免得一點風吹草動，那些人就要折騰些糟心事。她少點動靜，耳根也清靜些。

談完麗繡坊的事，鄭娘子還帶來了一個消息。「聽說妳父親要續弦了？」

鄭娘子準備嫁女兒，很多事要忙，還有兩家生意興隆的麗繡坊要打理，就請了自家嫂子和侄女來住一段時日，也好給她幫些忙。

鄭娘子的兄嫂一家住在青城，他們住的那條街上有一戶皇親國戚，姓謝，聽說謝府的老太太是當今宮裡最受寵的德妃娘娘的親姨。

謝府的二姑奶奶跟德妃娘娘出閣前曾一起在京城住了四年，是所有表姊妹中關係最好的。

謝二姑奶奶長得很漂亮，十六歲時就嫁給了當時兵部尚書的長子為妻，育有一兒一女，不料三年前夫家被牽扯進一樁前朝餘孽造反的大案子，按律當滿門抄斬。在德妃娘娘的庇護下，謝二姑奶奶在定案前就帶著兒女脫離了夫家，回到青城，連她的兒女都隨母改為姓謝。

前兩天，謝府傳出他們家二姑奶奶好事將近，即將迎來第二春，男方正是福城知府冷弘文。

安然灑然一笑，這冷弘文真夠冷情的，前腳才把林姨娘送走，後腳就要續娶美嬌娘？德妃娘娘的表姊？他還真會攀龍附鳳！

不過，這個女人要是進門，她的兒女也帶進來嗎？冷府真是越來越熱鬧了！幸好君然脫離了冷府。至於她自己，還真不是那麼好欺負的，兵來將擋，水來土掩就是。

安然還真沒時間操心冷弘文要不要續弦，她好多事要做呢。

首先，黎軒跟安然透過底，冷弘文應該會升職進京，所以安然有很多事要提前規劃，她已經讓在京城的福生留意合適的宅院和田產，鍾離浩和兩個舅舅都會幫忙。

接著，冬念也從平縣回來了。經過大半年的調養，加上黎軒的藥丸，冬念的身體好多了，精神飽滿，臉頰還有了一點紅潤，連原來慘不忍睹的雙手也細潤了很多。

對上冬念滿含期待的眼神，安然笑道：「好吧，妳今天就跟我回冷府吧。」以後就讓冬念打理她的衣物、首飾等生活細節，舒霞主要負責管錢、管帳，以及與店鋪、莊子上的管事聯繫。

然後，京城、福城兩地的「紅紅火火」和「康福來」都開起來了，生意也是紅紅火火。美麗花園就更不用說了，因為有之前福城美麗花園的衣裙流到京城做了鋪墊，再有大長公主在開業那天的親自光臨，以及夏家幾位夫人、少夫人、陳之柔、薛瑩等人的賣力宣傳，京城店一開很快就火爆起來。

「美麗花園」四個字，幾乎成了京城名媛貴女們談論中出現頻率最高的字眼，而美麗花園的衣服也如安然所願，迅速成為貴女的標誌性品牌。

好在外有福生、李大頭、孫掌櫃和馬掌櫃，內有何管家、王平（現在是夏府帳房大管事了）和舒霞，上頭還有鍾離浩、薛天磊和黎軒看著，安然倒沒有太辛苦，拿她自己的話說，付出和收穫不成正比，別人辛苦，她收穫，哈哈。

這不，李大頭又送帳冊來彙報工作了，安然依舊只是翻看了幾個大致的數字，看清楚幾個總額就OK了。現在她旗下的店鋪所有內部帳冊，都是用阿拉伯數字和一目了然的借貸複式記帳法，看起來很輕鬆。

「對了，李掌櫃，你們什麼時候有人回京跟我說一聲，浩哥哥的生辰不是快到了嗎？我做了兩個特別的荷包，還有一些藕粉，你們幫我帶去給浩哥哥。藕粉你和孫掌櫃都有份哦，回頭有人給你們送過去。」安然合起帳冊的時候想起了這件重要的事。

「好咧，正好明天就有人回京呢。」李大頭笑呵呵地回道。開玩笑，什麼事都能拖，他家未來小王妃給爺的生辰禮物哪能拖？爺的生辰可是他李大頭特意「說漏嘴」的，這爺在生日前能收到心上人的禮物，可不是他李大頭的大功一件？嗯，下次回京一定要找爺討賞去。

三個月後，等到安然幾乎快忘了那位謝二姑奶奶的時候，冷弘文終於有了動靜，通知了府裡所有人到慈心院大廳，說有要事宣布。

人都到齊的時候，安然注意到冷弘文的臉上好似有一絲幾不可見的赧色，而冷老夫人則有明顯的不情願之意。

冷老夫人開口道：「府裡有兩件大事，一是文兒獲得升遷，年底進京，以後就是正四品的諫議大夫了。」

眾人頓時喜笑顏開，七嘴八舌地恭賀起來，冷弘文升官，他們的身分自然跟著提高了。

安然好奇地瞄了兩人一眼，這不是好事嗎，冷老夫人幹麼一副不甘不願的樣子？

冷弘文連咳了幾聲，冷老夫人才繼續。「第二件事嘛，是文兒的親事，下個月新夫人就要進門，是宮裡德妃娘娘的嫡親表姊。二媳婦，妳大哥的親事就交給妳張羅了。」

「啊？」下面一片譁然，尤其安梅四人臉色大變，有了新夫人，林姨娘回來的希望就更微乎其微了，而且他們四人的親事都將掌握在那個新夫人手裡，沒有幾個嫡母像夏芷雲那麼好脾性的。

「下個月？」李氏愕然。「時間會不會太趕了？什麼都沒開始準備。」她對冷弘文的親事倒是樂見其成，新夫人進門，他們二房就可以徹底搬到新買的小院子裡，不用介入大房這邊的糟心事了。

冷老夫人撇嘴。「又不是大閨女，有什麼好準備的，不過擺個宴席罷了。」

「娘——」冷弘文不滿地皺起了眉，轉頭對著一眾兒女、姨娘說道：「新夫人身分貴重，又是當家主母，進府後你們都要尊重於她。另外，咳咳，新夫人是和離之身，她會帶著一兒一女進府，以後他們就是我們冷府的大少爺和三小姐，菊兒以後就是四小姐，蘭兒排五，娟兒（冷安娟，四歲）為六。松兒和竹兒也一樣順推一位，松兒是二少爺，竹兒是三少爺。你們都要記好了，以後大家都是一家人，不要讓我聽到不利於家宅和樂的話。」

眾人都愣住，拖油瓶？還堂而皇之地成為冷家的少爺、小姐？

安梅急了。「爹，您不會是要讓兩個野種入冷家的族譜吧？」

冷弘文面紅耳赤地怒喝。「我剛剛說的話，妳就忘記了？進了冷府，就是我們冷家的子孫，以後再胡說八道就自己去跪祠堂。一個大家閨秀，什麼骯髒詞兒都掛在嘴上，以後要跟著妳母親好好學習規矩。」

安然暗自恍然大悟，難怪三個多月了才公布，原來這要談判的事兒還挺多挺重大的。竟然要讓謝氏前夫的子女入冷家的族譜？也是，頂著一個叛臣子女的帽子，即使脫離了原來的家族，即使表姨是寵妃，畢竟還是「出身不正」。

不知這謝家究竟出了什麼樣誘人的籌碼？

僅僅憑著「表妹是德妃娘娘」的社會關係，讓冷弘文娶一個叛賊的和離之妻，再帶進兩個拖油瓶是說得過去的，但是要把這兩個拖油瓶記入冷家族譜，不大可能。

不過這些跟安然都沒有關係，她只是以一種看戲的心態在分析劇情而已。

冷安梅卻不容安然置身事外。「二妹妹，妳怎麼說？」

安然很「無辜」地抬起眼眸。「什麼，大姊姊要我說什麼？」

安梅氣道：「妳裝什麼愣？爹要娶親妳沒聽到嗎？要讓兩個拖油瓶給妳做哥哥妹妹，妳沒聽到嗎？」

安然「哦」了一聲。「聽到了，怎麼啦？」一雙大眼睛亮晶晶地對著冷安梅。

「妳……妳……」冷安梅氣得簡直要昏倒。

「夠了！」冷弘文雖然已經做了板上釘釘的決定，心裡總是還有些膈應和不自在，冷安梅卻一直在挑起他的這份不自在，一直試圖扯下他的遮羞布，這讓他大為光火，想不明白自己以前怎麼會覺得安梅乖巧。「妳自己忤逆犯上，無理取鬧還不夠嗎？還要挑撥然兒？容嬤嬤，把她拉到祠堂去，跪一夜好好反思己過，其他人都散了吧。」

於是，第二日，冷府就開始忙碌起來。李氏收到冷弘文的指示，又增添了二十個下人。接著，把林雨蘭之前住的院子全面打掃、裝飾了一番，迎進謝家送來的全套紅木家具和大件名貴擺設。

再接著，冷安蘭被安排搬到梅苑跟冷安梅一起住，蘭苑也被重新打理了一下，改名為挽月閣，留給新來的三小姐謝紫月。

挽月閣和安排給大少爺謝紫鈺住的院子裡，主屋都是空的，說是這兩位新主子來的時候，將會帶來他們自己的家具物什。

冷安梅姊妹天天去冷老夫人那裡哭訴，可惜老夫人也無可奈何，開始還安慰她們幾句，後面煩了，就讓容嬤嬤傳話「臥床」不見，她自己還需要人勸慰呢。

就這樣，很快到了冷弘文成親的前一天，冷府先迎來了大少爺和三小姐，聽說兩人的東西就裝了二十輛馬車，浩浩蕩蕩地搬進各自的院子。

還聽說，這兩人打賞起來出手很是大方，弄得一個個下人有事沒事都跑去他們的院子幫個小忙、遞個小物件什麼的。

安然在夏府，直到晚上才回來，沒有與那兩人碰上面，不過收到了兩份價值不菲的禮物。

第二天是迎娶的日子，老夫人再不樂意，也不能繼續「臥床」，只得換上一身暗紅色的喜慶衣裳坐到大廳裡，今天會有很多客人的。

最早到的自然還是冷幼琴一家，這大哥很快就是四品諫議大夫，可以天天上朝見到皇上的那種大官呢，現在又要娶德妃娘娘的表姊為妻，她這個做妹妹的，可不跟著沾光？而且現在香滿樓的生意越來越好，上個月福城也剛開了一家分店。

剛知道安然是麗繡坊二東家時，他們還擔心田家會為難俞慕泉，結果冷弘文升職、續弦雙喜臨門，俞慕泉在田家腰桿子都更挺實了，沒幾天又診出有了身孕。要知道田家大少奶奶自從生了一個女兒後，肚子一直都還沒動靜，如果俞慕泉這次一舉得男，可就是嫡長孫了。

現在的冷幼琴真可謂是裡裡外外心情好到爆。

安然到慈心院的時候，冷弘文已經出門接親去了，據說新夫人昨天已到福城，宿在城外一處陪嫁莊子上。

給老夫人請了安，安然走向自己的例常座位，今天是不能像往常一樣請了安就立即離開的。

自己的下首坐了一位身穿櫻桃紅襦裙的小美女，狐狸眼、錐子臉，皮膚白皙水嫩，有點像安然前世那個世界的大明星范冰冰，這應該就是謝紫月了吧？嗯，人跟名字都很美。

安然正要坐下，對面位子上坐在冷安松上首的男孩子站起來對著她行了個平輩禮。「妳就是二妹妹安然吧？我是大哥紫鈺，那位是三妹紫月。」

也算一個漂亮孩子，可惜的是對於一個十六、七歲的男孩子來說，個頭矮了些，跟安然差不多高。而且這兄妹倆不怎麼像，應該一個肖母，一個似父吧？

安然淺笑著還了禮。「你們好，謝謝你們的禮物，很漂亮，我也準備了兩份薄禮，晚點丫鬟會送到你們院子裡去。」

謝紫月坐著沒動。「二姊姊喜歡就好，我看二姊姊的靜好苑裡可有不少好東西，擔心妳看不上呢。」

安然勾了勾唇角。「妳客氣了，那些都是我母親的嫁妝，留個念想罷了。」她昨晚就聽冬念嘮叨了好久，說謝紫月一進靜好苑就到處亂看，一臉貪婪。

謝紫月面上的表情明顯一窒，親娘的嫁妝？意思就是——羨慕也沒用。

看到謝紫月和安然的互動，謝紫鈺暗自皺眉——月兒太躁了，娘的千叮萬囑全忘了嗎？

「呵呵……」他擺起一副長兄的姿態。「二妹妹，月兒用了不少心思給妳挑禮物，生怕妳不喜歡呢。她說話一向爽直，沒什麼心眼，妳不要誤會。」

「為什麼要誤會？」安然「疑惑」地睜著黑葡萄般清亮的眸子。「她沒說什麼啊。」

「……那就好，那就好。」謝紫鈺差點不知道要怎麼反應了。面前這女孩是太簡單？還是太……深沈？

第四十八章　急信來

謝氏讓謝紫鈺兄妹先進冷家就是想避免隨她一起進府的尷尬，想造成一種她嫁過來前紫鈺兄妹就是冷家子女的假象，不得不說，這實在是「掩耳盜鈴」。上門來恭賀的客人都帶著一種似是而非的笑容，打量著冷弘文的這一雙「新」兒女。

不過，只要盜的不是自家的鈴，又有誰會多管閒事呢？別說紫鈺兄妹是新夫人謝氏的親生兒女，就是冷弘文突然興起，從街邊隨便抓一個人帶進冷府認作兒子，又關他們何事？何況冷弘文眼瞅著背景越來越強，官途無量，那新夫人又是德妃娘娘的親表姊，沒事去得罪他們幹麼？

有那八卦得難受實在憋不住的，至多感嘆一句——「冷府真是越來越『人丁興旺』了」。幾個月前，才聽說冷知府的岳家大將軍王府給自己過世的女兒找了一個養子上香，這沒多長時間，新夫人又帶了兩個現成的兒女進來，嘿嘿……

安然在謝氏進門完成一系列儀式被送進洞房後，就回靜好苑去了。真正見到謝氏是在第二天早上的認親環節。

謝氏確實漂亮，而且保養得極好，三十四、五歲的人看著不過二十五、六。謝紫月長得有六、七成像謝氏，氣質上卻輸太多。謝氏給人的第一感覺就是柔和，讓人看著就很舒服，又不同於那種病態的小白花，眉眼之間有著大家名媛的大氣端和。

安然步進大廳的時候，冷弘文正低頭跟謝氏說什麼，面上都是溫柔的笑意，可以看出，他對這位新夫人還是很滿意的。

「咳咳！」冷老夫人端起了臉。「人都到齊了，開始吧。」她今日倒是沒有興致挑安然的錯了。

冷弘文和謝氏趕緊應聲上前，丫鬟拿來墊子，兩人跪下敬茶。冷老夫人象徵性地用唇碰了一下茶杯，就放下了，謝氏的眼眸暗了暗，但面上沒有顯現絲毫不滿。

冷老夫人讓紅豆把一對玉鐲放在喜盤裡，開口道：「既然進了冷家，以後就要顧及冷家的利益和聲譽，幫文兒打理好府中一應事務。幾個孩子的前途和親事，妳這個做母親的也要多盡點心，他們雖然不是妳親生的，卻是我們冷家的血脈骨肉。」

「是，兒媳謹遵母親教誨。」謝氏跪著，又低垂著眼眸，沒有人看得到她的表情。

冷家人口不多，平輩的見禮也很簡單，冷弘宇不在，李氏又是個平和的，相互客套了兩句而已。

冷幼琴這個姑奶奶倒是分外親熱。「大嫂，我哥只有我這麼一個妹妹，以後您可要多多關照幾個外甥、外甥女啊。」

謝氏笑著應下。

接下來便是小輩見禮，謝紫鈺帶著紫月很乾脆地給冷弘文跪下。「紫鈺（紫月）見過父親。」

冷弘文樂呵呵地給了兩個大紅包。

安梅幾個也跪下拜見謝氏。「見過母親。」

雖然萬分不情願，安梅四個還是必須稱呼謝氏為母親，以後他們的親事還捏在謝氏手裡呢。

安然沒有跪下，只是福了個全禮。「安然見過夫人。」

冷弘文黑了臉。「然兒，妳……」

安然語氣平靜地說道：「初次認親，安然本應該行跪拜之禮，只是夫人還未向我母親的靈位跪拜敬茶，依禮法還未完成進門禮數，安然只好先行福禮了，還望夫人見諒。」

按照大昱的禮法，續弦進門是要叩拜原配夫人的靈位，行妾室之禮，才算完成整個大婚儀程，正式成為現任主母。

冷弘文正要再開口，謝氏拉住了他，一臉親和地看著安然。「是我疏忽了，想著明日入族譜時再一起祭拜姊姊，現在，然兒陪我一起過去可好？」

「當然可以。」禮尚往來，伸手還不打笑臉人呢，安然欣然應下。

在謝氏恭恭敬敬燃香祭拜、行完整套敬茶禮後，安然才正式向她行跪拜大禮。「女兒安然見過夫人。」

還是不願意稱她為母親？謝氏眼裡閃過一絲不悅，不過還是快步上前扶起安然。「好孩子，快起來。」說著親自從貼身大丫鬟五月手上接過一個小木匣子遞給安然，另一個大丫鬟六月把早已備好的其他幾個幾乎一樣的木匣子分給安梅幾個。

安梅打開自己的木匣子，裡面是一支紅翡翠滴珠孔雀銀步搖，安蘭的是一對絞絲嵌珍珠銀手鐲。她憤懣地看向舒安手上安然的木匣子，直覺告訴她裡面的東西一定比她們得的都要貴重很多。

安蘭一向口比腦快。「二姊姊，妳不打開看看母親送的什麼嗎？」

安然莞爾一笑。「禮物重在心意，夫人無論送的什麼，都是關愛之心。夫人，安然也備了一份禮物孝敬夫人，還望夫人喜歡。」

「噢？」謝氏一臉欣喜。「喜歡！然兒有這份心，我自然是喜歡！」

兩個丫鬟抬著一個小坑屏上前來，謝氏看到上面是一幅百花爭妍的刺繡，還有「花開富貴」四個字。正要驚嘆繡工的精美，就聽到自己的奶娘李嬤嬤一聲驚呼。「雙面繡！」

謝氏趕緊走了幾步繞到坑屏的後面，果真，與另一面一樣精美絕倫。她自然聽說過雙面繡，也知道雙面繡出自麗繡坊二東家冷安然，但她想不到安然會主動送一幅雙面繡坑屏給她，話說麗繡坊每年只肯接不到十件的雙面繡訂單呢。

謝氏拉著安然的手。「太漂亮了！然兒，謝謝妳。不過，這麼好的東西我留著太可惜，再過兩個月就是德妃娘娘的壽辰，我想把它獻給德妃娘娘可以嗎？妳會不會介意？」

安然笑道：「送給夫人就是夫人您的東西，您自然可以隨意處置，何況是敬獻給德妃娘娘，安然又怎麼會介意？」如今夏府又增加了八個繡藝高超的繡娘，專門跟著秋思和小端繡雙面繡，成品產出量大大增加，這幅「花開富貴」就是秋思教習時繡的作品。

安然準備進一步擴展雙面繡市場，從長遠計，將使雙面繡成為一系列刺繡產品的類別，而不只是獨家絕技，安然還計劃開雙面繡培訓班呢。

冷弘文看到嬌妻和嫡女相處融洽、其樂融融，坑屏獻上去又可以討好德妃娘娘和皇上，對他可是大大的助力。想想真是妻賢子孝，心滿意足啊，差點沒有仰頭大笑三聲。

回到靜好苑，舒敏不解地問道：「小姐，幹麼要送雙面繡給那個女人？放到店鋪裡可以賣好多錢的，我們又不需要討好她。」

「小家子氣！」安然拿起桌子上的一枝筆輕敲了一下舒敏。「讓人家德妃娘娘幫麗繡坊做做宣傳不好嗎？那幅坑屏就當廣告費了。再說，她現在畢竟是冷家的當家主母，能夠和平相處可以省下很多麻煩，我可沒那麼多時間和精力跟他們玩。不過呢，妳們平日裡還是要謹慎些，她可比林姨娘厲害多了。」

舒敏瞪大了眼睛。「我看她挺柔和的，沒有姓林的那麼壞吧？」

舒安也戲謔地點了一下她的前額。「妳懂什麼？不叫的狗咬人更凶狠。」

舒敏護著腦袋大叫。「妳們都敲我腦袋，不是越來越笨了嗎？而且，小姐，您怎麼算到她會把那雙面繡獻給德妃娘娘呢？」

安然狡黠地眨了眨眼睛。「前幾天有兩個客人到麗繡坊訂製雙面繡，但排期要排到十二月取貨，夥計無意中聽到那兩人說什麼德妃的壽辰、趕不及之類的話。夫人不是德妃娘娘的表姊嗎？自然也要送壽禮的。」

主僕幾人正談著，桂嬤嬤面色焦急地衝了進來。「小姐，大長公主病重，飛鴿傳書讓小姐和少爺進京。」

怎麼會這樣？大長公主的身體確實不是很好，但自從找回了瑾兒，一直都有在注意調養，怎麼就突然病重？

安然霍地站了起來。「桂嬤嬤，妳們幾個安排一下，明日一早我就出發。我現在去父親那兒說一聲，然後去君然那裡。舒霞，妳先過去通個氣，讓何管家派人請幾位大管事都回府一趟。冬念，妳把我的東西收拾收拾，黎軒哥哥的那個藥盒子記得帶上。」黎軒有事去了西北，他要是在京城就好了。

眾人紛紛應下，各自忙碌去了。

安然帶著舒安和舒敏到了冷弘文的院子，冷弘文和謝氏母子三人正圍坐在桌前談笑，親暱得很，倒真像是一家子。

冷弘文聽說大長公主病重，急召安然姊弟進京，哪能說不。「那妳趕緊著準備準備，到京城後好好給大長公主侍疾，反正我們年底也要進京，妳就不用回來了。」

安然到夏府的時候，君然還未從書院回來，許先生親自去薈華堂接君然，同時向李維山長（注）告辭。李維和謝言博是好朋友，對君然也十分賞識和關照。知道冷弘文升職的事後，君然也曾經向李山長透露過年底要回京。

林嬤嬤、舒佩和舒心正在幫君然整理行李，舒霞也在安然的院子裡打包貴重物什。

很快，店鋪裡的大管事們陸續趕到，鄭娘子也來了。三個莊子都在城外，路途較遠，就沒通知，由何管家轉達。

因為之前就有談論過此事，所以安然只是對分批進京的計劃做了一下簡單安排。

安然姊弟明日趕往京城的行程會安排得很緊，所以只帶輕便貴重物品和隨身衣物。人員上，安然只帶舒安、舒敏、劉嬤嬤和冬念，以及暗處的舒全。君然由林嬤嬤、舒佩、平樂和平勇跟著，此次趕路會很辛苦，安然決定讓許先生爺孫倆等何管家他們一起走。

約莫十天後，李大頭和夏明剛好要回京一趟，桂嬤嬤和舒霞帶上靜好苑裡的下人和夏芷雲的嫁妝與他們同行。

待京城裡的新宅院安置好，何管家再帶著夏府的人和財物遷往京城，只留下兩房下人照看和打理宅院。黎軒、福生以及那些大管事以後往返福城辦事，還是要住在夏府的。

安然與鄭娘子還有各位管事談好相關事宜，君然和許先生才回來，還帶了李維山長送的一摞珍貴書籍以及他為君然寫的推薦函。

一回到冷府，安然就去了菊苑，拿出幾張契紙遞給安菊。「三妹妹，這是近郊一個小莊子和鬧市一間店面的地契，還有莊子上兩個管事全家人的身契，是我給妹妹的添妝，妳一定

注：山長，歷代對書院講學者的敬稱。

要自己收好了。」

安菊趕忙擺手。「這……這太貴重了！我不能收下，二姊姊的心意我領了。其實這幾個月妳給我活兒做，已經攢了不少銀子，姊姊真的不用擔心我。」

安然把契約塞進安菊手裡。「物是死的，人是活的，東西再值錢，都沒有人的心意貴重。在我看來，這幾張紙，與當年三妹妹偷偷塞給秋思的那個荷包和吃食一樣，都只是一片心意而已。三妹妹留著防身，我也能放心一些。」

安菊不再推託，流著眼淚把契紙收好。「我能照顧好自己的，二姊姊不要擔心我，我會給姊姊寫信。」

「嗯。」安然遞了帕子給安菊抹淚。「妳如果還想繼續接些活兒做，可以讓小青去麗繡坊找紅錦姑娘。如果有什麼難事，也可以去找她或者鄭娘子。妳成親前唱嫁妝的時候，鄭娘子會代我來給妳添妝。」

大昱的風俗，新娘子出嫁前一天，男家會有一個女性長輩，和接親喜婆一起到女家來，聽送嫁喜婆「唱嫁妝」。除了女方父母準備的嫁妝，還有姑嫂姊妹們的添妝，都會唱出來，並記入嫁妝單子，一式兩份，留作憑據。一是給新娘子壯底氣，二是防止男方私吞嫁妝。

見安然為自己考慮得如此周到，安菊的眼淚又不要錢地滾了下來，冷府一定不會為她準備多少嫁妝的，頂多是一些衣料和不值錢的首飾。安然給的莊子和鋪子一方面給她添了底氣，另一方面也是告訴秦家，安然是安菊的姊姊，會護著她的。

第二日一早，三輛大馬車就停在了冷府門口。安然向冷老夫人辭別後，冷弘文和謝氏親自帶著幾個子女送她出門。

當安然說桂嬷嬷和舒霞十日後會帶著靜好苑裡夏芷雲的嫁妝和一眾僕婢回京的時候，謝氏的臉色微微變了一下，這個十四歲的女孩行事真是滴水不漏！她一點反對的立場都沒有，夏芷雲的嫁妝她無權干涉，靜好苑裡的僕婢也都是安然自己配置、自己負擔的。

冷弘文卻是呆呆地看著騎在馬上，俊逸優雅的君然，那是他的親生兒子，唯一的嫡子。

第四十九章　重逢

安然一行這次真正是名副其實的趕路，舒全、平勇和平樂與三個車夫輪換著趕車，日夜兼程，基本上兩天才找客棧投宿一晚。

幸虧這三輛車都裝了彈簧減震器，加上厚厚牛皮包裹的車輪，車上又有冰塊降溫，有冰鎮的蜂蜜水祛暑，大家倒沒遭罪，還直呼跟著小姐就是享受。

安然的車上有一個特製的「冰箱」，是她憑「記憶」中明朝皇公貴族盛行的冰箱特別訂製的，木冰箱內掛錫，箱底設計有兩個排水的圓孔，冰箱下面還有一個接水的薄薄的銅盤。

君然圍著那個「冰箱」研究了半天，聽安然簡易分析了一下其中的原理，眼睛睜得溜圓。「姊，妳要是男子，考個狀元什麼的肯定是『小菜一碟』。」

安然笑著往他手裡遞了一小碗西瓜冰沙。「你姊我是個小女子，成日裡只想著怎麼過得更舒適，考狀元那麼累人的事有你做就好。」笑話，前世的她從小「烤」到大，高考不用說了，工作多年還要考這個資格那個證的，這世的她只想好吃好喝好心情，再找個好男人，生兩個好寶寶。別說大昱沒有女人參加科舉的，就算有，她老人家也沒有那自己找虐往烤箱裡鑽的興趣。

如此緊趕慢趕，僅用了十六天，他們就看到了京城的城門。安然讓舒霞先去大將軍王府代他們姊弟問安，其他人就直接奔往大長公主府。

在大門口候著的瑾兒和瑜兒撲到安然的懷裡哭得唏哩嘩啦。「大姊姊，祖母病了，徐嬤嬤不讓我們進祖母的院子，我們已經很久沒見到祖母了。」

大管家也是兩眼紅紅地上前行禮。「安然小姐，主子等著您呢。」

安然點點頭，讓君然帶著瑾兒和瑜兒，自己跟著大管家到了大長公主的院子。院子裡的下人們明顯少了很多，都包著頭蒙著口鼻，安然一進院子，徐嬤嬤就讓人把備好的白色細棉布拿來給安然也蒙上。這是什麼陣勢？傳染病？

到了大廳，五、六位同樣蒙頭蓋臉的人圍在一張圓桌旁正在討論什麼，其中一個人好像是頭領，其他幾人不時回答著他的詢問。徐嬤嬤說：「他們是皇上派來的御醫。」

徐嬤嬤走到那個頭領面前行了禮。「王爺，安然小姐到了，主子有話要同你們說。」

那人深深看了安然一眼，點點頭，首先抬腳走了出去，安然同徐嬤嬤趕緊跟上。

大長公主的床前隔了一座大大的屏風，安然和那個王爺就站在屏風外面。徐嬤嬤帶著丫鬟們退了出去。

「是然兒嗎？這麼快就到了，你們一路趕來很辛苦吧？」大長公主的聲音沙啞無力，還伴隨著不時的劇烈咳嗽。

不知為什麼，聽到那疲憊病態的聲音，安然的眼淚就嘩嘩流下來。「不辛苦，祖母，您好好養病，然兒來照顧您了。」

一陣劇烈的咳嗽後，大長公主才喘著氣，斷斷續續地說道：「好孩子，祖母不行了，這肺癆是不治之症，祖母能撐到妳來就已經很知足了。然兒，好孩子，以後祖母就把瑾兒和瑜兒託付給妳了。妳一定會答應祖母好好看顧他們長大的，對不對？」

肺癆？肺結核？安然眼睛一亮，這肺癆在古代是不治之症，在現代卻是可以治癒的。巧的是前世的安然曾經看過一整大疊的相關資料。

安然的一個好朋友是農村來的，家裡經濟條件不好，她的母親常年勞作，得了肺結核，西藥太貴，加上她母親的血小板和白血球太低也不大適合用西醫療法，那位朋友到處尋醫問藥，還上網發帖求助，搜索了很多資料，當時都是安然幫她一起整理的，什麼症狀分析、中藥秘方、敷貼法、霧吸法、飲食療法的一大堆，後來那位朋友的母親療養了半年多時間，終於康復了。雖然她沒學過醫，但是前面廳裡有那麼多個御醫呢，沒有兩把刷子不能做御醫吧？她把兩千多年的醫學研究結晶擺在他們面前，總能啟發啟發他們的智慧不是？再不濟也能知道那藥能不能用、怎麼用吧？嗯，要是黎軒哥哥能趕回來就更好了。

大長公主等了好一會兒沒有聽見安然的回覆，急了。「然兒，我知道為難妳了，可是只有妳才能讓我放心，只有妳才是真心疼愛他們的。妳不用擔心那些心懷叵測的人，有什麼事慶親王會幫你們。我已經寫了摺子給皇上，我去了以後，大長公主府和勇明王府的一切事務和產業都交給慶親王和妳，直到瑾兒十六歲，皇上已經允了。然兒，妳……」

已經回過神的安然知道大長公主誤會了，忙道：「祖母，瑾兒和瑜兒是我的弟弟妹妹，無論何時，我都會盡一切能力照顧他們，但是他們最需要的是祖母您的看護和疼愛，所以請您為了他們打起精神好好治療。」

大長公主欣慰地笑了。「有妳這句話祖母就放心了，就——」

安然斷然打斷了大長公主的話。「祖母您不要說什麼瞑目之類的話，肺癆不是不治之症，我就知道有人得了這病治好的。」

「真、真的？」大長公主不敢相信，她想安然一定是在安慰她，不要說她從沒聽說過有人得了肺癆還能活下來的，就是那些太醫的苦瓜臉色都讓她不敢相信。

「是真的，祖母，您要有信心。」安然的語氣充滿肯定。「我不是跟您說過在莊子上的時候，有一個老婆婆教了我很多東西嗎？她的親人就得過肺癆治好了。我見過那些方子，一會兒我就去把方子寫下來，讓那些御醫研究一下，我們再想辦法把黎軒哥哥找回來。祖母，您一定會好起來的。」

「黎軒跟妳幾乎是同時趕到的，正在我府裡洗漱，一會兒就會過來。」說話的是站在安然身邊的那位王爺，聲音怎麼這麼熟悉？

「浩、浩哥哥？」安然瞪大了眼睛看著鍾離浩。

鍾離浩對她輕點了一下頭，轉向屏風裡面。「皇姑姑，您相信小丫頭吧，她曾經用很奇怪的方法救過我呢。」

大長公主前幾天聽鍾離浩說過他和安然認識的經過，加上她本身對安然的瞭解和信任，還是不由得生出了希望。「好，然兒，我會好好配合治療，只要有一絲希望，我都不會放棄的。妳趕了這麼些天路，先去梳洗一下，吃些東西，等黎軒公子來了再說，祖母病了這麼久，不差這點時間。」

「嗯嗯，祖母，您放心，您一定會好起來的。」安然想用燦爛的笑聲感染大長公主，無論什麼病，精神鼓舞都是很重要的。

「好，然兒也放心，祖母一定會聽妳的話。」大長公主的聲音也帶上了笑意。「浩兒，你帶然兒出去吧，先去休息一下。」

兩人應下，退了出去。

安然跟著鍾離浩走出主院，在門口有丫鬟幫他們摘了包在頭上、臉上的白布丟進火盆燒掉，又端了兩盆水過來，那水面上飄著的顆粒竟然像是花椒。安然激動地撈起幾粒聞了聞，果然是花椒。

「這是消毒用的花椒鹽水，有什麼好看的？快把手洗一洗。」鍾離浩輕斥了一句，語氣卻是無比的柔和。看著安然洗了手，他又親自從丫鬟手上的竹簍子裡拿了一條乾淨的面巾遞給安然擦手。「回院子去洗洗，吃點東西，一會兒我跟黎軒去找妳。」

「嗯。」安然點頭，突然想起什麼，瞇著眼睛看著鍾離浩。「你真的是王爺？慶親王？那我以後要稱呼你王爺嗎？不會每次看到你都要跪吧？」

「妳每次看到大長公主和瑾兒都有跪嗎？」鍾離浩好氣又好笑地彈了一下安然的前額。

安然揉著前額叫道：「很痛欸。他們怎麼一樣嘛？大長公主是我的祖母，瑾兒是我弟弟，都是自己人。」

「那我呢，是外人？」鍾離浩深深地看進安然的眼睛。

安然被那種眼神看呆了，幽幽的、深邃的，就像一汪深潭，深得看不見底，只有她的影子映在裡面，那深潭似乎有著一種特殊的魔力，幾乎要把她的靈魂都給吸了進去。「當……當然是……是自……自己人。」

「那不就得了，原來怎樣，還是怎樣，我就是妳的浩哥哥。」鍾離浩嘴角愉悅地向上彎起，整個人都籠上一層柔和的氣息。

他還是那座冰山嗎？安然又看得愣住了，這個該死的男人，笑起來怎麼這麼好看？好看得讓她……心顫，還、還是面癱的好！

好半天，安然才收回神思，不好意思地咳了兩聲，偷偷向四處瞄了瞄，卻發現那些丫鬟不知道什麼時候都跑沒影兒了，只有南征和舒安站在遠遠的地方。

對上鍾離浩似笑非笑的眼神，安然羞惱地瞪了他一眼，臉上爬滿了紅霞。這叫什麼事嘛，自己怎麼越來越花癡了？都怪這個鍾離浩，沒事長那麼帥就算了，好好的面癱還突然會笑，還笑得那麼好看！

「自己人還需要隱瞞身分嗎？」安然惱羞成怒，開始找茬。

鍾離浩見她耍小性子也不在意。「我從來沒有隱瞞啊，妳又沒有問過我。」

「哼，反正沒有讓我知道就是隱瞞了。」安然索性無賴到底。「我要回去寫藥方，不跟你說了！」說完轉身就走。

看著她倉惶逃走的模樣，鍾離浩的臉上卻是從未有過的燦爛笑容，他的小丫頭沒有同他生分。

安然回到自己的院子，就開始抄錄腦海裡的那些資料，因為她不懂醫，也不敢自己歸納、提煉了，只是挑那些她覺得重要的先來，什麼症狀分析、藥材性能、艾灸法治療、針刺穴位法、足底反射區按摩法、臍部敷藥法……唏哩嘩啦全部照抄，秀氣的蠅頭小楷足足抄了五頁紙。這些可以先給黎軒去分析研究，其餘食療什麼的就稍後再抄了。

舒敏在一旁幫著磨墨、換紙，看得是兩眼放光，她家小姐真的不懂醫？只能說是天賦異稟，過目不忘了！

待安然洗漱一番，吃了一碗燕窩粥，舒安才讓君然帶著瑜兒和瑾兒進來。

安然拉著兩人的小手柔聲說道：「祖母病了，最不放心的就是你們，所以你們要乖乖的，祖母才能安心養病，這樣你們很快就能見到祖母了。」

瑾兒嘟著小嘴。「祖母生病，我要陪著祖母，可是他們都不讓我去主院。」

安然笑著點了一下他的小鼻子。「你們年齡小，容易過了病氣，在祖母康復之前，每天由大姊姊替你們去看望祖母，然後把祖母跟你們說的話帶給你們可好？」

「可是我們也想為祖母做點事，我每次生病都是祖母親自餵我喝藥的。」瑜兒眼巴巴地看著安然。

安然讓人拿了一些彩色紙進來，開始教他們摺千紙鶴。「這叫千紙鶴，代表著愛和祝福，摺滿一千隻的時候，天上的神仙會聽到你們的願望，會保佑祖母快快好起來。每次我去看祖母的時候，就把你們親手為祖母摺的紙鶴帶進去，掛在祖母的屋子裡，好不好？」

「好。」兩個小傢伙重重點頭，很認真地學習怎麼摺紙鶴，君然也在一邊學，他學習緊張，大長公主也不讓他去探望，已經讓大管家著手幫他聯繫進清暉書院的事宜。

四人埋頭摺紙鶴，沒注意到身後兩個大男人已經站了有一會兒。

直到瑾兒成功摺了一隻漂亮的紙鶴，想讓它飛起來的時候才歡呼。「表叔，黎軒哥哥！」

瑾兒之前一直跟著安然稱呼他們倆「浩哥哥、黎軒哥哥」，後來知道鍾離浩的身分後改口喊表叔，對黎軒卻沒有改口。平日裡分開叫還沒有什麼感覺，這會兒在一起喊卻讓鍾離浩聽得特別鬧心，尤其想到瑾兒是喊安然大姊姊的，這可差了輩分了有沒有？

不出意外地，那個沒心沒肺的丫頭衝他眨了一下眼睛。「表叔？」心情大好，扳回了一局，哈哈！安然在心裡擺了個「耶」的手勢。

鍾離浩的臉瞬間黑了，這個臭丫頭，真想把她拎過來揍兩下……屁屁。

黎軒感受到鍾離浩在身旁散發著寒氣，暗自偷笑，面上卻不敢有絲毫顯露，他可不想把冰雹引到自己身上。

「然兒，我剛剛給大長公主檢查了一下，她這會兒精神還不錯，很是配合。」黎軒覺得自己真是太善良了，很好心地轉移了話題。

卻不承想鍾離浩的臉更黑了，然兒？什麼時候這麼親近了？

安然哪裡想得到這個大冰塊此刻為了一個稱呼大吃飛醋，她讓君然帶著瑾兒、瑜兒出去後，轉頭看見那冰塊還是一副凍死人不償命的酷模樣，連忙哄道：「開玩笑、開玩笑嘛，不要生氣啦。」

沒有反應，還背過身去？

「浩哥哥。」

還是沒有反應。

不過，這世上除了皇上，恐怕就只有安然不怕那張冰山臉了，她從他身後探過身，向上歪著腦袋——沒辦法，鍾離浩高她太多了——盯著某人的臉。

「浩哥哥？浩哥哥……浩哥哥浩哥哥浩哥哥……」哼，不就是怕在心上人面前被她叫老了嗎？多叫幾聲年輕的給你聽還不行？呵呵，一個是表叔，一個是黎軒哥哥，哈哈哈。

鍾離浩的臉還是繃著的，心卻早被安然叫得軟塌塌的，真想一把摟住身前這個扭著身子、歪著腦袋搞怪的小丫頭，在她屁屁上狠狠打幾下。

嗯？他不是正在生氣嗎？生很大的氣，怎麼這會兒火氣全沒了，心裡覺得柔柔的、癢癢的，好像還有暈乎乎的感覺。小丫頭靠得太近，那魂牽夢縈的茉莉花香似有若無地縈繞著他……再叫兩聲，再叫兩聲，就……原諒她，不揍屁屁了，其實就算讓他揍他也捨不得啊。

咦？沒聲音了？茉莉香也沒了？垂眸一看，人呢？

轉過身，只見黎軒正兩眼晶亮地拿著幾張紙看，安然坐在一旁，緊張兮兮地看著黎軒的表情。

什麼東西這麼……藥方？

鍾離浩也顧不上矯情了，走過去坐在安然的另一邊，他跟黎軒自小一起長大，熟悉他的每一個表情，這幾張紙，應該很有用。

果然，看著那幾張紙在黎軒手上一張一張依序輪了一遍後，在安然緊張到就要爆炸的時候，黎軒放下紙，興奮地抓著安然的兩臂。「然兒，那個老婆婆在哪裡？」

安然吃痛，哎喲了一聲，鍾離浩已經把黎軒的兩手架開了，不解氣，還往他的兩手臂上各給了一拳。小丫頭那細細的骨架子，哪禁得起他那麼用力的魔爪？

安然皺著眉揉了揉自己的手臂。「黎軒哥哥，你想捏斷我的手啊？這麼多年了，我怎麼知道那位老婆婆去哪裡了或者還在不在？」說著神速地換了一張眉開眼笑的臉。「這些有用的，對不對？你可以治好祖母的病，對不對？」

鍾離浩和黎軒被安然「變臉」的功夫和快速跳躍的思維弄暈了，不過黎軒的興奮感還在，很快回到正題。「太有用了，我之前有些困惑的地方一下子找到了靈感，不過我還要好好研究一下，找出最佳方案。然兒，妳確定沒學過醫？這麼多複雜枯燥的東西，妳怎麼能記得這麼完整？」裡面可是有很多專業說法的，光那些藥材名對一個不懂醫的人就夠嗆。

「呵呵……」安然俏皮地揚起腦袋，一副得意洋洋的樣子。「黎軒哥哥又不是不知道，我過目不忘，記憶力天下無敵。」

在福城的時候，有一次黎軒跟安然打賭，隨便拿一本書從中間翻幾頁給她看一遍，然後安然就一字不漏地背出來，當時把黎軒和薛天磊驚得下巴都要掉下來了。

「是是是——」黎軒一臉疼寵地刮了一下安然的小瓊鼻。「我妹子天下無敵，是最厲害的。」

鍾離浩的臉上再度烏雲密布，頓時覺得口、鼻、喉嚨，直到心口都充滿了酸味。若不是他清楚黎軒對蓉兒的刻骨愛戀，若不是黎軒看安然的眼神清澈、有疼寵但沒有迷戀，他保證，一定，一腳把這礙眼的傢伙踢出三百丈去。

安然卻是暗自得意，她當時玩那個賭局，目的就是萬一遇到這樣的狀況時，可以把自己的才能推到某本曾經看過的書上，才能自圓其說。

黎軒本來就是醫學奇才，名滿天下的神醫，有了安然給的資料，很快就擬出了一套診治計劃，加上安然親自下廚做的藥膳，半個月之後，大長公主的病情就有了明顯起色。雖然還是需要嚴格隔離，但大長公主的心情，乃至整個大長公主府的氣氛都一天比一天好了起來。

皇宮出來的幾個御醫，成了最虔誠的學徒，整日巴巴地跟在黎軒後面打下手。神醫就是神醫啊！跟著人家學個一星半點也是好的。

第五十章　巧合

安然每天一次到主院看望大長公主，每次都會拎著一大串五顏六色的千紙鶴，進了屋就讓丫鬟把千紙鶴掛起來。

大長公主看著屋裡那一串串美麗的紙鶴，眼淚就流了下來，彷彿看見瑾兒和瑜兒稚嫩的小手不停地在摺紙鶴，看見安然親自在廚房裡忙乎著她的藥膳，看見君然每天從書院回來的第一件事就是帶著瑾兒和瑜兒在主院門口給她請安，然後大聲歌唱。

嘹亮悅耳的歌聲穿過院子飄到她的床邊——

「今天天氣好晴朗，處處好風光，

蝴蝶兒忙，蜜蜂也忙，小鳥兒忙著，白雲也忙。

啊～～馬蹄踐得落花香……」

大長公主流著淚笑了。「蘭香，妳聽，他們又在唱曲了，快、快讓人把所有窗子都打開。」

因為安然交代要注意開窗通風，所以屋裡的窗子本來就開了好幾扇，徐嬷嬷親自帶著丫鬟把其他的門窗也都打開。

君然他們連續唱了三遍才停下。徐嬷嬷看見大長公主滿面笑容，也開心地說道：「安然小姐教的這首歌可真好聽，三位小主子唱得也好，聽了讓人心情好，什麼煩惱都沒有了。主子您可不知道，現在府裡的人都學會這首歌了，走到哪兒都能聽到有人哼哼。」

「然兒是個有心的好孩子，他們四個都是孝順孩子，有這樣兩對孫兒孫女，我還真捨不得死呢，想多陪他們幾年，看他們一個個成家立業。」大長公主看著那一串串紙鶴笑道。

「呸呸呸，什麼死不死的，主子一定長命百歲。黎軒公子可說了，主子的狀態是一天好過一天，比他預期的還要好呢。」自從大長公主生病開始，徐嬤嬤最聽不得那個「死」字。

「好好好，不說了，我自己也覺得自己的身子越來越鬆快，也不枉然兒忙裡忙外，每日裡既要打理我的三餐飲食，又要照顧瑜兒和瑾兒，還要照看府裡府外那麼多事，整個人都瘦了一圈。」

「可不是，聽大管家說，安然小姐能幹、大方又親和，府裡府外的管事們都很喜歡她呢，說她處理事情謹慎周到，公平公正，一點都不像是個還未滿十五歲的小女孩。」

「呵呵，妳說得沒錯，這然兒啊，還真是我的福星，是我們郭家的福星。對了，然兒的生辰快到了，妳要好好張羅一下，我們大長公主府孫女的及笄禮可不能馬虎。」

主僕倆正聊得開心，一個丫鬟拿了一封信進來。「主子，縣主一家遞了信來請安。」

徐嬤嬤皺了皺眉，接過信遞給大長公主。

大長公主沒有接信，只是閉了眼睛說道：「眼累，妳看吧。」

郭年湘在信中說自己這陣子也病了，所以沒來探望。聽說大長公主的病已有起色，全家都高興得哭了，還說幾個外孫日日向菩薩祈禱，請菩薩保佑外祖母早日康復，現在外祖母轉好了，杜曉玥還準備到廟裡去還願，齋戒三日。

徐嬤嬤見主子閉著眼靠在那兒沒有反應，搖了搖頭悄悄退出去了。

自從得知大長公主得了肺癆，無論是女婿還是幾個外孫、外孫女都不敢再登門，只有郭年湘來過一次，還沒敢跨進主院，只是站在門口叮囑徐嬤嬤和留在主院裡侍候的丫鬟婆子一定要用心侍候好了。

然後就跑去找大管家，說母親病重，侄兒、侄女太小，以後一應事務由她代管，不要再去煩擾大長公主。

誰知大長公主竟然請旨，說她死後兩個府裡一應事務和產業交給義孫女冷安然和慶親王鍾離浩打理，直到瑾兒十六歲。

郭年湘一氣之下就再也沒來了。

安然此次進京，除了去大將軍王府一趟，基本上都沒有離開過大長公主府，只讓君然每三天去給外祖父、外祖母請安一次。老將軍和老太君很體諒，倒是經常讓兩個舅舅、舅母過來探望大長公主和安然姊弟。

隨著大長公主漸漸好轉，安然也能放心出府處理一些事了。

這天，陳之柔下了帖子請安然到清平侯府一敘，一晃她們又有半年沒見了，安然也很惦記陳之柔，安排好大長公主的膳食，就帶著瑜兒和瑾兒出門了。

到清平侯府的時候，陳之柔親自到大門口來迎接，安然見她面色紅潤，精神也還好，算是放下一半心來。

兩個月前，那個叫筱蝶的花魁已經進門，據說場面還挺大，葉子銘親自去接親的。在大昱，納妾都是一頂小轎直接抬進府，就是貴妾進門，一般也是讓管家或者貼身長隨帶著人接親，很少是新郎自己去的，這也是妻妾之別很重要的一個表現。

安然的兩個舅母都說，這葉子銘娶妻不足半年就納妾，而且還是親自迎娶，真真是打了陳之柔的臉。

安然看陳之柔臉上平和的微笑，半點不見憔悴，心裡還是很吃驚的，陳之柔並不是個善於偽裝的人，難道真的是「沒有心，便沒有傷害」？可是，人若沒了心，活著還有什麼滋味？夫妻之間若沒了心，真的只能是……搭伙過日子？

眾人跟著陳之柔，向她的院子走去，沒走出幾步，就看到迎面過來三個人，兩男一女，後面還跟著幾個丫鬟小廝。

其中一個男人是葉子銘，安然認識。另一個高高瘦瘦，長得倒也精神，只是，左邊袖子空蕩蕩的。

那個女子並不是非常漂亮，但極嫵媚，巴掌大的小臉，眼睛大大，下巴尖尖。她穿著一襲粉紅色的紗質襦裙，那腰束得細細的，看上去怯怯弱弱的樣子，典型的小白花！

葉子銘緊走幾步上前來，跟瑾兒、瑜兒見了禮，又跟安然打招呼。「冷小姐，柔兒一直惦著妳呢，妳以後可要多來府裡玩。」

安然笑笑。「那是自然，之柔姊姊是我最好的朋友，以後少不得經常到府上叨擾。」

小白花嫋嫋婷婷地走過來向陳之柔行禮。「妹妹知道姊姊有貴客來，親自做了些糕點，一會兒讓人送過去，還望姊姊不要嫌棄。」

妹妹？不是應該自稱婢妾的嗎？看來這朵小白花還真不是個安分的主啊！

安然意味深長地多打量了小白花兩眼，被一陣悅耳的叮噹聲吸引，正好看到她右手腕上那個掛著很多小鈴鐺、還纏著一條金絲的銀鐲子。

不知為什麼，安然莫名地覺得自己對那鐲子特別熟悉，而且此刻有一種鼻子酸酸的感覺。她並沒有見過這朵小白花，也沒見過這個鐲子，難道是這具身體本能的反應？

葉子銘看安然盯著那鐲子發愣，想是小姑娘都喜歡漂亮的首飾，笑道：「筱蝶這鐲子是她母親留給她的，是苗銀打製，與我們大昱女子常戴的銀鐲子倒是不同。」

此時，安然原身一個關於鐲子的畫面也湧現於她的腦海——

六歲的秋思拿著這個鐲子坐在廊簷下流淚，安然跑過去坐在她旁邊。「秋思，妳又想妳爹娘了？妳不要哭，我娘說了，一定會幫妳找到妳的哥哥。」

小秋思點點頭。「嗯，我不哭，我唸詩給我爹娘聽。」

安然看著那鐲子，嘴裡輕輕地唸出了那幾句詩——

「涉江采芙蓉，蘭澤多芳草。
采之欲遺誰，所思在遠道。
還顧望舊鄉，長路漫浩浩。
同心而離居，憂傷以終老。」
那斷臂的男子渾身一震，不可置信地瞪大了眼睛。「姑娘，妳也喜歡這首詩？」這首東漢末年的〈涉江采芙蓉〉很有名，官宦人家的小姐自小都會學詩捻句，知道這詩並不奇怪，奇怪的是這位小姐對著妹妹的銀鐲子發愣，並唸出這首詩來。
安然回過神來，不好意思地笑笑。「讓你們見笑了，這首詩是我一個好姊妹從小就掛在嘴邊的，她也有一個這樣的鐲子，也是她爹娘留給她的。她小時候總是對著那鐲子唸這首詩，所以我剛才愣神了，不好意思。」
那斷臂男一臉的不可思議，這麼相似？還是巧合？筱蝶卻是早已面色發白，暗暗掐了自己幾下以保持鎮定，走上前推著還在發愣的斷臂男。「哥哥，嫂子那兒還等著這味藥呢，你還不趕緊著回去？」
「哦，是哦……」斷臂男回過神，尷尬地笑笑。「你們聊，我先走，先走了。」雲州苗人多，那種苗銀鈴鐺鐲不僅在昆城，在整個雲州都不少見，但是他們家的銀鐲卻有著獨一無二的細節。
世上相似的事兒太多，他鏢局裡就有很多跟他一樣爹娘死了，兄弟姊妹失散的人。他算是幸運的，茫茫人海中，竟然能找回自己的妹妹。

「我們走吧，到我院子裡，有東西要給妳看呢！」陳之柔拉著安然就往前走，甚至沒有看葉子銘一眼。

葉子銘看著陳之柔張了張嘴，終是沒有說什麼，輕嘆了一口氣，與筱蝶一起送那斷臂男出去了。

踏進陳之柔的院子，入眼就是一片玫瑰叢，可惜這個時候玫瑰花已經謝了，要不然一片火紅的玫瑰花海，多美啊！

進了屋，安然看到桌上一個木盒裡擺著好多各式各樣的絹花、珠花，以及衣服上的飾品，無論樣式還是顏色搭配都很出色。

「真好看，是宮裡新出的嗎？比以前的漂亮。」安然由衷讚道。

「真的嗎？真的好看嗎？」陳之柔興奮得兩頰都紅了。「然兒，這、這些都是我設計的，是我和爾琴她們一起做的。」

「啊？」安然大吃一驚，拿起一對盤扣細細地又看了一遍。「之柔姊姊，妳真行啊，妳設計的這些可比我美麗花園裡賣的還漂亮。」

「真的？然兒，妳莫要哄我。」陳之柔緊張地抓著安然的一隻手，眼睛亮亮地盯著安然。

「自然是真的，我哄妳幹麼？呵呵，要不，妳把這些設計賣給我？我讓人照著做了放在美麗花園裡賣。」安然的手都被陳之柔握疼了。

「全送給妳，可是，然兒，會有人買嗎？會不會壞了美麗花園的招牌啊？」陳之柔還是不敢相信。看到年齡比她小三歲的安然設計出那麼美麗的衣裳她很羨慕，可是她沒有這個能力，美麗花園裡那些漂亮的飾品卻引起了她的興趣，她從小就喜歡做些漂亮的小物什，倒是可以試試。

葉子銘婚前緋聞在先，大肆張揚的納妾禮在後，讓她一再成為名媛貴女中的笑話。雖然一直抱著「沒有心便沒有傷害的」心理建設，母親也一直跟她說最重要的是緊緊抓住錢財和管事權，拿穩主母的架子，可她畢竟是個才十八歲的女子，而且一向單純率直。

她覺得自己被壓得快透不過氣來，又實在沒有臉面出門，於是逼著自己什麼都不想，把閒暇的時間和精力都用在設計飾品上，當一個個漂亮的飾物展現在她面前，她才覺得自己活著還有一點趣味，她的生活裡才有了點點陽光。

對安然這個在現代職場做了十年高級助理的人來說，察言觀色、猜測人心是基本的必修課，她突然明白了陳之柔如何才能保持「面色紅潤、精神還好」，這就如現代社會的不少職業女性借忘我工作來麻痺情傷的痛楚。

安然反手握住陳之柔的手，似乎想透過這樣的動作把力量傳遞給她，她是真心心疼這個本應該迎著陽光明媚燦爛的女孩。「當然了，之柔姊姊，妳還不相信我的眼光？不過，親兄弟明算帳，妳是花了心血設計的，我自然不能白拿。這樣吧，以後，只要被我們採用的設計，無論做了多少，妳就收總價格的二成，半年結算一次，不管錢多錢少，都是一種成就感不是？」

「可以嗎？真的可以嗎？」陳之柔看見安然笑咪咪、很肯定地再次點頭，激動得眼淚都快出來了。「然兒，謝謝妳，我一定會做出更多更好看的東西來，我真希望有一天可以看到很多人都戴著我設計的花兒。」

安然她們用完午餐的時候，葉子銘進來了，對陳之柔說：「石冰夫人的病，大夫說要五百年以上的人參，我上次不是拿了兩根回來嗎？就把小的那根給了他，讓爾畫登記了。下次有好的，我再弄些回來。」

原來剛才那個筱蝶說的「這一味藥」是人參啊，她沒想到葉子銘把好東西都放在陳之柔這兒，而且都如實彙報了吧？

看樣子，這個葉子銘也不是很渣！等等，石冰？這名字似乎在哪裡聽過……秋思！對了，秋思的哥哥就是叫石冰啊！

「姊夫，石冰是不是就是剛才那位斷了左臂的公子？」安然問道。

聽到安然叫他「姊夫」，葉子銘的心情忽然好到不行，很快溜了陳之柔一眼，見她臉上沒有異色，高興地回答安然。「正是，石冰曾經救了我一命，就是那時候斷了左臂。」

「那石冰今年幾歲了，他老家在哪裡啊？」安然繼續問。

葉子銘雖然覺得有些奇怪，不過當著人家之柔姊姊的面，怎麼能不對這個喊他「姊夫」

的乖巧女孩有十二分的耐心？「嗯，好像二十三了，比他妹子大七歲，他們是昆城人，說起來當年他們還是在福城失散的呢。」

「這麼巧？」安然喃喃自語。

「什麼巧？哦，對了，安然妹妹和妳柔兒姊姊都是從福城過來的。」

「呵呵，我那位好姊妹剛好也是昆城來的，今年剛好也是十六歲，所以我才好奇多問了幾句，還請姊夫不要介意。」

「這麼巧？」這次輪到葉子銘吃驚了。「就是妳剛才說的有個一樣鐲子的那位姑娘嗎？她在哪裡？也在京城嗎？」

「她現在不在京城，不過很快就會來了。」安然笑道：「八年前，她為了我，迫不得已把她娘留給她的鐲子賣了，為此我一直很內疚呢。」

「賣了？賣給誰了知道嗎？」葉子銘也開始「好奇」了。

「好像是在當鋪門口，被一個到平縣探親的官家小姐買去了。」安然回答。當年，安然病重，抓了幾次藥家裡就沒錢了，還欠了大夫不少診費，秋思硬是磨著劉嬤嬤把自己那個纏了金絲的銀鐲子拿去當掉。劉嬤嬤想當活當，畢竟這是秋思父母留給她的唯一念想，是她尋找大哥的憑證，但是別說活當，就是死當的價格都被壓得極低。

這時一個六、七歲的小姑娘看上了鐲子，她是當鋪東家的親戚，到平縣來玩，小姑娘的母親看到女兒實在喜歡這個鐲子，又聽到劉嬤嬤說了這個鐲子的來歷，也同情鐲子的小主人，就給了一個很好的價錢買下了鐲子。

官家女兒？筱蝶被賣到青樓之前是奴籍，但不是官奴。所有官奴都登記在冊，是沒有人可以更改的。嗯……應該真的是巧合吧？葉子銘輕輕晃了晃腦袋，是自己想多了。

這事卻讓安然上了心，她從來認為巧合太多了就不再是巧合，不是事實就是陰謀。

第五十一章　聽曲兒

大長公主的病好轉得越來越快，不再咳血，食慾增強，身上也有力氣了，那些個御醫也改成輪流來公主府當值。

當然，要完全痊癒是沒有這麼快的，老話不是說嘛，病來如山倒，病去如抽絲。

現在，瑾兒、瑜兒和君然也能見到大長公主了。每日裡，大長公主都會戴著口罩坐在院子裡曬曬太陽，他們也戴著口罩坐在遠處陪著說話，祖孫幾人其樂融融，心情一好，病就好得更快了。

這下，惦念大長公主病情好久的皇帝鍾離赫也不再理會那些大臣的拚死勸阻，索性來個微服私訪，讓鍾離浩陪著親自來探病，身邊只帶了貼身服侍的福公公。

鍾離赫他們到的時候，大長公主剛服了藥還在小憩，安然現在是府裡年齡最大的主子，府裡來探病的客人都由她帶著瑾兒和瑜兒接待。

安然看到來人戴著一頂類似帷帽的黑色紗帽，但從身量和服裝看都應該是男子，而且鍾離浩對他很是尊敬的樣子，心想定是他的長輩，也就是王爺之類的大人物了。暗暗撇嘴，這些王爺什麼的，都愛搞神秘，怕人暗殺嗎？

鍾離浩介紹說：「這位也是皇姑姑的一位侄兒，從輩分上論，你們就稱表伯吧。」話剛出口，鍾離浩突然就有了一種不好的預感。

果然，安然帶著瑾兒、瑜兒向鍾離赫行完禮後，還非常「禮貌」地給鍾離浩也行了禮。

「表叔安！」

看到鍾離浩的臉黑如墨汁，安然惡趣味興起，一口一個「表叔請坐」、「表叔喝茶」……還偷偷向鍾離浩調皮地眨眼——哈哈，你不是喜歡面癱嗎？讓你一次癱個夠，最討厭人家玩隱名什麼的了。

鍾離浩又好氣又好笑，心裡想著有一天一定要好好懲罰一下這個小丫頭。嗯，怎麼罰呢？鍾離浩看著安然，突然，目光定格在那粉潤如花瓣的雙唇上……頓時覺得有點口乾舌燥，不自禁地抿了一下自己的唇，喉結滾了一下……那兩片花瓣一定很美味，很甜、很軟，嗯，一定有茉莉花的味道。

安然見鍾離浩直直地瞪著自己，知道他一定是在抑制怒火，呵呵，他此刻一定在想著要怎麼懲罰她，哼，兵來將擋，水來土掩，誰怕誰？不知為什麼，她還真不怕那冰山臉，甚至，有什麼為難事總是第一個想到他。像那次從清平侯府回來的第二天，她覺得筱蝶那鐲子還有石冰的身分可疑，就去找鍾離浩幫忙了。

安然惡作劇一般「惡狠狠」地回瞪了一眼。

這一眼讓鍾離浩打了個激靈，他這是在想什麼呢？他還在孝期呢，小丫頭還沒及笄呢。

他趕緊移開了目光，不過一會兒又偷偷地看了過去，不能嚐，看看也好啊。好看！真像最鮮潤最好看的玫瑰花瓣。

鍾離赫也在打量著安然，眼前的女孩面容清麗脫俗，確實很漂亮，尤其那雙似乎會說話的大眼睛，一會兒平靜如水，一會兒亮晶晶，一會兒又散發出狡黠的光芒。沒看冰塊被她瞪一眼，臉都紅了？雖然冰塊掩飾得很好，但還是被他發現了，呵呵，那可是他看著長大的小弟弟。

大長公主聽了徐嬤嬤的回報，還是不肯讓鍾離赫進院子，雖然黎軒和御醫都說了她的病情已經恢復到一個階段，傳染力沒有那麼強了，只要做好防禦措施就沒有什麼關係。可鍾離赫是皇帝，是一國之君，容不得一點風險，否則萬一有點什麼好歹，讓她怎麼向大昱子民交代，怎麼向鍾離家列祖列宗交代？

最後，大長公主還是坐在院子裡，院門沒有關，只是被一層透明的屏風隔著，鍾離赫他們坐在院子外。

大長公主讓安然帶著瑾兒、瑜兒親自去做一些點心過來，安然想他們應該是有什麼重要的話要說，就應聲退下了。

鍾離赫透過屏風看到戴著口罩的大長公主精神還挺好，說話聲音也如以前一樣清亮，確定她的病情確實好了很多，高興地說道：「朕就知道姑姑一定會好起來的。母后也一直惦記著您呢。」

大長公主略帶責備地笑道：「皇上身繫天下，以後切切不可如此任性。要是讓文武大臣知道了，可不嚇壞他們？」

「身繫天下也是姑姑的侄兒，姑姑病了，侄兒哪有不來探視的道理。再說了，朕哪有那麼嬌弱？浩兒成日裡往這兒跑，也沒見這小子打一個噴嚏。」

姑侄三人笑談了一會兒，安然等人就回來了，身後的丫鬟端著一盤蛋撻和五份鮮奶燉蛋，還有為大長公主準備的膳食點心——枸杞南棗雞蛋湯。

用了點心，鍾離赫自然是讚不絕口，他倒是沒有太驚訝，因為他早知道安然就是百香居的東家，自從她接手後，百香居就不斷推出各式新穎獨特、好看好吃的點心，生意比之前更加紅火數倍，宮裡不少妃子都經常讓宮女偷偷出宮去百香居買點心呢。

瑾兒吃得高興，還不忘跟大長公主告密。「祖母，剛剛做點心的時候，大姊姊哼了一首新曲子，好好聽哦，比〈今天天氣好晴朗〉還好聽呢！」

「噢，是嗎？然兒，我好幾天沒有聽妳唱歌了，唱那首新曲給祖母聽聽可好？」大長公主好心情地提議道，安然的聲音很好聽，唱的又都是她沒聽過的曲子，她很是喜歡。

安然前世就喜歡唱歌，這個身體的嗓音又極好，平日倒是經常唱給大長公主他們聽，不過今天有客人呢，她有些猶豫。

「唱嘛，我很想聽呢，這裡都是自家人。」鍾離浩眼睛亮晶晶地看著安然，滿是期待，他都沒聽過小丫頭唱歌呢。

安然看著鍾離浩的眼睛，不由自主地點點頭，她發現自己不想拒絕鍾離浩的要求。應該是因為鍾離浩總是沒有二話地幫她解決一切難題，總是處處為她設想周到，但很少向她提要求吧，他最多就是要荷包。

安然本不是個扭捏的女孩，大長公主和鍾離浩都是對她極好的親近之人，既然他們都讓她唱，肯定就是沒有什麼問題了，那個黑紗帽表伯應該也是很親的「自家人」。

於是，一曲宛轉悠揚的〈好一朵美麗的茉莉花〉飄蕩在大長公主府上空——

「好一朵美麗的茉莉花，好一朵美麗的茉莉花，

芬芳美麗滿枝椏，又香又白人人誇。

讓我來將你摘下，送給別人家，茉莉花，茉莉花……」

這是安然最喜歡的一首歌，也是前世每次唱KTV、公司聚會時她的保留節目。

今天安然正好穿一件白色上衣，淺綠色繡深綠大花的錦緞長裙，亭亭玉立地站在那兒，臉上帶著淡淡的微笑，充滿感情地唱著「茉莉花，茉莉花……」，一陣輕風吹過，讓她的長裙隨風飄飄，美！太美了！歌美！人美！在場的人都沈醉在這美妙的歌聲、美好的畫面裡了。

尤其鍾離浩，緊緊盯著安然，有種想伸手拉住她的衝動，似乎覺得這幅畫面美得太不真實，畫中那位深情歌唱的茉莉仙子好像隨時會隨風飛走。

「主子，主子……」

突然，福公公的驚呼聲把大家從這份美好中拉了回來，只見鍾離赫緊緊抱著自己的頭，

甚至用手敲著頭，好像很難受。

鍾離浩趕緊衝過去拉住鍾離赫的雙手，跟福公公一起把他帶到書房去。鍾離浩只有兩次見到皇上這樣，但都是談起德妃、談起他心裡那個影子的時候才這樣的？為什麼聽小丫頭唱首歌也會變成這樣呢？小丫頭和德妃長得並不像啊。

安然和瑾兒、瑜兒都被嚇到了，尤其本來唱得正投入的安然，奇怪極了，她唱歌不難聽吧？魔音？還是這個表伯不能接受現代曲風？可這首歌是首民謠欸，好歹也靠近古典，少一些現代元素吧。

大長公主也很擔心鍾離赫，不過想想有鍾離浩在應該沒什麼問題，御醫也跟著過去書房了。她對一臉困惑的安然安慰道：「然兒有沒有被嚇到？不要擔心，與妳無關的，妳帶著瑾兒瑜兒回院子去吧，該做什麼做什麼。」

書房裡的鍾離赫慢慢平息下來，他真的感到很迷惑，為什麼聽到那首歌會讓他覺得心跳得特別厲害，腦袋裡似乎有很多被束縛著的東西想要湧出來，卻又被什麼卡住出不來，讓他的頭脹疼得厲害。

平靜下來的鍾離赫看向一臉擔心的鍾離浩。「冰塊，我們以前有聽過這首曲子嗎？」

鍾離浩搖搖頭。

「可是，我覺得似乎很熟悉，它好像能拉出我那片空白的記憶，剛才我聽到那曲子的時候，我覺得我的心跳得好快，好像找到什麼重要的東西似的，然後我就拚命想去回憶……」

鍾離赫輕輕拍了一下自己的腦袋，不敢再想下去。「你去問問那丫頭，這曲子是誰教她的。順便安撫一下她，小小年紀的，恐怕被朕嚇壞了。福子，你也去主院說一聲朕沒事了，只是突然犯暈，讓姑姑不要擔心。」

兩人應聲出去後，鍾離赫靠在榻上輕輕閉上了眼睛，他發現，自己竟然不由自主地哼出了那首曲子的旋律，而且，那旋律讓他感到很舒服，很溫馨，只要他不去試圖想起什麼。

走向安然院子的鍾離浩卻有一種莫名的煩躁，他想不明白那次被黑衣人劫去，皇兄到底經歷了什麼，或者看到、聽到什麼。可是，從皇兄被劫到他衝進去救出皇兄，時間並不長啊。

只因為德妃跟那所謂的「記憶空白」有關，皇兄就冷落了青梅竹馬的皇后，獨寵德妃這麼多年。現在小丫頭唱支曲竟然也關係上了那個「記憶空白」，這……這……如果皇兄……他怎麼辦？

不，不論是誰，他都不會放棄小丫頭的。雖然他敬愛皇兄，可以為他捨棄自己的命，但捨棄小丫頭不可以，除非小丫頭不喜歡自己。一想到小丫頭有可能不喜歡自己，鍾離浩突然覺得心裡空落落的，抽疼抽疼。

安然一看到鍾離浩走進來，就撲了過去，雙手拉住他的左手臂。「浩哥哥，那位表伯沒事吧？不是被我唱病了吧？」

雖然隔了兩層衣服，鍾離浩似乎還是能夠感受到安然雙手的溫軟，捨不得抽出來。他伸出另一隻手輕輕拍了拍安然的髮髻。「傻丫頭，胡思亂想些什麼呢？他沒事，只是突然想到了一些往事，犯了頭疼的老毛病。」

「那就好，那就好。」安然輕呼了一口氣。「我還以為自己唱得這麼難聽，都變成會傷人的魔音了呢。」

「胡說！」鍾離浩輕斥，語氣中卻帶著自己都沒覺察到的寵溺。「馬上就要及笄的大姑娘了，說話也不知道避諱。對了，丫頭，那首曲子是妳從哪裡聽來的？還是又是那個老婆婆教的？」

「不是啦。」安然早有準備。「上次來京城，經過揚城的時候，聽到幾個大嫂哼唱，覺得很好聽，而我又喜歡茉莉花，就把它記下來嘍。」

這倒說得通，民間很多地方都有些好聽的山歌、民謠。鍾離浩點點頭。「丫頭，我明日找一個歌姬來，妳教會她唱這支曲子，妳自己，以後在人前不要再唱它了，好嗎？」

為什麼？安然覺得有些奇怪，不過看鍾離浩認真的神情，直覺告訴她一定跟那個表伯有關係，鍾離浩這麼安排一定有他的原因。

「嗯，好的。」安然點頭，她對鍾離浩，總是習慣性地信賴。

「妳不問我為什麼？」鍾離浩又拍了拍安然的髮髻。他發現，安然的雙手還一上一下抓在他的手臂上呢，但他不想提醒她。

「反正你又不會害我，總是為我好就對了。」安然放開鍾離浩的手臂，拿了桌上的杯子倒了一杯茉莉花蜂蜜水給他。「如果能告訴我，不用我問你也早說了，如果是我不方便知道的原因，問了不也是白問？」

因為安然雙手突然離開自己手臂覺得心裡空空的鍾離浩，聽到這句話，頓時又覺得心裡暖呼呼的。「嗯，我永遠不會讓人傷害妳的，包括我自己。」

這話好煽情哦！安然心頭有種甜絲絲的感覺。

不行，再這樣下去，萬一自己愛上這個不喜歡女人的大冰塊怎麼辦？而且這兩人還都是對自己很好的兄長。安然用力晃了晃自己的腦袋，似乎想借此甩掉不該有的想法。

「浩哥哥，那個石冰和筱蝶，你查得怎樣了？」安然果斷地岔開話題。

這小丫頭的思維一向跳躍得快，鍾離浩也沒在意。「我今天過來本來就準備跟妳說這件事的。那個石冰沒有問題，從所查資料看，他應該就是秋思的哥哥，他要找的妹妹確實叫石玉，兄妹失散的經過也跟妳說的差不多。那個筱蝶自稱腦袋受過一次傷，幼年時候的許多事都忘了，連自己的生辰也忘了，只記得自己是雲州昆城人，父母都死了，有一個哥哥。石冰就是憑那個手鐲和她相認的。」

「那個筱蝶在撒謊，她一定就是當年買走手鐲的人。」安然憤憤地說道。

「是的。」鍾離浩喝了一口蜂蜜水，繼續說道：「我的人查了妳說的當年那個當鋪的東家，是那個小女孩的舅舅。因為受他姊夫的牽連，當鋪也被查封了，全家被發賣作官奴。那個小女孩家的男丁都被砍頭，女眷都被賣到西北做官奴。可是，在他們家人的發賣紀錄中，卻沒有那個女孩。」

第二天，鍾離浩果然送來了一個叫音兒的女子，長相清秀，嗓音溫潤。音兒擅長歌藝，聽安然唱了兩遍，就已經可以毫無瑕疵地完整唱出來了，安然大為感慨，這根本不輸大歌星嘛。

安然討好地看著鍾離浩。「浩哥哥，還有沒有這樣會唱歌的美人？送我兩個唄。」這古代的娛樂生活實在太貧乏，沒電腦、沒電視、沒卡拉OK……弄這樣兩個小美人，累的時候讓她們唱歌給她聽，可不就是現場原聲版的MV？

鍾離浩的臉瞬間黑下來。「又胡言亂語了，哪有女子養歌姬的？」這鬼丫頭真是想一齣是一齣，還盡是亂七八糟的主意。

「怎麼不行了？誰規定女子就不能聽曲子了？我只是想聽女人唱曲，又沒有要找男人唱。」安然不服氣地咕噥。

還想聽男人唱？鍾離浩的臉更黑了，周身散發著讓人後退三尺的寒氣。「我回府了，妳讓桂嬤嬤好好教教妳規矩。」說完轉身就走，再慢一會兒，他擔心自己會氣得直接就把那小丫頭拎起來揍一頓屁屁。

那個叫音兒的歌姬也不敢說話，趕緊著跟了上去。

「什麼嘛？不送就不送，生哪門子氣嘛？真小氣！」安然氣得直跺腳。不讓她聽，她今兒還真就要放鬆放鬆享受一下歌舞了。這古代沒有歌舞劇院，要想看節目，就只有一個地方，青樓。那個筱蝶之前不就是什麼賣藝不賣身的清倌嗎？

舒安見安然情緒低落，很是心疼。「小姐，王爺他對您從來不小氣，只是，沒有女子養歌姬的呀。如果小姐實在喜歡，何管家到的時候，我們讓他買兩個會唱歌的丫鬟，不是一樣嗎？」

舒安和舒敏對安然有著比其他僕婢更多的感激，所以對年齡本就比她們小的安然，除忠心外，還有一種寵溺和嬌縱的味道，她們家小姐無論做什麼，在她們眼裡都是對的，都是天經地義的。比如此刻，安然提出了要去逛、青、樓。

「啊——」舒敏手裡端著的蜂蜜水差點掉地上了。「小姐您說要去哪兒？」

「逛青樓啊，妳們不用擔心，我們換上男裝，我再給妳們化化妝，保證沒人認得我們的。」安然一副胸有成竹的樣子。「妳們知不知道京城裡哪家青樓最大，美女最多，歌舞最好看？我們就去那家。」

「啊？我好像聽說，京城最有名的樓子是怡紅閣，就是那個什麼花魁筱蝶原來掛牌的地方，至於美人是不是最多，歌舞是不是最好看，就不知道了。」這還是舒安原來暗衛培訓的時候得到的資料。

「好，我們就去怡紅閣，走，化妝去。」安然興致勃勃地拉起兩人就走，穿到古代，不逛一回青樓也太對不起「穿越」這種狗血機會了。她冷安然的座右銘就是——在能力範圍內，盡最大可能活得肆意飛揚。

小半個時辰後，一個風度翩翩的美公子和兩個英俊小廝就站在了冬念和舒霞面前，尤其穿著君然衣服、把眉毛加粗了的安然，簡直就是縮小了一個型號的夏君然。

安然用兩根手指勾起呆愣愣的冬念的下巴。「小美人，爺出去逛逛，妳們替爺照顧好瑾兒和瑜兒，還有祖母的煲湯，可別洩漏了爺的行蹤啊。」

冬念依然呆愣愣地點點頭，也不知道說話了。

舒霞回過神來。「小……小姐，您、您還……是不要去吧？要……要不，下……下次等慶親王爺或者黎……黎軒公子來了，讓……讓他們帶……帶您去。」

安然摟住舒霞的脖子。「結……結巴美人，不……不要怕，爺很快就……就回來了。」說著說著，自己就笑彎了腰。「呵呵呵，有舒安和舒敏在呢，妳們不要擔心，乖乖在家等我們哪。」

安然自然是不敢大搖大擺從大門出去的，繞到一個平常不怎麼開的小側門，由舒安和舒敏帶著飛了出去。

三人大搖大擺地來到怡紅閣門口，迎客的媽媽一看到這麼一個俊逸的富家哥兒，臉都笑得要掉粉了。「啊喲喂，這位小公子好面生哪，請問怎麼稱呼？有相熟的姑娘嗎？」

安然示意舒安丟了一個荷包過去。「小爺我姓賈，給爺找一個視野好的包間，再叫上幾個曲兒唱得好、舞跳得好的姑娘。要最漂亮的哪，太醜的爺可不付銀子。」

那位媽媽掂了掂手裡的荷包，臉上立刻老菊花盛開。「啊喲，小賈爺，您放心，滿京城找去，就數我們怡紅閣的姑娘最漂亮，曲兒最動人，舞姿最妖嬈，保證小賈爺您滿意，以後還要多多來照顧尤媽媽我的生意呀。」

尤媽媽帶著安然三人走去二樓的最後一間屋，一邊走還一邊呱呱呱地吩咐著沿路而立的龜公和夥計。「去，三號間小賈爺，上最好的點心水酒！」「快，把紅兒、綠兒、藍兒，還有那新來的幾個波斯舞姬都給我叫到三號包間！」「去，讓小百靈過來獻唱，三號間！」

尤媽媽見多了，一看就知道這小爺不過十四、五歲，一臉的「銀子不是問題，只要小爺我高興」，肯定是個還不知事的任性貴公子，偷偷溜出來開葷了。這可是隻嫩嫩的小肥羊欸，不狠狠宰他一刀，就不是她尤媽媽了。

不一會兒，三號包間裡就一片歌舞昇平。安然左手摟著紅兒，右邊廂就著藍兒的手喝了一杯酒，前面三個藍眼睛高鼻梁的波斯舞姬露著白花花的肚皮，甩著胸前的洶湧波濤，扭得不亦樂乎。旁邊那幾個彈琴奏樂的姑娘，都羨慕地看著紅兒和藍兒，這小公子多俊俏啊，而且看著就是個多金的主。

在暗處的舒全見他家小姐一副陶醉的紈袴樣，還一口一個小爺的，差點沒從房樑上掉下來，主要還是那白花花的肚皮晃得他頭暈。

安然心裡那個得意啊，不管什麼時候，這有錢就是大爺，看看，包場演出、美人環繞、香歌美酒……人生得意須盡歡，古人誠不欺我也。

哈哈哈，鍾離浩你不樂意送歌姬給我，我照樣聽美人唱歌，還有這香豔正宗的肚皮舞看，哈哈哈。

正急急返回大長公主府的鍾離浩猛地打了一個大噴嚏，一定是小丫頭在抱怨他了，他剛才真是衝動了點，那樣訓了她一句轉頭就走，她會不會氣哭了？小丫頭還小，天真爛漫也是有的，她愛聽曲找兩個會唱曲的丫鬟給她就是，那麼凶她幹麼？唉，下次一定要慢慢教，不凶她了。想到哭得梨花帶雨的小丫頭，鍾離浩就不由得心疼起來。

走近安然的屋子，正要敲門，就聽到冬念的聲音。「舒霞姊，我還是很擔心，青樓裡都是色迷迷的壞男人，要是小姐被認出是女兒身怎麼辦？」

鍾離浩的腦袋「轟」地一聲炸開，青樓？小丫頭竟然跑去青樓？

他想也沒想，「砰」地一腳踢開門。「說清楚，妳們小姐去哪兒了？」

冬念和舒霞差點沒嚇暈過去，還是舒霞撫著胸口小聲回道：「小……小姐她聽曲兒去了。」

聽曲兒？小姑娘去青樓聽曲兒？

「哪家青樓？舒安和舒敏都跟去了吧？」鍾離浩低吼。

「怡、怡紅閣，她們倆都跟去了。」還是舒霞回答的，可憐的冬念今天連續受刺激，真真嚇到了。

舒霞話音未落，鍾離浩已不見蹤影。

第五十二章 後果

當一腔怒火的鍾離浩趕到怡紅閣三號間的時候，看到的就是這樣一幅香豔景色——

安然頭枕在紅兒的懷裡，腳架在藍兒的腿上，紅兒和藍兒明顯是早都醉得不省人事了，滿臉紅紅、手裡還舉著一杯酒的安然大著舌頭在那兒嘟囔著。「小百靈，小……美人，再……再給爺唱一首，唱……唱得好了，小……小爺我重重有賞。」

舒安也是一副大舌頭。「小、小爺，時候不早了，我、我們該回去了。」

「急……急什麼？這銀子都花……花了，小爺我還沒享受夠這溫香軟玉呢。」安然笑咪咪地看向舒敏。「來……舒敏，我們繼……續……喝，舒……舒安的酒量太……太差了。」

話音剛落，安然的手一垂，酒杯「砰」地摔在地上，自己睡過去了。

溫香軟玉？鍾離浩怒極反笑，不過那笑容有夠「凍人」的，不要說尤媽媽那些人，就是南征和北戰，都不由得打了個寒顫。

他走過去把安然摟在懷裡，倏地一下閃到窗邊，背對著眾人低吼。「都滾出去！」

南征丟了兩個金元寶給尤媽媽。「嘴閉緊點，我們家小爺年紀還小，要是有一點點風言風語傳出去，妳……」他說話間手一揮，一根竹筷子飛了出去，深深插進對面那石頭牆。

「不會、不會，各位爺放一百個心……」尤媽媽把金元寶揣進懷裡，聲音都顫抖了。然後對著那幾個歌姬舞姬厲聲喝道：「今兒下午妳們什麼都沒看見什麼都沒聽見，都在自個兒屋裡休息了半天，知道了嗎？」

眾人趕忙低頭應道：「是。」

那些女人扶著紅兒、藍兒倉惶逃走，尤媽媽還討好地對南征哈著腰。「這位小爺只是喝酒聽曲兒，什麼都沒做，我看他年紀小，叫的那兩個姑娘都是新進沒兩天的，還乾淨著呢。」

南征又扔了一個金元寶給她，尤媽媽笑得眼睛都瞇成了一條縫，點頭哈腰地退出去了。走出好遠才重重呼出一口氣，這當哥的對弟弟真好，她對著身邊的龜公瞪了一眼。「把話傳下去，所有人的嘴都給我閉嚴實了，招子都放亮點，這些人可不是我們惹得起的。」天子腳下，怡紅閣能開得這麼火，尤媽媽哪能這麼點眼力勁兒都沒有？

尤媽媽那些人一退下去，舒全就現身了，給鍾離浩行禮。「王爺，小姐她真的只是聽曲兒和看那三個波斯舞娘跳舞，那兩個姑娘早就被小姐灌醉了，還說……說做枕頭比較軟乎。」

南征、北戰趕緊垂下頭，怕憋不住露出笑意。人肉枕頭？他們家未來小王妃可真是夠……夠會享受的，還會選人，那紅兒的胸懷做枕頭明顯要比藍兒強，軟乎！肯定軟乎！

鍾離浩冷冷的聲音傳來，一點都不軟乎。「北戰，你跟舒全把舒安和舒敏弄到黎軒那兒醒醒酒，跪在沙礫上等我們回來。然後去大長公主府說一聲，就說我和黎軒找小丫頭商量店鋪的事，晚點我會親自送她回府。南征，駕車，我們走。」說著把安然的臉朝向裡抱著，從窗戶直接躍下去了。

馬車裡，鍾離浩看著懷裡睡得香甜的安然，輕嘆了一口氣——這個臭丫頭，喝成這樣，醒來可不要頭疼。

「南征，往城外走，找一條安靜的道。」鍾離浩對外面吩咐了一聲，小丫頭醉成這樣，肯定不能現在送回大長公主府去。

鍾離浩從旁邊櫃子裡拿出一粒丹藥用水化了，餵安然喝了下去，然後伸出手指，輕輕地按摩著安然頭上的穴位，希望能緩解頭疼的狀況。

突然，馬車猛力一震，幸好鍾離浩反應快，摟緊安然，她才沒摔出去，但兩人還是重重地往側板上撞了一下。

「爺，一隻野狗突然從路邊橫衝出來，您們沒摔到吧？」車廂外的南征急急解釋道。

「沒事，你慢點。」鍾離浩邊說邊檢查懷裡的小人兒，看她有沒有哪裡撞到。

安然迷迷糊糊睜開眼睛，盯著鍾離浩看了半晌，自個兒呢喃道：「這人怎麼這麼像我的浩哥哥？」說完皺起小鼻子聞了聞。「嗯，真的是浩哥哥。」然後在鍾離浩懷裡蹭了蹭，找了個最舒適的位置，又閉上了眼睛。

就這麼短短的兩句話，加兩個動作，鍾離浩所有的火氣都不見了蹤影，從一大塊冰瞬間化作了一灘溫暖的水。

卻見安然猛地又睜開了眼睛，腦袋往外移了移，拉開了一點距離，醉眼迷離地瞪著鍾離浩。「你不是走了嗎？不是生氣了嗎？怎麼又來了？對了，我在聽曲兒呢，我的美女呢？美女都跑哪裡去了？」

「趕走了。」鍾離浩沒好氣地說道，雖然他知道現在跟這個小醉鬼生氣什麼的都是徒勞的。

安然嚷了起來。「為什麼？你這個小氣鬼不給我聽曲兒，我自己找地兒聽還不行啊？」話剛嚷出來就重重打了個酒嗝。「我花了銀子的，你憑什麼趕走我的美人？你等著，我一定會報復回來的，別人怕你我才不怕你呢！」

鍾離浩一邊用手輕拍著安然的背給她順氣，一邊無所謂地應道：「隨妳，我等著。」

安然似乎被氣到，眼珠子骨碌碌轉了兩圈，怎麼報復呢？突然，她猛地抬起頭，在鍾離浩的左臉上親了一下，軟乎乎的觸感讓鍾離浩渾身一僵。

「哈哈，難受了吧？」安然得意洋洋地綻開笑臉。「你不喜歡女人碰，姊姊我今天就非要非禮你，看你還敢不敢不讓我聽曲兒。」說完又在鍾離浩的右臉上啄了一下。

鍾離浩被她啄得心跳加快，渾身發燙，一種從未有過的感覺，讓他從頭舒服到腳趾尖兒。這就是小丫頭的報復嗎？太少了點！繼續啊繼續啊，他心裡有一個聲音急切地叫囂著。

他看著小丫頭那紅潤潤的雙唇，嗯，很想做點什麼。

沒想到安然的動作比他更快，也許鍾離浩的反應沒有讓她看到「報復」的效果，她急了，一下啄到鍾離浩的唇上。四唇相接的瞬間，兩人的身體同時震了一下。

安然的唇正要離開，鍾離浩的左手已經扣在安然的後腦勺上，讓她無法躲開，右手緊緊圈著她，以防她掉下去。

鍾離浩細細品著渴望已久的花瓣，真的很軟、很甜，有茉莉花的味道。他溫柔地輾轉吮吸著，生怕弄疼他的小丫頭。他伸出舌尖，輕輕描繪著安然美好的唇形。

安然被他舔得癢癢的，又躲不開，一急之下張嘴咬住鍾離浩的舌頭，不知怎麼的，含住那舌頭就開始吮吸了起來，這讓鍾離浩嚐到了更誘人的滋味，他很「體貼」地把自己的舌頭往安然嘴裡更深地送了進去，慢慢地，他找到了攻擊的方法，開始反守為攻，在那小嘴裡攻城掠地，大肆吸取那香甜的蜜汁。他緊緊摟住安然，將她禁錮在自己懷裡，讓她緊貼著他。

安然感覺自己本來正吮吸著一塊甜美的糖塊，突然那糖塊滑沒了，她在追尋那糖塊，結果自己的舌被纏住了，她急死了，她的氣息都快要接不上來了。

正沈浸在美好感覺中的鍾離浩突然發現小丫頭的臉憋得通紅，趕緊鬆開了她的唇。「傻丫頭，呼吸啊，快呼吸。」

安然的嘴得到解放，大力呼吸了幾口，才急道：「你怎麼不生氣，怎麼不難受？」

鍾離浩一怔，他都幸福得要死，歡喜得要死了，為什麼難受？為什麼生氣？

「你不是不喜歡女人嗎？」安然繼續嚷嚷。「你這樣黎軒哥哥會生氣的。」

鍾離浩暈了，他不喜歡別的女人，但他喜歡她啊。再說了，這跟黎軒什麼關係啊？難道黎軒真的也喜歡他的小丫頭？不，不可能，黎軒知道自己喜歡小丫頭，不會橫刀奪愛的，而且黎軒還有蓉兒呢。

想通了這一點，鍾離浩笑著搖了搖頭，這會兒的安然還是一個小醉鬼呢。「妳醉了，不要胡說，下次不許喝這麼多酒了。」

「憑什麼？憑什麼？」安然急得又開始嚷起來，忘記了糾纏鍾離浩喜不喜歡女人、黎軒會不會吃醋的問題。「人生得意須盡歡，莫使金樽空對月。呵呵，呵呵，我告訴你啊，人生短促日月如梭，面對美酒就應該高歌。」越說興致越高，直接高聲唱起來——

「人生短短幾個秋啊，不醉不甘休。

東邊我的美人吶，西邊黃河流。

來呀來個酒啊，不醉不甘休，

愁情煩事別放心頭……」

安然唱得眉飛色舞，雙手亂舞，唱到「東邊我的美人」時還用手指勾了一下鍾離浩的下巴，令他又好氣又好笑，伸手就往她肉肉的小屁屁上打了一下。

車外的南征獨自偷笑——這安然小姐不是醉了嗎？怎麼唱得這麼大聲、這麼歡實？剛才叫嚷的時候中氣也很足呢。幸好這條道上安靜，這會兒附近沒有其他車馬行人，不過，話說回來，他們家未來小王妃唱歌真好聽，而且這歌好像從來沒有聽過欸。

唱得正起勁的安然屁屁上挨了一下，氣壞了。「你幹麼打我？憑什麼打我？壞人！從小到大我爸媽都沒有打過我的。嗚嗚嗚，老爸老媽，我好想你們，嗚嗚嗚，老爸老媽，嗚嗚嗚……」越想越傷心，安然索性大哭起來。

這一哭把鍾離浩急壞了，也顧不上疑惑「老爸老媽」是什麼？他慌亂地抽出帕子幫安然擦眼淚，邊擦邊笨拙地哄道：「不哭了，乖，不哭了，是我不好，我不該打妳。」

不哄還好，一哄安然哭得更委屈了。「壞人，你罵我，你不給我聽曲兒，不給我酒喝，你，你還打我，嗚嗚嗚，浩哥哥是壞人。」

鍾離浩看著哭得眼睛紅紅、鼻子紅紅的安然，簡直心疼壞了。「乖然然，莫要再哭了，再哭把眼睛哭壞了。都是浩哥哥不好，我跟妳道歉，我再也不罵妳，再也不打妳了。乖，不哭了。」

見安然還是哭著停不下來，眼淚都抹不完似的，鍾離浩一急，對著還在癟著的小嘴再次吻了上去。

「唔……唔……」安然掙扎了兩下沒有效果，突然感覺又吮吸到了剛才的糖塊，也不哭了，開始專心吃糖。

鍾離浩大喜，扶著安然的腦袋漸漸加深了這個吻……

好一會兒，鍾離浩突然察覺懷裡的小丫頭沒有了反應，睜開眼一看，安然睡得香甜，還帶著一種吃到糖的滿足。

「壞丫頭。」鍾離浩寵溺地搖搖頭，調整了一下安然在他懷裡的姿勢，讓她睡得更舒服一些。然後，滿足地在那紅嘟嘟的嘴唇上又輕啄了一下。

安然醒來的時候，已經是第二天早上，太陽都升得老高了。睜開眼，看到頂上熟悉的淺藍色床幃，聞到枕邊淡淡的茉莉花香，安然卻模模糊糊地感覺似乎有哪裡不對。

對啊，安然好半天才想起來，自己不是在怡紅閣包間裡風花雪月嗎？怎麼回府了？還跑到床上睡覺來了？

慢著慢著，自己好像喝了很多酒，把那什麼紅兒和藍兒都灌趴下了，然後，然後呢？舒安和舒敏好像也醉了，然後就什麼都不知道了。

奇怪，自己喝了那麼多酒，怎麼沒有頭疼？前世的時候，每次喝高了，第二天醒來的時候頭肯定得疼得半死。難道這具身體抗酒精？呵呵，那就太好了，下次再去尋樂子也不怕喝醉了。

「有人嗎？」安然輕呼了一聲。

「小姐您醒啦？」冬念端著一杯熱開水進來，放在安然床邊的櫃子上，然後侍候安然起身，去洗浴間洗漱，小丫鬟們早就準備好了熱水和牙棒，安然的牙棒是她讓人把鬃毛縛在竹片上製成的，比常見的柳枝牙棒好用。

一直到安然坐在梳妝檯前，一邊喝著水，冬念一邊給她梳髮，都沒看到舒安、舒敏和舒霞。平日裡四個大丫鬟都是早起就在她屋裡侍候，七嘴八舌地挑衣服、配首飾，陪她一起吃了早餐才各忙各的，今天這都跑哪兒去了？都醉了？也不對啊，舒霞又沒喝酒。

「冬念，舒霞她們呢？」

「小、小姐，她們都跪在院子裡呢。」

「咳咳，為什麼呀？她們做錯事了？咳咳，不是，這誰罰的她們呀？」安然被水嗆到，口鼻處酸得難受。大長公主祖母還在主院裡「閉關」呢，君然、瑾兒、瑜兒跟這仨大丫鬟都極好，不會罰她們跪的吧？還在院子裡？那麼多丫鬟婆子來來去去的。

「慶親王爺和黎軒公子罰舒安、舒敏跪砂子，說要等小姐認識到錯誤了才讓她們起來。舒霞姊說我們沒有攔住也該罰，就自己去跪在旁邊了，她們不讓我一起跪，說還要人侍候小姐。」冬念回答道。她心裡很難過的，知道那三人是擔心她身體還不大好才不讓她跪，可她覺得自己沒有攔住小姐在先，不仗義在後，真是不忠不義。要不是想到小姐習慣了她們四人的侍候，她一定會堅持跪的。

「什麼呀？他們憑什麼這樣？」安然霍地站起來就衝了出去。

「哎呀，小姐，珠花還沒插好呢。」冬念手裡拿著兩朵珠花，跟了上去。

院子裡，舒安三人跪在太陽下，臉色蒼白，嘴唇乾裂。舒安和舒敏膝蓋下還鋪著粗砂，跪了一整晚，都有血滲出了。

大長公主府的規矩極嚴，不少丫鬟婆子經過，卻沒有人敢駐足議論，有小丫鬟拿來水想給她們喝，卻被拒絕了。

安然心疼極了，喝道：「快，快把她們仨扶到屋子裡去，去主院把張御醫請來。」

院子裡的小丫鬟們趕緊上前，舒安三人卻堅持不肯起來。

安然又心疼又憤怒。「我是妳們主子還是他們是妳們主子？他們憑什麼罰妳們，別說我只是聽聽曲兒，就算我做了什麼十惡不赦的大壞事，要罰也是罰我，與妳們何干？快給我起來，不要理他們。」

舒安給安然磕了個頭。「小姐，我們沒攔住您，還跟您一起喝醉了，幸好王爺趕到，否則萬一發生什麼事，我們就是死十次也不夠。小姐，您別拉我們，只罰我們跪已經是王爺看在您的面子上寬待我們了。」

舒霞也道：「是啊，小姐，要是讓大長公主或者老將軍、老太君他們知道了，我們肯定不只罰跪這麼輕鬆。」

這、這算什麼呀？就算她們在青樓裡喝醉了確實有點危險，可是，不是還有舒全在嗎？再說了，就算錯也是她的錯，丫鬟們自然是聽她這個主子的，有什麼錯？憑什麼要罰她們呀？

她還想伸手去拉她們，院門那裡傳來鍾離浩冷冷的聲音——

「她們三個都明白的道理，妳還沒想明白？看來罰得不夠，還沒認識到錯在哪裡。妳們三個今天繼續跪，不許吃飯不許喝水，妳們家小姐什麼時候知道錯了，妳們才能起來。」

「你……你……」安然指著鍾離浩，氣得直哆嗦。

鍾離浩面冷似冰。「我怎麼了？下次妳若是再犯這樣的錯誤，就連桂嬤嬤和劉嬤嬤都要一起罰，沒把小主子教導好，就是錯，就該罰。」

冬念囁嚅道：「兩位嬤嬤已經自行請罰，在屋子裡面壁思過，讓小丫鬟兩天內不許往她們屋裡送飯送水。」

啊？安然懵了，她是錯了，是涉險了，可是至於讓她的嬤嬤、大丫鬟都集體被體罰嗎？還自己找罰受？

黎軒輕嘆一聲。「然兒，妳這次真的是錯了，那怡紅閣是什麼地方？妳們醉得不省人事，要是被人發現了……妳覺得還有舒全在沒關係是不是？可雙拳難敵四手，何況還要護著妳們三個醉鬼？又不能暴露妳的身分，否則大長公主和瑾兒小王爺都要被妳連累了，還有君兒，親姊姊逛青樓還醉倒在那裡，妳還準備讓君兒考科舉、入仕嗎？」

安然這才發現自己這次玩大了，這是在特別講究名聲的古代，什麼錯都沒有還能讓人捏造些命薄剋親之類的東西，萬一有個行差踏錯的被人揪了小辮子，害的可就不僅僅是自己一個人了。

安然走到鍾離浩面前。「浩哥哥，我錯了，真的知道錯了，你罰我吧，我再也不敢了，你就讓她們起來吧。」說著眼淚就撲簌簌掉下，舒敏膝蓋處的那片褲子已經全被血染紅了。

要說鍾離浩現在最見不得什麼？就是安然哭。她一哭，他的心就抽疼得厲害。「扶她們三個起來吧。」

冬念得了話，趕忙帶著小丫鬟們把舒安三人攙進廳堂，黎軒親自跟去幫她們檢查了一下。

鍾離浩還在給安然下猛藥，這次非要狠著心讓她印象深刻不可。「我永遠不會罰妳的，妳要記住，妳再犯錯，讓自己危險，就是逼我重重懲罰這些貼身侍候妳的人，甚至把他們推向死路。」他才不捨得罰安然一根手指頭呢，再說，以他對安然的瞭解，罰她的這幾個丫鬟嬤嬤比罰她自己有效多了。

安然已經認識到錯誤，也不敢反駁，但仍是不甘心地小聲咕噥。「暴君、虐待狂。」

鍾離浩心裡暗自好笑，面上當作沒聽到。「女孩子家家的，喝那麼多酒，頭還疼嗎？」

安然小聲答道：「不疼。」她突然想起舒安剛才說的「幸虧王爺趕到」，那鍾離浩不是看到她的醉態了？安然是知道的，她自己的酒品實在不咋樣，拿前世閨蜜的話說，就是喝多了特別「活潑」，會亂唱亂跳，會打人耍潑，話還特別多。更糟糕的是，酒醒以後，她總是什麼都記不得了……

安然怯怯地看著鍾離浩，小心翼翼地問道：「浩哥哥，我昨天醉了以後只是睡覺嗎？沒有做什麼吧？沒有欺負你吧？」

哈哈，這小丫頭什麼都不記得了？鍾離浩早上過來時還祈禱著，希望安然不記得昨天在馬車上的事了，那丫頭要是想起自己打了她那一下，還欺負了她，肯定要跟自己跳腳。可是這也不能怪他嘛，是她先「非禮」他，他也算是「積極配合」她的非禮不是？

可是，他很矛盾啊，見安然真的什麼都不記得了，他又覺得很失落。他暗自希望安然記得昨天的親吻，那可是他們兩人的初吻，是第一次親密接觸，他昨天一晚都沒睡好呢，嘴裡、心裡滿滿的都是她的味道……

這才過去幾個時辰，再次看到那兩瓣紅潤潤的唇，他又心癢癢，想一親芳澤了。

「咳咳……」鍾離浩連忙把頭偏開，昨天是特殊情況，現在再不能有這種輕薄的念頭了。

他裝模作樣地瞪著安然，半真半假地說道：「妳不記得了？妳竟然都不記得了？妳昨天又罵人又唱歌，聲音大得很，手舞足蹈的，差點沒把我踢下馬車去，妳還咬人呢！」她是咬他的舌頭了，不過他好喜歡，他也咬她了……但這可不能說哪！

啊？真的如此？穿越一回，怎麼也沒改改啊？這回糗大了！

安然拉著鍾離浩的袖子，討好地笑道：「呵呵，呵呵，浩哥哥，您大人有大量，不要跟我計較嘛。您看啊，聖人都說了，唯女子和小人難養也，我比你小，還沒及笄不是？所以既是『小』人，又是女子，可以原諒，可以原諒啊，您要是記仇，就太沒風度了。」

正好從廳裡走出來的黎軒一個沒忍住，「噗哧」一聲笑了出來。「小然兒，妳也太能曲解聖人的話了，臉皮還忒厚。這日後像妳這樣的『小』女子，做了什麼都可以拿這句話作擋箭牌，恐怕聖人在地下都要氣得翹鬍子了。」

安然大窘，臉紅得要滲出血似的，鍾離浩立刻心疼了，用手指點了一下安然的額。「妳呀！好了，不說這個了，今天我給妳帶了禮物來。」

罵了他，咬了他，還踢了他……竟然還有禮物？安然差點沒感動得來個投懷送抱。

只見鍾離浩拍了一下手掌，南征進來了，後面跟著兩個丫鬟打扮的清秀女子，瞅著都是十三、四歲的樣子。

鍾離浩對著安然說道：「她們倆的嗓音都極美，家裡窮被賣到歌舞坊，當作歌姬培養。上次南征去選音兒的時候，她們求他買她倆回去做丫鬟，說下廚繡花什麼都會做，她們不想做賣笑的歌姬。妳看看，要是喜歡，就留下來做小丫鬟，平日裡幫舒霞幾個做些事，閒時也可以唱曲兒給妳聽。」

兩個小姑娘很有眼色，一看就知道安然是個和善的主，趕緊跪下來。「小姐，求您收下我們，我們會做很多活，也會唱很多曲兒，只是……只是不想唱給那些男人聽。」

院子裡三個男人一聽，頓時看到頭頂上方飛過一群烏鴉……

安然聽到那悅耳的聲音就滿意了，笑道：「妳們起來吧，以後妳們就叫舒悅、舒妙了。不過，妳們剛才可得罪人了知道嗎？這兒可站著三個男人呢，哈哈！」

第五十三章 風光

何管家帶著夏府眾人日夜兼程，終於趕在安然姊弟生日前兩天到了京城，還帶來了鄭娘子和冷安菊為安然姊弟準備的生日禮物。

安菊在信中告訴安然她嫁到秦家後生活得很好，秦宇風很聽她的話。每日裡秦宇風畫畫、練字或者捏泥巴，她就在旁邊繡花做女紅；秦宇風養了兩隻漂亮的狼狗，她陪著他一起馴狗，幫狗狗洗澡；安然送她的那些魔術方塊、拼圖、積木，秦宇風都喜歡得要命，秦夫人教安菊看帳、管家的時候，他就乖乖地坐在旁邊玩魔術方塊；安菊不但自己孝順公婆，還教秦宇風每日給父母請安，送自己做的禮物給父母……

秦員外和秦夫人見安菊真心對待秦宇風，把他當作弟弟一樣悉心照顧和教導，而不是視為傻子，也很歡喜。秦夫人從自己的嫁妝中拿出一個莊子和一間旺鋪，送給安菊作為她的私房。也就是說，現在安菊自己名下的產業就有兩家鋪子、兩個莊子。

安菊說自己現在的生活比在冷府時舒服數倍，也開心數倍，讓安然不要為她擔心。她會努力讓自己和秦宇風「更強、更獨立」一點，會花時間慢慢教秦宇風生活自理、人情世故。安然被安菊的一句話深深震撼——窮苦人家六、七歲的孩子就能做很多事，懂很多道理，甚至要想辦法養家，她相信她的秦宇風能做得更好。

安然有時候真的很佩服安菊這個堅強樂觀、重感情又有主見的小女孩，她才十四歲，擱現代還在讀初中呢。

安菊就像一株最孱弱的小草，默默地在石頭的縫隙中掙扎著求生，只要有一點點陽光雨露，她就會抓住那絲希望掙扎而上，而且，始終虔誠地懷著感恩之心。

安然的及笄禮隆重而熱鬧，這在大家的意料之中，誰不知道大長公主本來就看重兩個義孫義孫女，得了肺癆竟然請旨將兩府和年幼的小王爺小郡主託付給那個義孫女，如今義孫女又獻藥方治好了大長公主，自然更是將其視如親孫了。

不過，饒是預想到了這些，來觀禮的滿堂賓客還是禁不住驚嘆於接二連三的震撼——冷弘宇夫妻被曾管家奉大長公主之命接來，在及笄禮上代行「主人」（本應該是安然的父母）之職出面招待客人，安然的二舅母宋氏擔當「贊禮」，主持笄禮儀式，這些都很正常，讓人驚嘆的是「正賓」，竟然是當今皇后娘娘的親生母親衛國公夫人。

衛國公夫人是百年世家之首的史家嫡系嫡女，堪比金枝玉葉，嫁入另一個大世家郝家（即現在的衛國公府），育有三子兩女，長女更是當今皇后。如今衛國公夫人的孫子孫女滿堂，連嫡重孫子都有了一個，還父母、公婆俱全。若論大昱福氣最全的女子，還真是非衛國公夫人莫屬。可是，能請動這個最有福氣的一品夫人擔任笄禮「正賓」，這還是第一次。

當完成最後一道加冠換裝儀式，換上繡金絲牡丹大袖長禮服、頭戴太后賞賜的正式釵冠

「六面鑲玉嵌七寶雙鸞冠」的安然，亭亭玉立於冷弘宇夫妻之間，向「正賓」衛國公夫人和諸位賓客致謝時，眾人都被安然那眩目的美貌和一身的高貴之氣給震住了，很多夫人當場就在下面竊竊私語地打探這位安然小姐是否訂了人家，還有不少知情人暗暗感慨那新科探花齊榮軒真是個沒眼光沒福氣的人。且不論大長公主府和大將軍王府這兩座靠山，就這女子本身的相貌和氣勢，以及掙錢的能力，就足以堪當一個大家主母，旺夫旺子，惠及婆家。

站在遠處的鍾離浩也看呆了，他一直知道安然貌美，可是安然平日裡衣裝多是簡單素雅，讓人感覺清麗舒服。而此時盛裝之下的安然，簡直美得讓他幾乎忘記了呼吸，他的小丫頭終於長大了。看到眾賓客讚賞驚嘆的表情，鍾離浩長長吐出一口氣，幸好他跟皇上和大長公主都打了招呼，否則他還真是要擔心，等他守完孝期，他的小丫頭早已被人搶去，甚至為人妻為人母了。想到這種可能，他就有一種被人剜心般的疼痛。

而此時坐在賓客中的郭年湘母女，則真的是眼痛心痛加肺痛。

郭年湘知道母親現在越發不待見她了，否則即使不讓她這個姑姑擔任「主人」之責，至少也要做「贊者」吧？

她知道安然日日親自打理母親的膳食，在母親跟前侍候，可那不是因為安然有秘方嗎？她如果有秘方，知道可以治好母親，自然也不會躲得遠遠的。

那可是肺癆！肺癆啊！從來就沒有聽說過肺癆還能治好的。她也是愛母親的，可是她有自己的家，還有四個兒女呢，要是她也染上肺癆死了，她的子女怎麼辦？

因為確信母親熬不過這可怕的肺癆，她才想著盡快接手大長公主府和勇明王府的事務和財產。她是大長公主唯一的嫡親女兒，是瑾兒和瑜兒的姑姑，本來就是這兩府理所當然的主子。所以，她才急著去找了大管家，免得到時候母親一去，郭家族裡的那些人又癡心妄想地找事。

沒想到管家和那些大管事並不買她的帳，還那麼快報到母親那裡去，母親又那麼快去請了聖旨，要將兩府託付給慶親王爺鍾離浩和那個義孫女冷安然。鍾離浩也就算了，那是母親的親侄兒，可那冷安然憑什麼？

她可是母親的親生女兒啊，雖然她是希望拿那些財產貼補自己的兒女，可是他們也是母親的嫡親外孫、外孫女啊！她又不會漏了瑜兒、瑾兒的分，那麼多產業，他們幾個孩子分一分不行嗎？難道就瑾兒、瑜兒是母親的血脈，她的四個兒女就不是？他們還都是在母親的眼皮子下長大的，膝下承歡那麼多年，終是抵不上找回來不過一年的瑾兒！

沒想到的是，那冷安然竟然還有什麼秘方，加上黎軒公子的醫術，硬是把母親救回來了，雖然現在還是隔離在主院裡治療，但所有御醫都證實了大長公主已經逐漸康復，再過一段時間就不用隔離了，然後再好好調養個半年左右就可以痊癒。

更難堪的是，竟然有人開始傳出謠言：大長公主的親生女兒和外孫外孫女還不如義孫義孫女孝順，難怪大長公主會請那樣的旨意。還聽說有一個御醫親口證實，從來沒有見到郭年湘一家到府探病，更不用說進主院照顧了。

為此，她的公公當朝宰相杜大人把他們夫妻痛罵一頓，還讓他們立即帶上子女去探病，可婆婆死活不肯，說是傳言不可信，肺癆哪有可能治好？最後由於公公的堅持，他們還是去了，卻被徐嬤嬤擋在院外，說大長公主需要靜養，而且還在傳染期。四個子女一聽還會傳染，嚇得面色發白，轉身就跑，她親眼看見徐嬤嬤和大管家臉上淡淡的嘲諷。

如果說郭年湘是不甘，那她女兒杜曉玥真正是嫉恨得要爆炸了。想她堂堂宰相府的嫡長孫女、大長公主的外孫女，當年的及笄禮哪有這麼風光？皇太后賜以笄冠，皇后娘娘的母親為「正賓」……那個鄉下長大的掃把星，憑什麼可以這麼風光？

本來她的弟弟可以繼承侯府的爵位和兩府的財產，她以後也可以有豐厚的嫁妝，還有一個做侯爺的弟弟，可是，那個掃把星把瑾兒送了回來，毀掉了他們一家多年的希望。

外祖母得了肺癆，本來他們還慶幸瑾兒瑜兒還小，母親可以順理成章地接手一切，瑾兒就做個操縱在他們手裡的王爺也不錯，誰知道外祖母竟然請了那麼一道聖旨？

現在，外祖母病好了，更是疼寵這個掃把星了，給她弄了這麼一個豪華的及笄禮。都是這個掃把星奪去了本該屬於她的富貴和光環，她恨，真恨啊！

在眾人各種的讚嘆和感慨聲中，一道高亢尖利的聲音傳來——

「聖旨到，冷氏安然小姐接旨！」

冷弘宇和李氏趕緊拉著安然跪下，幸好安然跟桂嬤嬤學過這些禮節，反應過來後就自如了。

「奉天承運，皇帝詔曰，冷氏嫡女安然……予以嘉獎……冊封為縣主……」

唧唧呱呱一大堆，安然只揀重要的幾個字眼聽懂了，就是，她被封為縣主了！為什麼？什麼品級？不過聽周圍一片吸氣聲，還有李氏喜極而泣地小聲提醒——「快謝恩，快謝恩」，總之應該是大好事就對了，趕緊依照桂嬤嬤教的禮節叩頭謝恩，接過那聖旨了。然後公公又開始唸一張禮單，是太后娘娘、皇后娘娘，還有德妃娘娘，以及其他一些較高品級的娘娘賜下的賀禮。

安然自然又得叩頭謝賞。

當初桂嬤嬤教這些大禮節的時候她還不是很在意，沒想到真有這麼一天用上了。

桂嬤嬤遞了一個看起來很沈的荷包給冷弘宇，冷弘宇明瞭，趕緊走上前把荷包塞進傳旨公公手裡，連聲感謝。公公暗自掂了掂，很是滿意，塞進懷裡笑咪咪地告辭了。

賓客們一下沸騰起來，紛紛向安然、夏老太君以及夏家幾個夫人還有李氏道賀，冷弘宇已經讓大管家請到前院去接受男客們的道賀了。

安然在桂嬤嬤的「翻譯和解說」下，總算搞明白了聖旨的全部內容——安然救了對大昱有莫大貢獻的尊貴的大長公主，又把治肺癆的秘方獻給了朝廷，實為一項利於大昱民生的大功德，所以給予特別嘉獎，封為縣主——雖然是沒有名號沒有封地、不享俸祿的。

安然很清楚，這肯定是黎軒把所有功勞都推到她身上，然後大長公主去幫她這個義孫女請的封賞，說不定這中間還有鍾離浩什麼事。他們都是真心為她盤算的人，她不缺錢，缺的是勢，他們就一點一點幫著她累積自己的勢。

郭年湘和杜曉玥的牙都快酸掉了，想她郭年湘是大長公主的唯一嫡女，也只是個縣主。郭年瀚夫婦剛剛生死未明時，四歲的瑜兒被封為郡主，已經讓她很不平了，現在冷安然這個所謂的義孫女竟然被封為跟她一樣的縣主，太不公平了！而杜曉玥簡直就想撲上去撓花安然那張淺笑依然的臉，或者，直接掐死這個掃把星算了。

此時在場還有一個人極為不願意聽到這個消息，正低垂著眼眸發愁。她就是敬國公夫人，薛天磊的母親。

幾個月前，薛天磊去南方之前，她就知道兒子心裡心心念念的女子是冷安然，她曾無意中聽到喝醉了的薛天磊跟女兒薛瑩說了一句——「如果我沒有訂親，還可以爭上一爭，現在，什麼希望都沒有了……」在她的再三逼迫和追問之下，女兒才告訴她，大哥愛上了大將軍王府的外孫女冷安然。

薛夫人只有薛天磊這麼一個親生兒子，愛如眼珠子，恨不得摘下天上的星星給他。她一直知道薛天磊不喜歡梅琳，但那是敬國公親自訂下的恩人之女，還是首富之女，想著成親後給他納幾房合心意的妾室就是。

冷安然她在賞梅宴上見過一次，漂亮大方，還很能掙錢，雙面繡和美麗花園都是出自她之手，雙福樓之前那些新菜式也是她幫天磊弄出來的，如果真的能做了天磊的枕邊人，既如了天磊的意，又能對天磊坐穩掌家人的位置、繼任敬國公的爵位有莫大的幫助。

可惜冷安然是大將軍王府的嫡親外孫女，又成了大長公主的義孫女，是不可能給人做妾的。

薛夫人盤算了很久，又聽薛瑩說安然和薛天磊的交情極好，一口一個薛大哥，他們還合作了「康福來」。就想著等梅琳進門後，想辦法去求太后娘娘賜婚，讓安然進門做平妻，與正妻平起平坐，將來的孩子也是嫡出。

只要太后娘娘肯給這個恩典，安然這個太后親自賜婚的平妻並不比正妻差多少，再加上天磊肯定視她如珠如寶，也不算虧待了她。那梅琳身子弱，看起來以後生養也會比較困難，如果安然能先生下嫡長子，她的地位就更穩了。

至於梅琳，她對天磊死心塌地，性子也好，應該不會有什麼意見。再說了，她畢竟只是商家之女，雖然在大昱朝商人的地位比前朝高了很多，但畢竟不如官家，安然是官家女，又有強大的背景，只是做個平妻，薛家已經很對得起梅琳了。

薛夫人的盤算，在安然被冊封為縣主那一刻，就注定沒有了希望，太后娘娘再怎麼疼愛天磊，也不會肯下這樣的懿旨，把一個縣主賜婚為平妻。

怎麼辦呢？她很愁啊！

——未完，待續，請看文創風302《福星小財迷》3

2015年6月出版

福星小財迷

文創風 300～303

姊穿都穿過來了，銀兩是一定要賺的，
老公嘛～～最好挑，
一不擋她財路、二不三妻四妾、三呢只愛她一個！
姊才考慮要嫁！

新鮮解悶．好玩風趣／雙子座堯堯

既來之，則安之，反正人都「穿」過來了，
何況她冷安然從來也不是個認死理的人，
握著幾千年智慧沈澱的精華，她打算好好大賺一筆銀兩，
為自己姊弟倆掙出一片天來……
否則她肯定會被冷家生吞活剝，甚至落得被爹賣了求官的倒楣下場。
不過，這時代是不是特產美男子啊，
她身邊出現了三位「絕色」，十分養她的眼，
尤其那位一臉冷冰冰又腹黑的鍾離浩，
人是傲嬌了點，對她倒是挺照顧的，可惜他似乎「名草有主」了，
不然她肯定要芳心淪陷了……

2015年5月出版

么女的逆襲

文創風 296～299

前世自小癡傻了十年，
不懂得利用老天爺賜給她的「金手指」，
難怪會糊裡糊塗地賠了自身小命，
如今重來一回，看她還不逆襲為人生勝利組？

卿容傾城，君心情切／昭華

身為備受寵愛的鎮國公府么女，又有個財力富厚的娘親，
想她榮寶珠過起日子來理應是眾人欣羨，
殊不知前世做了十年小傻子導致腦子不靈光，
之後嫁作王妃遭人算計，最終枉送小命。
好在老天疼憨人，讓她重生一回，
懂得利用這富含神力的「瓊漿」作為扭轉人生的利器——
既可救人性命於危難，也能治疑難雜症，還讓自己擁有天仙美貌……
綜觀這一世，若是別牽扯上前世夫君——蜀王就更完美了。
這蜀王何許人也？可是未來奪位的一國之君啊！
世間女子多受他的皮相吸引而趨之若鶩，她卻是想方設法想逃離嫁他的命運，
奈何繞了一大圈，陰錯陽差成了會剋夫的無鹽女，還奉旨成婚做了他的妻，
本想著既來之則安之，怎料到這夫君不按前世的牌理出牌，
他眼底的柔情和憐惜，總讓她迷惘，把持不住自己的心啊……

2015年5月出版

藥引小娘子

文創風 291～295

前世她白手起家，賺錢就跟喝水一樣簡單，
這世即便成了古代人，這點小事也是難不倒她的，
何況她有兩個父不詳的孩子要養，
不多賺一點如何栽培他們啊？

輕鬆有趣　實在喜人／席夭夭

她是IQ極高的商業霸主，一手創立了全球知名的集團，
無奈，她的愛情分數卻奇低，活活被信賴的男人推下樓害死，
待她再睜開眼時，竟成了年方十八的古代小女人君婼，還有一對三歲的龍鳳胎……
等等，這也就是說，這個身體在十五歲的時候就生了孩子！
嘖，十四歲啊，古人太缺德了，對一個未成年少女也下得了手？
而且，君婼是被打昏帶走的，連對方是誰都不知道！這……是在坑她吧？
雖然兩個小包子可愛得緊卻瘦不啦嘰的，因此改善生活絕對是第一要務，
憑藉著她的手腕，分鋪遍全國的福運酒樓兩成的股份很快便手到擒來，
然而，這只是她事業版圖裡的一小步罷了，
話說，原來酒樓幕後的大老闆寧月謹來頭這麼大，竟是皇帝唯一的親弟弟，
但，這位俊美無儔的寧二爺，那雙眼睛跟兒子的簡直是一模模、一樣樣耶，
難不成這位寧二爺便是當年殘害幼苗、在她肚子裡播種的男人？
據說他對女人挑剔得要命，當年是命在旦夕才不得不找個女人來解毒的，
偏偏他們一行人剛好經過她住的村莊，她又剛好路過，
結果天時地利人和之下，她就這麼被湊合著當藥引，壯烈「犧牲」了……

為流浪貓狗加油 和貓寶貝 狗寶貝 廝守終生(一定要終生喔！)的幸福機會

對人來說，貓寶貝狗寶貝只是生活的一部分，但妳（你）對牠們來說，卻是生活的全部，領養前請一定要考慮清楚——

▲ 軟萌的黑糖麻糬小姊妹

性　　別：小女生
品　　種：米克斯（黑貓&玳瑁）
年　　紀：6個月
個　　性：小黑糖，像顆勁量電池，好奇心強，較不怕人。
小麻糬，文靜膽小易緊張，太靠近牠的地盤（紙箱）會哈氣，非地盤會跑走。
健康狀況：已結紮，已驅蟲除蚤，打過2劑三合一疫苗，二合一篩檢皆過關
目前住所：台北市士林區

本期資料來源：http://www.meetpets.org.tw/content/59735

『黑糖&麻糬』的故事：

去年秋天，當黑糖和麻糬還在媽媽肚子裡時，就曾隨著其母黑嚕嚕來過我家，那時完全沒想到黑嚕嚕一副小貓樣，卻已經是懷孕小婦人。而在生產後，消失了兩個多月的牠某天突然帶著三隻小貓再次回來討食，接著又發情了。

前後半個月，很幸運地紛紛抓到牠們一家四口，黑嚕嚕因此成為我第一隻TNR的貓咪，最早逮住的小貓嚕小小也順利送養。於是忙完另一對流浪兄妹的TNR事情後，身為新手中途的我想著：要來好好努力和最後拐到的小黑糖、小麻糬搏感情啦！

然而四個月大的黑糖居然發情了！還好黑糖發情時不那麼抗拒我摸牠，我就乘機對牠上下其手、左搓右揉，訓練牠的容忍度。現在的黑糖可是能摸、能從後面提抱，還會磨蹭呼嚕了呢～～麻糬雖還不大親人，但在安全距離下會玩逗貓棒，也能自在玩耍，尤其喜歡在床上打滾休憩。麻糬還會在有小魚乾時快速現身，小心翼翼地叼走手上的小魚乾，根本可愛小吃貨一隻。

這對小姊妹，半大不小了還是很愛玩。放風時間，兩隻小貓會暴衝追逐、玩躲貓貓狩獵遊戲、摔角互毆呼貓拳，也會互相理毛，相親相愛極了！雖然牠們其實很有警戒心且比較慢熟，但只要懷著真誠的善意相待，相信牠們很快就會和你親近起來。可以的話，希望姊妹倆一起被認養，彼此有玩伴，照顧起來也省心些。有意者，歡迎來信：genjikei@hotmail.com。

認養資格：

1. 認養者須年滿20歲，有穩定、獨立的經濟能力，
   並獲得家人與同住室友的同意(家人支持是很重要的助力)。
2. 不關籠(短期／醫療可)，不放養，不鍊養。
3. 學生情侶或單獨在外租屋的學生，須能提出絕不棄養的保證。
4. 貓咪也有生老病死，壽命可長達一、二十年，請評估能否對一個動物伴侶負責。
   認養者需有自信對牠們不離不棄，愛護牠們一輩子。
5. 若確定認養者，請同意交換看下彼此身份證。
6. 能不定期傳些照片（FB、line、email皆可），讓我知道牠們過得很幸福！

來信請說明：

a. 個人基本資料：姓名、性別、年齡、居住地、職業與經濟來源等。
b. 想認養「黑糖」和「麻糬」的理由；您理想中的同伴動物，期待牠們有什麼樣的個性。
c. 過去養寵物的經驗（若無，可敘述對照顧該動物的認識），及簡介 您的飼養環境（家中人口組合、現有寵物的基本狀況、預估未來寵物的活動空間等）。
d. 未來若有當兵、結婚、懷孕、畢業、出國或搬家等計劃，將如何安置「黑糖」和「麻糬」？

國家圖書館出版品預行編目資料

福星小財迷 / 雙子座堯堯著. --
初版. -- 臺北市 : 狗屋, 2015.06
冊 ; 公分. --（文創風）
ISBN 978-986-328-458-1（第2冊 : 平裝）. --

857.7　　104006390

著作者	雙子座堯堯
編輯	王佳薇
校對	黃亭蓁　蔡佾岑
發行所	狗屋出版社有限公司
地址	台北市104中山區龍江路71巷15號1樓
電話	02-2776-5889～0
發行字號	局版台業字845號
法律顧問	蕭雄淋律師
總經銷	知遠文化事業有限公司
電話	02-2664-8800
初版	2015年6月
國際書碼	ISBN-13　978-986-328-458-1
原著書名	《我心安然》，由起點女生網（www.qdmm.com）授權出版

定價250元
狗屋劃撥帳號：19001626
網址：love.doghouse.com.tw　E-mail：love@doghouse.com.tw